教育部人文社会科学研究青年基金项目资助
(域外行旅体验与中国近现代文学变革 10YJC751072)
大连民族大学博士科研启动基金项目资助

域外行旅与文学想象
以近现代域外游记文学为考察中心

苏明 ▶ 著

中国社会科学出版社

图书在版编目（CIP）数据

域外行旅与文学想象：以近现代域外游记文学为考察中心/苏明著．
—北京：中国社会科学出版社，2016.8
ISBN 978-7-5161-8447-9

Ⅰ.①域… Ⅱ.①苏… Ⅲ.①游记—文学研究—世界—近现代
Ⅳ.① I 106.6

中国版本图书馆 CIP 数据核字（2016）第 138221 号

出 版 人	赵剑英
责任编辑	郭晓鸿
特约编辑	席建海
责任校对	李　莉
责任印制	戴　宽

出　　版	中国社会科学出版社
社　　址	北京鼓楼西大街甲 158 号
邮　　编	100720
网　　址	http://www.csspw.cn
发 行 部	010-84083685
门 市 部	010-84029450
经　　销	新华书店及其他书店

印刷装订	北京君升印刷有限公司
版　　次	2016 年 8 月第 1 版
印　　次	2016 年 8 月第 1 次印刷

开　　本	710×1000　1/16
印　　张	15.25
插　　页	2
字　　数	219 千字
定　　价	56.00 元

凡购买中国社会科学出版社图书，如有质量问题请与本社营销中心联系调换
电话：010-84083683
版权所有　侵权必究

序

这是一部让人大开眼界，也大受启发的好书。它讨论的是近代以来中国人所写域外游记涉及的重要思想和文学问题。我愿把它推荐给读者，是因为它给我们提供了很多新鲜的知识和深刻的思想，让我们对自己有一个新的认识。

近现代域外游记的整体面貌，可以用四句话来概括，一是数量庞大，二是内容复杂，三是文体各异，四是影响广被。举凡域外之山川风物、气象地理、典章制度、史迹人文、政治经济、世间百态，以及作者之心灵感悟、文学骋怀，无所不包。写法则有长有短，或诗或文，可歌可泣，亦庄亦谐，各呈其才，不一而足。这些新鲜的见闻感触，特异的文风笔致，都是国人过去从未见识过且极具吸引力的。然而，在中国近现代文学研究的广阔版图里，若以文体划分，游记特别是域外游记，却向来是一个人迹罕至的所在，这跟游记写作的繁荣景象大相径庭。域外游记包含着丰富的社会、历史、思想、文化、心理信息，可以从多种角度来研读和利用。但要窥其全貌尽行道出是很难的。也许正是这个原因，使得很多人望而却步了。

苏明的书是近年来域外游记研究的一个重要收获。它开辟了新的研究方向，充实了近现代文学研究的学术畛域，为进一步研究奠定了基础。选题新，选材严，开口小，开掘深，是本书的一大特点。据我所知，苏明是较早投入此项研究的青年学者，可资借鉴的学术成果并不多。因而论域界定、思路设计、概念提炼、理论目标，以及行文表述，等等，都需反复琢磨，谨慎展开。此书选取了近现代几个重要历史节点上的若干重要话题，如游记写作从纪实到审美的发展演变；作者文化身份、家国意识、个人情感的隐现消涨；古今中外历史人文的冲撞与会通；新题材与旧文体的冲突与互动；自我认同中的他者化、东方化现象，以及苏俄乌托邦想象中的主体介入问题，等等。由此展开对中国近现代文学转换路径与新文学发生机制的探讨，奉献给读者一系列新鲜的思想成果。它深入地揭示了中国人走向世界，走向现代，走向真实及精神主体重建的统一性。作者让我们领略的，不仅是一处处绝佳的风景，还有一颗颗炽热的心灵和一个民族的精神成长史。

这大概是此书最有价值，也是最值得一读的地方。

是为序。

马俊山

2016 年 2 月 28 日于南京大学

目　录

绪　论 / 1
 一　域外行旅的拓展与域外游记的繁荣 / 1
 二　何谓"游记" / 10
 三　域外行旅体验研究视角的选定 / 13

第一章　由实用到审美：近现代域外游记散文的转型 / 19
 第一节　"游以致用"：近代域外游记文学审美价值的缺失 / 20
  一　奇观：早期域外游记中的"西方" / 21
  二　近代域外游记的实用化倾向 / 28
  三　现代域外行旅体验的表述困境 / 31
 第二节　"游"与"记"的审美熔铸：现代域外游记散文的成熟 / 38
  一　由惊羡转向审美：现代域外行旅体验的转型 / 39
  二　自觉的"美文"追求：现代域外游记散文的文学化 / 45

第二章　变革与衰颓：旧体域外纪游诗的现代命运 / 53
 第一节　不合时宜的成功："以新材料入旧格律" / 56
  一　中土诗神在异国他乡的频频降临 / 56
  二　思乡与怀古：跨越时空的传统文人情怀 / 60
  三　"古旧幽灵"在异域的重生 / 66

第二节　无奈的变异：左支右绌的旧形式 / 70
　　一　奇特的"椟胜于珠"现象 / 71
　　二　《欧游杂诗》："以新材料入旧格律"探索的失败 / 76

第三章　逃避与回应：屈辱体验与"国民性"母题的生成 / 87
第一节　发现与对抗：他者之镜中的妖魔化"中国" / 89
　　一　"洋人眼底的中国" / 89
　　二　"支那"之痛：对"弱国子民"身份的体认 / 95
　　三　"精神胜利法"：与妖魔化"中国"相对抗 / 102
第二节　反思与批判：他者凝视下的中国"自画像" / 110
　　一　卫生与礼仪：国民性批判的缘起 / 111
　　二　灰暗的风景：混乱的海外留学界 / 117
　　三　无法走出的"自我东方化"怪圈 / 122

第四章　建构与消解：苏俄体验与"苏俄乌托邦"想象 / 133
第一节　对苏俄的乌托邦想象与建构 / 137
　　一　苏俄：正在转化为现实的"乌托邦" / 138
　　二　"苏俄乌托邦"形象的建构与传播 / 144
第二节　对"苏俄乌托邦"的质疑与消解 / 152
　　一　从苏俄旅行归来 / 153
　　二　"俄乡"：令人失望的"苏俄乌托邦" / 157
　　三　异质苏俄游记的存在价值与历史命运 / 166

结语　走向世界的艰难 / 177

附录一　《日本杂事诗》："新词语"背后的旧意境 / 191

附录二　近现代域外游记书目 / 204

主要参考文献 / 224

后　记 / 236

绪　论

一　域外行旅的拓展与域外游记的繁荣

中国文人历来就有纪游的文学传统。在中国文学史上,"游记可以说是一种源远流长、自成体系且生机勃勃的文学存在"[①]。近代以来,伴随着中国的日益开放、留学热的涌动、旅行事业的发展,走出国门的中国人越来越多,域外行旅的范围也不断扩大。域外行旅的拓展带来了域外游记的勃兴与繁荣。近现代文学史上出现了经久不衰的域外游记写作热潮。[②] 第一次写作热潮出现在晚清,这一时期的域外游记多是奉命出使海外的使官所撰写的使官日记;第二次热潮持续的时间比较长,从民初一直延续到20世纪40年代。几乎社会各界的名流甚至平民百姓都参与了域外游记的写作。他们中既有官僚、政治家、作家、艺术家、学者、记者,也有留学人员、军人、实业家及宗教界人士等。游记的内容涉及政治、经济、文化、教育、军事、地理、历史、风土人情、自然风光、名胜古迹等各个方面。其中最具影响力的是留学生和名流学者、记者写作的描述域外行旅体验的作品。

域外游记的大量出现与近代以来中国的时局变幻、此起彼伏的留

[①] 梅新林、崔小敬:《中国游记文学史·导论》,学林出版社2004年版,第26页。
[②] 陈晓兰认为"近代以来,中国旅外游记写作出现过三大高潮,一是晚清出使各国外交大臣的出使记述;二是二十世纪前半期知识分子(记者、学者、文学艺术家和留学生)描绘个人旅居生活,记录各国政治、社会、文化考察的游记;三是二十世纪八十年代以来的出国潮中,在境外旅游逐渐从社会精英趋向民主多元化的背景下,出现的旅外游记写作高潮"。由于本书的论题时限设定为晚清至1949年止,故而只关注前两次高潮期域外游记的写作情况。详见陈晓兰《当代中国旅外游记中的西方表述》,《当代作家评论》2008年第2期。

学热、旅行事业的成熟与发展息息相关。晚清域外游记的兴起和清朝的外交策略的改变密不可分。早在康熙丁亥（1707）年间，樊守义就随意大利传教士艾若瑟游历泰西，并在归国十年之后根据回忆写下《身见录》记述沿途见闻，这是中国人撰写的第一部欧洲游记。①继《身见录》之后一百年左右，即1820年前后，由谢清高口述，杨炳南笔录的《海录》成书问世。年少时的谢清高，出海贸易时遭遇风暴幸被外国商船所救，此后随船漂泊游历海外。《海录》即记录了他在游历期间的海外见闻。②1847年春天，林鍼"受外国花旗聘舌耕海外"，《西海纪游自序》和《西海纪游诗》便是他在美国生活了一年多的实录。同年留学美国的容闳一直到1909年才撰写了回忆录《西学东渐记》。虽然这些游记作为文献资料弥足珍贵，但是在当时却没有造成太大的反响。由于清朝长期实行闭关锁国政策，有机会走出国门的中国人实在是太少，故而域外游记的数量屈指可数。大量域外游记的出现，是在鸦片战争之后。一方面，鉴于中国在外交中对于外国情形未能周知，处处被动；另一方面，基于"师夷之长技以制夷"的考虑，苦于"夷祸之烈极矣"的清廷终于决定向海外派遣使官。1866年2月20日，主管总理衙门的恭亲王奕䜣递呈了一道奏折，奏请"派员前往各国"，并令海外游历者"沿途留心，将该国一切山川形势、风土人情，随时记载，带回中国，以资印证……③"

同治五年（1866），在英国人赫德的提议下，清廷派遣斌椿父子率领同文馆的学生德明（张德彝）、凤仪、彦慧三人随同赫德赴欧洲考察游历。这是中国向海外派遣的第一个代表团。斌椿一行在欧洲游

---

① 据尹德翔的考证，《身见录》在1721年成书后，一直湮没不闻。1937年10月，王重民先生在梵蒂冈图书馆发现此书，与王重民先生同行的阎宗临先生将此书抄出，并加以笺注，撰成《身见录校注》，刊登在桂林《扫荡报》文史地副刊（1941）第52—53期。中国人写作的第一本欧洲游记，在时隔200年后终于重见天日。详见尹德翔《东海西海之间》，博士学位论文，南京大学，2006年，第18页。

② （清）谢清高口述，杨炳南笔录，安京校释：《海录校释》绪论，商务印书馆2002年版，第1页。

③ 钟叔河：《走向世界：近代知识分子考察西方的历史》，中华书局1985年版，第61页。

历了不到四个月,"凡例十五国之疆域,于所谓欧罗巴各国,亲历殆遍。游览之余,发诸吟咏。计往返九万余里,如英法俄布荷比诸国,土俗民情,记载尤悉,笔亦足以达其所见"①。归国后,斌椿将逐日记录途中见闻的《乘槎笔记》"恭录进呈,又刻以行世"。随行张德彝亦有《航海述奇》将此次游历见闻"集录成篇","以公诸共识"②。这两本游记可谓开创了使官日记的先河。

同治七年(1868),为了《天津条约》到期修约一事,清廷任命美国人蒲安臣为"办理中外交涉事务大臣",率志刚、孙家谷、张德彝等人赴相关各国访问。这是清政府首次正式向西方派出外交使团。在长达两年零八个月的时间里,代表团先后访问了英国、法国、瑞典、丹麦、荷兰、普鲁士、俄国、比利时、意大利、西班牙十个国家。志刚的《初使泰西记》、孙家谷的《使西书略》、张德彝的《再述奇》详细记录了游历过程。

此后,随着"外务日繁",清廷向海外派员日益增多。1870年,三口通商大臣崇厚奉命出使法国,就天津教案向法国道歉。1876年,中国的第一位驻外使臣郭嵩焘出使英国,就马嘉里案件向英国赔罪,并出任驻英使臣。郭嵩焘到达伦敦之后,即将沿途所记日记汇成一册寄给总理衙门,这便是后来引起轩然大波的《使西纪程》。此后,清廷就确立了使臣日记汇报制度。光绪三年(1877)十一月,总理衙门在"出使各国大臣应随时咨送日记等件片"的奏折中称:

> 前因筹议海防事宜,据李鸿章、李宗羲、王凯泰等先后条陈,以各国应选明白洋务之人,随时遣使以宣威信、通情款,各国情形如何,随时驰报,庶几耳目较灵,不致中外隔阂等因,各在案。是出使一事,凡有关系关涉事件及各国风土人情,该使臣当详细记载,随时咨报,数年以后,各国事机,中国人员可以洞

---

① (清)斌椿:《乘槎笔记·诗二种》,岳麓书社1985年版,第85页。
② (清)张德彝:《航海述奇》,岳麓书社1985年版,第440页。

悉，即办理一切，似不至漫无把握。臣等查外洋各国虚实，一切惟出使者亲历其地，始能笔之于书；况日记并无一定体裁，办理此等事件，自当尽心竭力，以期有益于国。倘一概隐而不宣，窃恐中外情形，永远隔阂，而出使之职，亦同虚设。可否饬下东西洋出使各国大臣，务将大小事件，逐日详细登记，仍按月汇成一册，咨送臣衙门备案查核。即翻译外洋书籍，新闻纸等件，内有关系交涉事宜者，亦即一并随时咨送以资考证。臣等理合附片具奏。[①]

于是，一时间"星使著作如林"[②]。如刘锡鸿的《英轺私记》、张德彝的"八述奇"、陈兰彬的《使美纪略》、何如璋的《使东述略》、李凤苞的《使德日记》、黎庶昌的《西洋杂志》、薛福成的《出使英法义比四国日记》、曾纪泽的《出使英法俄国日记》等。

1887年，总理衙门拟定了《出洋游历章程》十四条，提出了具体的派遣游历使臣的计划。章程中对调查任务和考察内容做了详细的规定，并要求游历使要向总理衙门递呈记录手册，由总理衙门"择其才识卓著人员，奏请给奖"。光绪十三年六月初四（1887年7月24日），通过严格选拔考试的12名游历使分赴21个国家游历。这是"晚清中国人走向世界的一次盛举"。满怀壮志的游历使们对于考察内容认真撰写了调查报告，以傅云龙为例，"他每到一国，即努力收集该国地理、历史、政治、经济、民俗等各方面资料，并亲自察访、实地踏勘，还绘制各种地图、统计表"。仅他一个人就撰写了考察报告《游历图经》6种86卷。他还写下了大量外国游记（《游历图经余纪》15卷）和纪游诗（《不介集诗稿》）。傅云龙撰写的游历各国的图经、游记、纪游诗合计竟多达110卷。[③] 其他的游历使也留下了大量带有游记性质的调查报告。如洪勋的《游历意大利闻见录》《游历瑞典挪威见闻录》《游

[①] （清）席裕福、沈师徐辑：《皇朝政典类纂》（四十七·外交二），文海出版社1982年版，第11214页。

[②] （清）张德彝：《随使英俄记》，岳麓书社1986年版，第273页。

[③] 详见王晓秋《晚清中国人走向世界的一次盛举——1887年海外游历使初探》，《北京大学学报》（哲学社会科学版）2001年第3期。

历西班牙闻见录》《游历葡萄牙闻见录》《游历闻见总略》《游历闻见拾遗》等。奉派俄国的缪祐孙亦著有《俄游汇编》12卷。

1905年，清廷为了"预备立宪"，特派遣以载泽和戴鸿慈为首的"五大臣"兵分两路出洋考察政治。翌年归国后，仅载泽一路编译成书的考察报告就有三十部之多。此外，戴鸿慈还撰写了十二卷的《出使九国日记》，载泽也将"邮程所历，身履而目接者，与彼都人士言论之可甄存者"编录为《考察政治日记》。[①]

晚清民初出现的域外游记，除了大量的使官日记之外，还有少量因私出国的国人所撰写的纪游之作。比较有代表性的如王韬的《漫游随录》《扶桑游记》，钱单士厘的《癸卯旅行记》《归潜记》，李圭的《环游地球新录》，罗森的《日本日记》，李筱圃的《日本纪游》，黄庆澄的《东游日记》，长期流亡海外的康有为和梁启超也分别写作了《欧洲十一国游记》两种[②]和《新大陆游记》等。

如果说晚清域外游记的大量涌现是由于官方的推动和政治需要所致，那么民国之后域外游记写作热潮的出现则与留学热的涌动和旅游事业的迅猛发展密不可分。

中日甲午战争之后，中国人开始关注西化成功的"东夷小国"日本，将其当作学习西方的桥梁和捷径。1896年，清朝政府公派13人留日学习，由此拉开了中国人留日热潮的序幕。1898年，张之洞著《劝学篇·外篇·游学》，大力倡导留学日本具有"路近、费省、同文、时短"之优势。与此同时，清政府又先后制定了相关奖励留学的政策，实施了废除科举制度的举措，诸多因素促成了"留日热"的出

[①] 参见钟叔河《从东方到西方——走向世界丛书叙论集》，岳麓书社2002年版，第540页。

[②] 流亡海外的康有为"两年居美、墨、加，七游法，九至德，五居瑞，一游葡，八游英，频游意、比、丹、那各国，久居瑞典"，他曾有一个庞大的域外游记写作计划。《欧洲十一国游记》第一编《意大利游记》（1905）初版时，在卷首有一个总目录，一共列有意大利、瑞士、奥地利、匈牙利、德意志、法兰西、丹麦、瑞典、比利时、荷兰、英吉利共十一国，此外还有三种附录。但后来实际上只出版了第二编《法兰西游记》，其他各编均未按计划出版。参见钟叔河《从东方到西方——走向世界丛书叙论集》，岳麓书社2002年版，第562—595页。

现。据李喜所的统计，留日学生总数在 1905 年激增至 8000 人，1906 年高达 12000 人，1907 年仍有 10000 人左右。① 进入民国后，1913 年至 1914 年间，留日学生最少也有五六千人。② 虽然"九一八"事变后留日学生一度锐减，但后来在中国兴起了"日本研究热"，加之货币汇率有利于中国，因此中国学生再次大批赴日。"1935 年 11 月末，显示有突破八千之势。1936 年及 1937 年两年，通常都有五至六千留日学生。这是继 1905 年至 1906 年、1913 年至 1914 年以来的第三次留日隆盛时期。"③ 即使是在第二次世界大战期间，仍有由各傀儡政府派遣赴日的留学生。

除了留日学生之外，还有大量的官绅和平民百姓赴日游历考察。高潮迭起的"留日热"和考察热催生了大批旅日游记的出现。仅实藤惠秀个人收藏的中国人写作的日本游记（通常被称为"东游日记"）就有 227 种之多，其中晚清的 148 种，民国时期的 79 种。④ 其中比较有影响的如张謇的《东游日记》、缪荃孙的《日本考察事物游记》、吴汝纶的《东游丛录》、王之春的《谈瀛录》、黄尊三的《日本留学日记》、王景禧的《日游笔记》、王桐龄的《东游杂感》、严露清的《日本印象记》、庐隐的《东京小品》等。

民国初年，在庚款留美的影响与推动下，中国学界掀起了留美热潮。1917 年 6 月，留美人数由清末民初的五六百人迅速增至 1500 余人，"其中自费留美人数增长犹为迅速"。1925 年，中国留美人数高达 2500 人，占美国的各国留学生总数的 1/3 以上。"抗战胜利后，留美人数暴增，1948 年留美学生达 2710 人，1949 年又增加到 3797 人。"⑤

---

① 李喜所：《清末留日学生人数小考》，《中国留学史论稿》，中华书局 2007 年版，第 250—253 页。
② [日] 松本龟次郎：《中华留学生教育小史》，转引自 [日] 实藤惠秀《中国人留学日本史》，谭汝谦、林启彦译，生活·读书·新知三联书店 1983 年版，第 88 页。
③ [日] 实藤惠秀：《中国人留学日本史》，谭汝谦、林启彦译，生活·读书·新知三联书店 1983 年版，第 104 页。
④ 张明杰：《近代日本人中国游记·总序》，[日] 宇野哲人《中国文明记》，张学锋译，中华书局 2008 年版，第 2 页。
⑤ 王淑良：《中国现代旅游史》，东南大学出版社 2005 年版，第 260 页。

整个民国时期，留美人数大概在 15000 人上下，仅次于留日人数。[①] 20 世纪 20 年代，留欧的官费生和自费生都增加很多。据统计，1929—1932 年间，国民政府派遣的留欧学生就有 1126 人，其中多集中在英、法、德、比等国。由于蔡元培、吴稚晖、李石曾、吴玉章等人大力倡导勤工俭学运动，截至 1920 年底赴法勤工俭学的学生就有 1700 余人。[②] 与此同时，俄国"十月革命"的成功，也吸引了不少革命青年奔赴苏俄，20 世纪 20 年代的中国出现了"留俄热"。20 世纪的"30 年代之后，延安继续派出一些有为青年往苏联留学，在新中国成立的前后二十年间，主要往苏联和社会主义国家选派留学生，大体有 13000 人左右"[③]。

民国时期现代交通业和旅游业的迅猛发展也使更多中国人有机会、有可能实现他们域外之旅的夙愿。民国时期交通业发展迅速，为旅游事业的发展提供了便利与保障。截至 1937 年全面抗战前夕，中国的铁路里程在晚清和北洋政府修筑的 12728 公里的基础上又增加了 9033 公里。公路交通方面，1933 年全国通车里程除东北外，已有 6.3 万公里，抗战前夕扩展到了 10.95 万公里。航运方面，抗战前，招商局共有船舶 153 艘。私营航运事业也发展迅速。创办于 1926 年的民生轮船公司至 1935 年已有轮船 40 艘。伴随运力的增强而来的是航线的开辟与拓展。中国的航空事业虽然于 1929 年才正式起步，但经过了短短的十几年时间，就已经具有相当的规模。1948 年，中国的航空公司拥有最新式中型与巨型机近百架，员工近万人。[④] "水、陆、空运输线，加上早已通航的海上邮船、轮船运输，编织了中国现代旅游的

---

① 李喜所：《20 世纪中国留学生的宏观考察》，《中国留学史论稿》，中华书局 2007 年版，第 23 页。
② 郑名桢：《留法勤工俭学运动》，山西高校联合出版社 1994 年版，第 36 页。
③ 李喜所：《20 世纪中国留学生的宏观考察》，《中国留学史论稿》，中华书局 2007 年版，第 24 页。
④ 李孔昕：《写给空中旅行的人们》，《旅行杂志》第二十二卷三月号，1948 年 3 月 10 日，第 45 页。

交通网"①，解决了人们出行难的问题，为旅游事业的发展提供了必要的物质条件。

民国时期交通业的建设与发展，推动了中国旅游业的发展壮大。从旅游史的划分角度来看，从1912年到1927年国民党南京政府成立，为现代旅游的形成与创建时期；从1927年到1937年全面抗战前，为现代旅游的发展时期；从1937年到1949年，为现代旅游业受挫与恢复时期。②1923年8月，上海商业储蓄银行旅行部宣布正式建立，这标志着中国现代旅游的正式开始。1927年6月，旅行部与银行分户，正式更名为中国旅行社。中国旅行社下设45处分支机构，"与日本国际观光局、英国通济隆、（前）苏联国营旅行社、美国西雅图运通公司等建立了合作关系，相互承接国际旅行团队和出洋游学生及国家使节、考察团队、会议代表、政府专使等"③。中国旅行社还采取多项措施提高服务质量、开辟新的经营业务，以便为旅客提供优质高效的服务。1927年春，中旅社创办了《旅行杂志》。从创办到停刊，《旅行杂志》共发行了23年3个月，总计263期。该杂志作为中国的第一本旅游刊物，其读者遍布国内外，在当时影响极大。孙恩霖在他的《片段的回忆》中对《旅行杂志》大加称赞："（《旅行杂志》）是一个游侣，又是一个向导；而最难得的，它能创造和激发最高尚、最优美的'旅行意识'。拿现实的文字，来满足我们心灵上的需要，这就是《旅行杂志》独有的特点。"④游记类文章占据《旅行杂志》发表文章的主流地位。据统计，在该杂志发表的国内游记有1613篇，国外游记720篇⑤，基本符合编辑部"国内的三分之二，国外的三分之一"的要求。沁明女士的《欧美采风记》、褚民谊的《西欧漫游录》均是先在《旅行杂志》上连载，然后结集成册出版的。

---

① 王淑良：《中国现代旅游史》，东南大学出版社2005年版，第28页。
② 同上书，前言第7页。
③ 同上书，第18页。
④ 孙恩霖：《片段的回忆》，《旅行杂志》第十卷第一号，1936年1月1日，第57页。
⑤ 黄芳：《中国第一本旅行类刊物——〈旅行杂志〉研究》，博士学位论文，湖南师范大学，2005年，第136、147页。

伴随着现代交通业及旅游业的发展与成熟,旅行条件的不断改善,交通的日益便利,加上良好的旅行服务和大规模的旅游宣传,走出国门的中国人日益增多。王淑良等人根据对《旅行杂志》所载资料的分析,把民国时期的海外游历活动划分为七种类型。主要包括:侨胞及劳工的探亲游、留学生的游学游历、政要官员和外交人员的会议考察游、名流学者考察游、商务往来和经济界的产业考察游、旅行家的海外游历及其他(如梅兰芳的欧美巡回演出)多种类型。[①]

此起彼伏的留学热,各种域外行旅活动大规模地展开,势必会促成域外游记写作的繁荣。与此同时,出版传媒界也敏锐地注意到了域外游记潜藏的巨大商机。很多刊物、出版社为游记的发表与出版提供了空间和便利条件,此举不但促进了域外游记的传播,也扩大了域外游记的影响面。《晨报》《时事新报》《民国日报》《京报》《东方杂志》等刊物均发表过许多域外游记。《文学周报》还特辟"Athos号专栏",专门发表郑振铎、陈学昭、徐霞村等人的赴法旅行记。一些报纸、杂志还向海外派遣特约记者,如瞿秋白、邹韬奋、俞颂华、李宗武、徐志摩等人均是以记者身份踏上域外之旅的。这些记者给国内发回了大量介绍域外见闻的文章。中国旅行社不仅在《旅行杂志》上大量刊登域外游记,还出版了赵君豪编选的《二十名人旅行记》(1930)、褚民谊的《欧游追忆录》(1932)、宋春舫的《蒙德卡罗》(1932)、沁明的《欧美采风记》(1943)等。1924年,中华书局出版了由姚祝萱编选的《国外游记汇刊》,总计8册28卷。亚细亚书局于1934年出版了孙季叔辑注的《世界游记选》。商务印书馆、中华书局、生活书店、开明书店等出版社均出版发行了大量的域外游记。根据贾鸿雁的《中国游记文献研究》统计,民国时期出版游记图书608种,其中民国时期创作游记及编选游记570种,域外游记及游记集226种。[②] 在地区分布上,产生游记数量最多的要属美国、英国、苏俄、

---

① 王淑良:《中国现代旅游史》,东南大学出版社2005年版,第247—249页。
② 贾鸿雁:《中国游记文献研究》,东南大学出版社2005年版,第110页。

日本和南洋。

数量如此惊人的域外游记,长期以来一直不被研究界所关注。人们耳熟能详的只是少数几位文学、文化界名人写作的文学色彩比较浓厚的游记名篇。由于游记是一种极具开放性的文体,它的写作门槛很低,凡是有过旅行体验的人,只要他愿意,都可以写作游记。这也是造成域外游记大量产生的一种客观因素。但是,游记本身既属于文学文本,又属于文化文本,介于文学与地理学之间的复合文体特征,让文学研究者感到很棘手。究竟何谓"游记",应该运用什么样的方法来研究游记,这些问题一直令从事游记研究工作的人感到困惑不已。因此,在进行本书的研究之前,笔者有必要对研究对象做一个界定。

二 何谓"游记"

本书的研究对象——近现代域外游记文学——是指从晚清一直到新中国成立这一时段内中国人写作的记录域外行旅体验的作品。其中既包括散文体游记、纪游诗词,也涉及少量描写域外体验的具有自传色彩的小说。

游记——作为行旅体验的载体,对于它的概念界定历来就是众说纷纭,迄今为止尚未有一个被大家所公认的科学准确的定义。游记文学、游记散文、山水游记、旅游文学、纪游文学、旅行记、纪行文、行记、行役记等诸多名词都被用来指涉"游记"这一文体。"游记"称谓的驳杂,说明人们对"游记"的理解存在着不少分歧。

关于游记外延的界定,出现的争议比较大。大多数定义都将"游记"看成是散文的一种体裁。如《辞海》(1989年版)中将"游记"解释为:"散文的一种。以轻快的笔调和生动的描写,记述旅途中的见闻,某地的政治生活、社会生活、风土人情和山川景物、名胜古迹等,并表达作者的思想感情。"[①] 石晓奇在他的论文中也持同样的观点。他认为"游记作为一种特有的文体,在中国古代文化领域占有特

---

① 《辞海》编辑委员会编:《辞海》(中),上海辞书出版社1989年版,第2552页。

殊的位置。如从广泛的意义上来说，应包括一切记述亲身见闻的文字，其渊源可以追溯到先秦，大体可以归于散文一类。……而就典范的文体论来说，游记主要是以描写自然景物，记述山水游览为主，继而又融入寓情于景，借景抒情的内容。这种文体，大致兴于魏晋，盛极于唐宋①。朱德发则认为，游记文学发展到现代，已经突破了"散文中的文体之一"的说法。他"不同意将游记文学仅仅局限于'散文的一种'，'记叙文中描写自然环境的一种'的狭义游记的说法"，而是主张"应把带有游记性质的诗歌、小说、辞赋等都归入游记文学的范畴"②。

通过以上的简单描述可以看出，广义上的游记概念的外延已经突破了散文的范畴，扩展到诗歌、小说、词赋等领域。笔者认为，将建立在亲历性基础上且具有纪游性质的诗歌、词赋、小说纳入游记的范畴是可行的。其实，游记原本就是一种变动不居的文体，随着时代的变化，其外延也在不断发生变化。在游记的发轫期，赋、书、序、记等各种文体共同承担着纪游的文学使命。后来，由于"记比赋、书更自由、更灵活，语体也更加散文化；而与序相比，又更具文体的独立性"，因而"中国游记文学最终选择了以能够灵活地叙述行程、抒情写景的记作为通行的文体形式"③。游记初步定型为"记"是在魏晋时期，成熟于唐代，至宋代则又出现了笔记体和日记体游记及纪游的散文赋。到了清末民初，又出现了采用新闻通讯、报告文学写法的特写式游记和报告式游记。由此可见，游记的文体样式一直在跟随时代的变化而变化。

与此同时，人们对于游记外延的界定也在不断更新。早在清代以前，对于游记外延的界定还是很宽泛的。如明代何振卿辑录的《古今游名山记》17卷中，凡写游历名山大川、园林幽胜的文章，不论是书信、序跋、铭文、辞赋都包括在内。元代陶宗仪辑佚的《游志续编》

---

① 石晓奇：《略论历代西域游记的整理与出版》，《新疆大学学报》（哲学社会科学版）1992年第2期。
② 朱德发：《试论中国游记散文的文体特征》，《菏泽师专学报》2001年第1期。
③ 梅新林、俞樟华：《中国游记文学史》，学林出版社2004年版，第58页。

中甚至收录了陶渊明的《桃花源记》这样描述幻游的作品。到了清代，吴秋士在根据《古今名山游记》辑录的《天下名山游记》中，删除了原有的赋体、书信体、日记体游记，只留下了单纯记录山水名胜的散文体"记"①。这种将游记外延缩小为散文的做法直至今天仍有人持赞同意见。1937年3月，中华书局出版了由新绿文学社编选的《名家游记》。在"游记文学"（代序）中，编者依据作者的身份条件，将游记文学分为历史、宗教、地理、社会、文学等几大类；从形式上分为日记体、书信体、小品体、小说体、杂感体、论说体；从内容上分为游记、印象记、访问记、见闻记、探险记、奇遇记等；依据作品的写作态度，将游记文学划分为写景、抒情、修学、社会、游艺、幻想五种。② 由此可以看出，民国时期，人们对游记的理解还是比较宽泛的。正如前文所述，现当代一些研究者对游记外延的界定也是飘忽不定，忽大忽小，令人无所适从。实际上，国外早在20世纪80年代初期就已经放弃从形式角度来研究游记了。甚至有学者认为，游记根本就"不是一个文类，而是许多以旅游为主题的作品的合名"③。由此可见，试图给游记的外延做出一个清晰界定的努力是徒劳的。

从游记文体的发展历史来看，"记"这一散文样式，由于其"富有包容性、可塑性和变异性"，"是一种具有更多弹性与个性化的文体"，"能更好地表现那种富有个性化色彩的游历体验"④。所以在漫长的文学实践过程中，"记"得以逐渐超越其他文体样式，占据了游记文学的主流地位。这也是很多人将游记狭义地理解为散文的一种之原因所在。但这并不意味着游记必然要排斥其他文体样式的存在。毕竟从游记发生伊始，就确立了诗、赋、书、序、跋等多元并存的局面。近现代以来，游记文学发生了深刻的革命，以白话为语体的现代游记取代了传统的古典游记。但近现代游记的创作实践表明，在书信体、

---

① 梅新林、俞樟华：《中国游记文学史·导论》，学林出版社2004年版，第2页。
② 新绿文学社编：《名家游记》，中华书局1937年版，第5—13页。
③ 参见尹德翔《东海西海之间》，博士学位论文，南京大学，2006年，第12页。
④ 梅新林、俞樟华：《中国游记文学史·导论》，学林出版社2004年版，第19页。

日记体、随笔体、通讯体、杂记体等散文体游记之外，依然存在着大量古典纪游诗词和一些纪游小说。显然，从广义的角度来理解游记，既符合游记的创作实际，也比较有利于我们对游记的全面把握与研究。不过，这里需要说明的是，虽然笔者赞同从广义的角度来界定游记概念，但并不同意将完全虚构性的小说纳入游记的范畴。如果将《老残游记》之类的游记体小说也视为游记之一种，就未免有些把游记这一概念过于泛化的嫌疑。游记归根结底还是要建立在真实的行旅体验之上。

基于上述原因，笔者只能根据研究的需要，将本书的研究对象——域外游记文学——设定为以散文体游记和纪游诗词为主要考察对象，也会涉及少量带有自传色彩的小说，如张资平的《木马》、郭沫若的《漂流三部曲》、苏雪林的《棘心》等。

三 域外行旅体验研究视角的选定

近现代域外游记，在文学和社会文化领域占有重要的一席之地。域外游记不仅是一个文化文本，包含着丰富的文化信息，具有传递新知的启蒙意义及科学史料价值。同时它也是一个文学文本，具有很强的文学审美价值，在近现代文学史上占据着重要的位置。朱德发在《中国现代纪游文学史》中强调现代纪游文学"是一种了不起的文学体裁"。俞元桂在《中国现代散文史》中指出："按题材的分类概括，我们自然地发现'五四'运动到第二次国内革命战争之前的第一个十年中，打头的是海内外的旅行记和游记。"[①] "中国现代散文中的记叙类抒情部类"，也"是以众多的记游之作开头的"[②]。由此可见游记（尤其是域外游记）对于中国近现代文学的重要性。然而令人遗憾的是，由于"游记文学历来不列入文章正宗，只当成杂著小品看待，在旧文学史中位置并不怎么重要，近三十年很有些好游记，写现代文学

---

① 俞元桂：《中国现代散文史·绪言》（修订本），山东文艺出版社1997年版，第9页。
② 同上书，第56页。

史的,也不过认为聊备一格,有的且根本不提"①。综观近现代域外游记的研究现状可以看出,与域外游记写作的繁荣形成鲜明对照的是对其研究的严重滞后。域外游记研究一直处于不被重视的边缘状态。关于游记研究的方法和话语,还没有形成一套为大家所接受的基本范式。大部分的研究者,或以历史脉络系统建构,或把域外游记作为文献资料或作家散文创作的一部分来看待,对于域外游记还缺乏深层的介入研究。

近年来,域外游记研究开始慢慢升温,出现了一些新的研究成果。比较有代表性的如:尹德翔的博士论文《东海西海之间》,运用文化研究方法,以斌椿、志刚、郭嵩焘、张德彝等人的出使日记为主要文本,考察早期使西日记中的文化观察、认证与选择,突破了学界从"现代化"的视角对近代使官日记进行研究的单一模式。李岚的博士论文《行旅体验与文学想象——论中国现代文学发生的游记视角》,从行旅体验和文化想象入手,探讨游记与社会观念变革、现代文学创作主体形成、现代文体形成的关系。但其研究范围只限于晚清至"五四"前后的游记(包括域外游记和国内游记),没有涉及20世纪30、40年代的游记。其论文在创新之余,有些论述没有在实处深入展开。总体来说,最近几年域外游记研究所取得的成果,大多集中在晚清这一时段的域外游记研究上②,关注现代域外游记的研究成果比较少③,

---

① 沈从文:《谈"写游记"》,《旅行家》1957年7月号,第34页。
② 比较有代表性的成果有周宪的《旅行者的眼光与现代体验——从近代游记文学看现代性体验的形成》(《社会科学战线》2000年第6期)、代顺丽的《近代域外游记的特征及价值》(《福建师范大学学报》(哲学社会科学版)2006年第4期)、尤静娴的《越界与游移——晚清旅美游记的域外想象与书写策略》(王德威、季进主编:《文学行旅与世界想象》,江苏教育出版社2007年版,第92页)、胥明义的《晚清欧美游记研究》(硕士学位论文,苏州大学,2004年)、符云云的《晚清域外游记研究》(硕士学位论文,暨南大学,2007年)、谢静的《中国首任驻外使节游记研究》(硕士学位论文,陕西师范大学,2007年)、尹德翔的《东海西海之间》(博士学位论文,南京大学,2006年)等。
③ 现代域外游记研究的代表性成果主要有张历君的《镜影乌托邦的短暂航程——论瞿秋白游记中的异托邦想象》(王德威、季进主编:《文学行旅与世界想象》,江苏教育出版社2007年版)、包晓玲的《中国现代旅外游记的文化心态》(《西南民族大学学报》2004年第5期)、陈晓兰的《徘徊于理论与现实之间——20世纪20年代中国旅苏游记中的苏联形象》(《兰州大学学报》(社会科学版)2008年第5期)等。

尚未有专门以近现代域外游记为研究对象的研究著作出现。

域外游记，是记录域外行旅体验最为重要的文学载体。所谓"域外行旅体验"，是指中国人在海外行旅中的所见所闻、所想所感。既包括行旅的直观感觉，也包含域外行旅过程中遭遇的一切在行旅者内心引起的心理波动。在古代，"行旅"与"游览"是区别使用的。如《昭明文选》中，"行旅"和"游览"便分为两类。"行旅"和"军戎"排列在一起，带有旅途艰辛、行路难的意味。而"游览"与"游仙""招隐"相连，充满了优游、逍遥的气息。① 现代意义上的"行旅"是指"出行、旅行"②。既可以指悠然自得、赏心悦目的游览，也可以指充满千难万险的漂泊之旅。因此，本书所谓的"行旅"，采用的是现代意义上的概念，包括游历、出使、留学、商旅、考察、探亲、观光等各种行旅方式。

域外行旅与国内行旅不同。国内行旅虽然也会面临文化差异的问题，但毕竟是在同一个文化共同体内。跨越了国界的域外行旅就大为不同。行旅者跨越了文化地理空间，在中与西、新与旧、传统与现代、异域与本土的矛盾冲突中感受自我并确认自身。无论是文化冲突的激烈程度，还是行旅体验的深刻程度，都是国内行旅所无法比拟的。近代以来的域外行旅与传统的国内行旅相比，在形态上发生了根本性的转变。现代域外行旅的行旅方式与行旅范围都与传统的国内行旅不同。正如举岱在《游记选》题记中所说的那样：

> 古人旅行，山轿蹇驴，竹杖芒鞋，时时刻刻都拥在自然的怀抱中，所以感觉最亲切的是自然，体味最深刻的也是自然，游记最好的题材便只有自然风景。现代人的旅行却不同了，凭藉轮船火车的利便，走遍各国各地的都市；而在大都会中，人的活动常常淹没了自然，于是"社会相"又代替了自然风景成为游记最好

---

① 参见龚鹏程《游的精神文化史论》，河北教育出版社2001年版，第196—197页。
② 《辞海》编辑委员会：《辞海》（中），上海辞书出版社1989年版，第2084页。

的题材。这是古今游记两种不同的趋向，也是游记题材两个不同的"面谱"。①

行旅形态的变化，使得游记在内容上从传统的模山范水转为对"社会相"的描摹。随着域外行旅范围的拓展，域外游记获得了更为丰富的表现题材。然而，域外游记并不是像照相机似的机械复制域外见闻，它所表述的是行旅者在域外的行旅体验。"体验"既是"我们感受、认识世界，形成自己独立人生感受的方式，也是接受和拒绝外部信息世界的方式，更是我们进行自我观照、自我选择、自我表现的精神的基础"②。域外行旅体验实则是一种精神活动，域外游记展现的域外行旅体验显然已经经过了作者的"主体筛选、过滤甚至改装"。行旅者的文化心态、知识结构、行旅身份、行旅目的与方式等诸多因素都会影响行旅体验的发生与形成。读者通过阅读游记所进行的域外想象，实际上已然经过了三重创造：行旅者的观看、文字的表述、读者的理解。③ 作为域外游记的研究者，我们不能只停留在读者层面对域外游记进行品评赏析，而应深入游记内部，通过对游记所表述的域外行旅体验的深层剖析，破解域外游记所承载的丰富文学和文化信息。

需要说明的是，本书的研究并非只是停留在域外游记的本体研究上，而是从域外行旅体验的视角切入，透过域外游记，探讨域外行旅体验、域外游记与近现代文学之间存在的某种内在关联。域外行旅带给中国近现代文学的影响，并不是对异域文化的简单移植与复制，而是建立在"体验"的基础之上。长期以来，研究者一般习惯借助比较文学的"影响研究"方法，在"中外文化交流"的理论框架内，阐释

---

① 举岱：《游记选》题记，俞元桂、姚春树、王耀辉、汪文顶选编《中国现代散文理论》，广西人民出版社1984年版，第392页。
② 李怡：《日本体验与中国现代文学的发生》，博士学位论文，北京师范大学，2003年，第8页。
③ 李岚：《行旅体验与文化想象——中国现代文学发生的游记视角》，博士学位论文，华中师范大学，2007年，第22页。

域外行旅对中国近现代文学产生的影响。这一研究模式,固然"反映了中国现代文学发生发展所背靠的文化交流的历史事实",但却"漠视了文学创作这一精神现象复杂性"①。文学创作首先是创作主体生命体验的表达。近现代域外游记本身即是对域外行旅体验的跨文化书写。因此,近现代域外游记就成为我们探讨域外行旅体验与中国近现代文学之间互动关系的一座桥梁。

从域外行旅体验这一研究视角来发掘域外游记中所蕴含的丰富而耐人寻味的文学、文化信息,既突破了传统的游记研究模式,也打破了"影响研究"模式的局限。近现代域外游记在文体变革、文学创作母题、跨文化传播等多个方面深入介入了中国近现代文学的转型与发生。因此,从域外行旅体验的视角,考察域外游记对域外行旅体验的跨文化书写如何影响了中国近现代文学风貌的变化、核心命题的生成、现代中国的自我想象等重要文学、文化现象,回味、反思本土文化与异域文化的交流互动所铸就的中国近现代文学风貌、特征、品质,既可以理清域外游记与整个近现代文学的密切关联,重估域外游记的文学、文化价值,又可以给中国近现代文学开拓新的研究空间,提供新的研究思路。同时也为当下中国文学、文化界深入思考诸如民族化与世界化、传统与现代、保守与开放、吸收与超越等跨文化命题提供了一面有益的历史之镜。近现代域外游记,是中西文化交流的重要文学载体。它记录了一个多世纪以来中国在与世界碰撞、融合的互动过程中所走过的艰难心路历程,铭刻着中国在走向世界的现代化进程中,在传统与现代、自我与他者的四维时空中进行自我想象与自我建构的困惑矛盾与成败得失。在全球化的今天,中国与世界的关系更加紧密。当下中国更要理性应对如何进行文化主体建构与自我认同;如何在接受现代文明的同时,坚守本土文化等攸关民族命运的重大课题。因此,揭示域外游记如何铭刻、介入了中国与世界的对话,并进

---

① 李怡:《日本体验与中国现代文学的发生》,博士学位论文,北京师范大学,2003年,第7页。

而影响了中国人对于世界和自我的想象；再现近现代中国对域外的想象与自我重塑的经验与教训，无疑具有重要的社会现实意义。

　　基于此，本书试图通过对域外游记文本的细读，运用比较文学形象学、文化研究、后殖民主义理论等多种批评方法，以域外行旅体验为研究视角，分别从文体层面和内容层面，考察域外行旅体验如何影响了近现代文学风貌的变化，探究其通过何种途径，以何种方式介入了现代中国的自我想象。

　　总之，近现代域外游记可供言说和挖掘的学术空间实在太大。因此，本书的研究只是揭开了冰山的一角，文中对域外游记的考察只是以蠡测海，不求全面，但求深入。近现代域外游记，是记录域外行旅体验最重要的文学载体。通过域外行旅体验这一研究视角，深入游记内部，探讨域外行旅体验及其域外游记与近现代文学之间隐秘的内在关联及其互动关系，是本书对于游记研究新路径的摸索与尝试。通过对域外游记的深层介入研究，来揭示中国近现代文学发生与转型过程中易被忽略的文学细节，是本书的研究起点，也是笔者今后努力的方向。

第一章

由实用到审美：
近现代域外游记散文的转型

域外游记从兴起到繁荣成熟，走过了一段由实用转向审美的漫长发展历程。正如前文所述，早期域外游记大部分是使官应清廷要求撰写的出使日记，并非海外游历者个人的自觉文学创作。真正的域外游记文学创作出现在"五四"之后。[①] 实际上，晚清使官中也不乏出色的文学写手，如郭嵩焘、薛福成、黎庶昌等人就是桐城派的中坚。他们的出使日记中也有不少精彩片段，但令人遗憾的是，这些片段只是显示了作者个人的文学才华，却无法改变早期域外游记文学色彩淡化，政论味道浓厚，可读性不强的不争事实。究竟是什么使得域外游记经历了半个多世纪之后才实现了"游"与"记"的审美熔铸？"从'游记'一词的构成来看，'游'是'记'的文学内涵，'记'是'游'的文学体式"[②]，现代域外游记的审美化必须依赖于"游"与"记"的双向互动才能得以实现。

[①] 笔者认为，近现代域外游记实现由实用到审美转型的节点应该是"五四"。因为域外游记审美化的实现必须包括"游"与"记"两个方面。"五四"之后出现的域外游记，从内容和形式两方面都已具有很强的文学审美价值。如瞿秋白的《饿乡纪程》（1922）、《赤都心史》（1924）；梁绍文的《南洋旅行漫记》（1924）；孙福熙的《山野掇拾》（1925）、《大西洋之滨》（1925）；冰心的《寄小读者》（1926）等均属于文学创作，与近代域外游记的机械实录截然不同。

[②] 梅新林、俞樟华主编：《中国游记文学史·导论》，学林出版社 2004 年版，第 3 页。

对于最早开始睁眼看世界的晚清海外游历者来说，域外行旅带给他们最深刻的体验主要是对西方现代物质文明的惊奇与艳羡。随着域外行旅的拓展及中外文化交流的加深，国人对于西方不再感到那么陌生。行旅者的域外行旅体验开始由惊羡转向审美。行旅体验的转变必然会导致"游"的内涵的变化，而"记"为了适应"游"的变化也必然会做出相应的调适。影响域外行旅体验的因素是多种多样的。如游历者的身份、游历的目的与方式、游历者的个人学养与文化心态、游历的时间长短与频次等。域外行旅体验就是这些综合因素共同作用的结果。当行旅者试图将域外行旅体验以"游记"的方式记录下来的时候，这些因素又会左右游记的书写内容和表述方式。因此，域外游记之所以由实用走向审美，究其根本原因，是由于行旅者的行旅体验发生变化，才导致他们对体验的表述发生了本质性的转变。

第一节 "游以致用"：近代域外游记文学审美价值的缺失

近代域外游记的发展历程，充分"展现了近代旅外游记所承负的文化启蒙与文学变革的历史进程"①。综观近代域外游记的全貌，我们可以发现近代域外游记具有一种实用性、政治化倾向。早期域外游记作者大部分是清廷派遣的驻外使臣或赴海外考察的游历使。清廷决定向海外大规模派遣使臣、游历使的起因是国内兴起的洋务运动。晚清域外行旅发生的这一特殊政治背景决定了晚清域外游记作者的关注对象及其写作方式。近代早期的域外游记多关注西方的奇技淫巧、声光化电，如斌椿、林鍼、张德彝等人的海外述奇系列。后期郭嵩焘、薛福成、黎庶昌等人的出使日记则更多的是注重"瀛环之形势，西学之源流，洋情之变幻，军械之更新"②的介绍。域外游记发展到19世纪

---

① 梅新林、俞樟华主编：《中国游记文学史》，学林出版社2004年版，第359页。
② 薛福成：《出使英法义比四国日记》，岳麓书社1985年版，第63页。

末至 20 世纪初，政治考察意味更浓，最具代表性的是康有为、梁启超等人的海外游记。

总的来说，近代域外游记的思想史料价值远远大于文学价值，从"游"到"记"均表现出强烈的实用色彩。在清末民初的社会转型期，近代域外游记肩负了传递新知的文化思想启蒙重任。"据统计，自一八二一年道光帝嗣位至一八六一年咸丰帝病死的四十年间，中国学者撰著的域外地理图书共二十种，而那以后至一九零零（光绪二十六年）的四十年间，国人所撰著的外国国情舆地著作，便约有一百五十一种。就是说，后四十年较诸前四十年增多了七倍半。而后四十年一百五十余种的六十一名作者，其中大半是驻外使领参随等外交官员。可见晚清与外国通使以后，至少在获得'天下方国'的直接知识方面，中国的学者文士得益匪浅。"① 由此可以看出，域外游记在近代中国社会转型的关键期具有重要的科学、文化启蒙意义。然而，近代域外游记在出色地完成了传递新知、文化启蒙重任的同时，却付出了文学审美价值缺失的沉重代价。

一　奇观：早期域外游记中的"西方"

晚清的海外游历者大多是用猎奇的目光来观看西方，而非审美观照。开始睁眼看世界的晚清海外游历者，刚一踏上异域的土地，迎面而来的声光化电、奇技淫巧让他们感到眼花缭乱、应接不暇。因此，对于晚清海外游历者来说，域外行旅带给他们最深刻的体验就是对西方现代文明的惊奇与艳羡。行旅体验左右着游记的书写内容和表述形式。早期域外游记多半过于关注"奇技淫巧"等器物技艺的详细描述，而忽视文学艺术、典章制度等精神文化层面的介绍，呈现出强烈的"述奇"色彩。

猎奇性观看导致早期域外游记对域外行旅体验的奇观化书写。早期域外游记作者津津乐道的是西方的精奇制造、宴会应酬、风俗类

---

① 朱维铮：《求索真文明——晚清学术史论》，上海古籍出版社 1996 年版，第 138 页。

志、马戏杂耍、奇禽怪兽等。以张德彝为例，这位十七岁就随使游历海外的年轻人，先后八次出洋，自《航海述奇》始，"每役必手记之"①，直至八述奇。他在《航海述奇》的自序中说："明膺命随使游历泰西各国，遨游十万里，遍历十六国，经三洲数岛、五海一洋。所闻见之语言文字、风土人情、草木山川、虫鱼鸟兽，奇奇怪怪，述之而若故，骇人而听闻者，不知凡几。"张德彝的域外游记总计有七十多卷，洋洋洒洒二百多万字。正如题目所示，他在游记中对西方的描写多是出于好奇而述之。到达马赛的第一天，这个年轻人就被眼前新奇的景象吸引住了。他不但发现了煤气灯"其光倍于油蜡，其色白于霜雪"，而且细心的他还注意到"如不点时，必以螺狮塞住，否则其气流于满屋，见火即着，实为险事"②。"讶于初见"，旅馆内用来唤人的"铜铃""传声筒"，"一转则热水涌出，一转有凉水自来"的自来水龙头，能够自动上下的"自行屋"都让这个远道而来的年轻人备感新鲜。年轻的张德彝在他洋洋大观的述奇系列里为我们描绘了一个五彩斑斓的西方世界。大如盘盖的蝴蝶，"制法不一"的冰激凌，灿若列星的五彩烟火，盛大的化装舞会，乐趣无穷的体育游戏，"一时可传信千万里"的"电气线"……游记中涉及的精奇制造、奇风异俗、名胜古迹不胜枚举。"其述疆域之险阻也，有如地舆志；其述川谷之高峻也，有如《山海经》；其述飞潜动植之瑰异也，有如庶物疏；其述性情语言之不同也，有如风土记。"③ 与张德彝同时出洋的年逾花甲的斌椿，在游记中也对这些闻所未闻见所未见的器物表现出强烈的兴趣。可以免除"登降苦劳"的"小屋"（电梯），唤人、传语的"暗消息"，让他深感"各法奇巧，匪夷所思"。就连一向认为"奇技淫巧，无裨于国计民生"，故而"概不赘述"的志刚④，对万兽园里"不可胜

---

① （清）张德彝：《欧美环游记》，岳麓书社1985年版，第613页。
② （清）张德彝：《航海述奇》，岳麓书社1985年版，第480页。
③ （清）贵荣：《航海述奇·序》，张德彝《航海述奇》，岳麓书社1985年版，第438页。
④ （清）志刚：《初使泰西记》，岳麓书社1985年版，第314页。

计"的"珍禽奇兽"也表现出极大的兴趣,在游记中用了大量的篇幅来详细介绍万兽园的情况。

早期域外游记中,作者关注的对象多属于奇技淫巧等器物层面。比如火车、轮船、钢炮、印刷机、织布机、电报、传真、照相机,等等,对其记述也非常详细。但对于西方的文学艺术却表现出一种淡漠的态度。虽然近代域外游记中有许多关于看影戏、观剧、参观博物馆和画院的记录,但都只是浮光掠影,不着边际的介绍。游历者还是带着猎奇的目光,关注那些令他们感到眼花缭乱的并且具有强烈视觉冲击效果的"声光化电"。王韬游览巴黎时,适逢"名剧登场"。他在《漫游随录》中专辟一节来写"法京观剧",但显然王韬并不关心上演的剧目是什么,故事情节如何,反而是变幻无穷的舞台布景及登台的女优更吸引他的眼球。对于演剧内容,他只用"或称述古事,或作神仙鬼佛形,奇诡恍惚,不可思议"几句话一笔带过。"座最居前"的王韬,"视之甚审"的只是令他"目眩神移"的变幻莫测的舞台效果:

> 山水楼阁虽属图绘,而顷刻间千变万状,几于逼真。一班中男女优伶,或则二三百人,甚者四五百人,服式之瑰异,文彩之新奇,无不璀璨耀目。女优率皆姿首美丽,加以雪肤花貌之颜,霓裳羽衣之妙,更杂以花雨缤纷,香雾充沛,光怪陆离,难于逼视,几疑步虚仙子离瑶宫贝阙而来人间也。或于汪洋大海中涌现千万朵莲花,一花中立一美人,色相庄严,祥光下注,一时观者无不抚掌称叹,真奇妙如此。[①]

将舞台效果作为观剧的书写焦点,在近代域外游记中具有一定的普遍性。斌椿在《乘槎笔记》中对于观剧情形的描写,与王韬简直如出一辙:

> 夜戌刻,戏剧至子正始散,扮演皆古时事。台之大,可容二

---

① (清)王韬:《漫游随录图记》,山东画报出版社2004年版,第68—69页。

三百人。山水楼阁，顷刻变幻。衣著鲜明，光可夺目。女优登台，多者五六十人，美丽居其半，率裸半身跳舞。剧中能作山水瀑布，日月光辉，倏而见佛像，或神女数十人自中降，祥光射人，奇妙不可思议。观者千馀人，咸拍掌称赏。①

张德彝在他的海外"述奇"中，也多次提到了自己的观剧体验。其记述也大致不脱王韬、斌椿一类的描写模式。在《航海述奇》中，张德彝极为详尽地描述了舞台布景："其戏能分昼夜阴晴；日月电云，有光有影；风雷泉雨，有色有声；山海车船，楼房闾巷，花树园林，禽鱼鸟兽，层层变化，极为可观。演至妙处，则众皆击掌叹赏。"② 可惜的是他对于此次观剧的剧情只字未提。

观剧如此，徜徉在艺术画廊里的中国旅行者们就更是属于外行看热闹而已了。在"博物大观"一节里，王韬记录了参观法国卢浮宫的情况。"极天下之大观"的馆藏令他"叹为观止"。可是，他的介绍只是泛泛地记录了自己的见闻而已。对于自己所见到底为何物，他就语焉不详了。在谈及卢浮宫中珍藏的名画时，他只知道其"悉出良工名手"而已。除了指出西国画理"贵形似而不贵神似"之外，只能大而化之地感慨道："清奇浓淡，罔拘一格，山水花鸟，人物楼台，无不各擅其长，精妙入神。"至于画作的具体信息，读者就无法从他的游记中知晓了。

难怪钱锺书先生会遗憾地说："（晚清的海外游历者）不论是否诗人文人，他们勤勉地采访了西洋的政治、军事、工业、教育、法制、宗教，欣奋地观看了西洋的古迹、美术、杂耍、戏剧、动物园里的奇禽怪兽。他们对西洋科技的钦佩不用说，虽然不免讲一通撑门面的大话，表示中国古代也早有这类学问。只有西洋文学——作家和作品、新闻或掌故——似乎未引起他们的飘瞥的注意和淡漠的兴趣。他们看

---

① （清）斌椿：《乘槎笔记·诗二种》，岳麓书社 1985 年版，第 109 页。
② （清）张德彝：《航海述奇》，岳麓书社 1985 年版，第 493 页。

戏，也像看马戏、魔术把戏那样，只'热闹热闹眼睛'（语出《儿女英雄传》三十八回），并不当作文艺来欣赏，日记里撮述了剧本的情节，却不提它的名称和作者。"① 对此，辜鸿铭先生也曾嘲讽说："近中国王公大臣出洋考察宪政，亦可谓之出洋看洋画耳！"② 的确，近代域外游记中对于西方文学艺术的介绍让人有种"热闹热闹眼睛""出洋看洋画"的感觉。其实，对于初出国门的旅行者来说，出现这种状况是难免的。虽然"那时候的公使和随员多数还不失为'文学之士'"，对外国诗文应该不会缺乏猎奇探胜的兴味，"清廷的出使人员有机会成为比较文学所谓'媒介者'（intermediary），在'发播者'（transmitter）和'收受者'（receptor）之间，大起搭桥牵线的作用"③。但是，钱锺书先生这番期待却是站在一个学贯中西的现代学者的立场上提出的。与钱锺书、辜鸿铭等人所具有的丰富海外留学生活经历相比，初次踏出国门的晚清使官们的海外游历就难免会有"刘姥姥进大观园"之感。钱先生对他们抱有这样高的期待着实有些不切实际。

马建忠也曾在给友人的信中抱怨说："问所谓洋务者，不过记一中西之水程，与夫妇之袒臂露胸种种不雅观之事；即稍知大体者，亦不过曰西洋政治大都重利以尚信，究其所以重利尚信之故，亦但拉杂琐事以为证，而于其本源之地，茫乎未有闻也。"④ 的确，早期域外游记的确存在着诸多的缺憾。但是，作为最早睁眼看世界的早期域外游记作者，他们也有着难言的苦衷与无奈。首先，语言障碍的存在影响游历者对异域文化做深入细致的了解。在行旅过程中，行旅者不得不完全依赖视觉，因此早期域外游记大多数关注的都是具有视觉冲击效果的"旅游吸引物"（麦坎内尔语），表现在游记

---

① 钱锺书：《汉译第一首英语诗〈人生颂〉及有关二三事》，《七缀集》（修订本），上海古籍出版社 1985 年版，第 154—155 页。
② 同上书，第 154 页。
③ 同上书，第 151—152 页。
④ （清）马建忠：《适可斋纪言纪行》，转引自尹德翔《东海西海之间》，博士学位论文，南京大学，2006 年，第 32 页。

中,就很容易给人一种"热闹热闹眼睛"的感觉。晚清派往海外的使臣,"除掉翻译官以外,公使、参赞、随员一般都不懂外语。他们就像王韬在英国时自叹的诗句中所描画的:'口耳俱穷惟恃目,喑聋已备虑兼盲'"①。斌椿曾在游记中用"唎啾"一词来指称异国语言。② 即使是同文馆(英文)出身的张德彝,在英国欣赏口技表演时,虽然台上的人"手舞足蹈,自说自解,忽喜忽怒,众皆大笑",可是张德彝等人却"不知所可笑者缘何",于是只好"索然回寓"。③ 斌椿在《乘槎笔记》后面的按语中也谈到了语言障碍对自己游记内容取舍的影响,他说:"其国人之官爵姓字,以及鸟兽虫鱼草木之奇异者,其名多非汉文所能译,姑从其阙。至宫室街衢之壮丽,士卒之整肃,器用之机巧,风俗之异同,亦皆据实书,无敢附会。"④ 史学家陈恭禄在《中国近代史》中指出,斌椿"所著之笔记,偏重于海程、宴会,固无影响于国内",是因为他"不通外国语言,不明其思想制度",所以对于海外"自无深切了解同情之可能性"⑤。的确,语言不通既阻碍了游历者对异国的深入了解,也影响了游记对异域行旅体验的跨文化书写。

其次,传统的道德文化观念和文化态度也限制了早期海外行旅者对西方文学艺术进行审美观照的可能。朱维铮曾经嘲讽地说:"刘锡鸿虽不通英语,鄙视洋文,到底长着眼睛,而且爱看热闹。他的日记时时详记茶会、舞会情景,确属目击后的创作。同样记载这类社交活动,郭嵩焘留心的是异域礼仪,张德彝注意的是乐舞关系,而刘锡鸿呢?却总盯住洋女的胸脯,洋男的下体,甚至出现如

---

① 王韬在这句诗后注明:"来此不解方言,故云。"详见钱锺书《七缀集》,生活·读书·新知三联书店 2002 年版,第 153 页。
② 如:"人物语唎啾,雕题与黑齿""歧舌每每烦九译,一十七种言唎啾"。详见斌椿《天外归帆草》第 43 首;《海国胜游草》第 16 首。斌椿《乘槎笔记·诗二种》,岳麓书社 1985 年版。
③ (清)张德彝:《航海述奇》,岳麓书社 1985 年版,第 532 页。
④ (清)斌椿:《乘槎笔记》,岳麓书社 1985 年版,第 144 页。
⑤ 转引自钟叔河《走向世界:近代知识分子考察西方的历史》,中华书局 1985 年版,第 69 页。

此更富有想象力的精炼描写：'女袒其上，男裸其下，身首相贴，紧搂而舞'。真是道学家的眼睛，所见无非是'淫'。"① 对于恪守"男女授受不亲"封建礼教的晚清使官们来说，"惊世骇俗"的西方歌舞实在无法激起他们的审美快感。从刘锡鸿的游记看来，与优美的舞蹈、音乐相比较，倒是洋女洋男们"有伤风化"的举动更吸引他的眼球。

"承认西洋船坚炮利，但决不承认西洋也有文化和文学，这在清末民初的旧派文人当中是相当普遍的态度。"② 晚清的海外游历者大多对西方文学艺术持如是观点。如王韬就认为"英国以天文、地理、电学、火学、气学、光学、重学为实学，弗尚诗赋词章"③。这种文化态度导致早期域外游记对西方文学艺术的漠视。当然，游历者本身对西方文化艺术缺乏了解也是其中的一个主要原因。

此外，一路马不停蹄、浮光掠影式的游历方式，也是造成晚清域外游记呈现奇观化书写的原因之一。如斌椿一行五人在不到四个月的时间里游历了十一个国家。这样匆忙的游历，很难获得深刻的行旅体验，对域外行旅体验的跨文化书写也就难免会流于表面。

总之，晚清海外游历者的优势文化心态、对于西方文化的陌生、外语能力的缺乏、游历的匆促及中西间存在的巨大文化差异，这些主客观因素都决定了游历者只能以一种猎奇性的目光来打量西方。在令人眼花缭乱的奇技淫巧、声光化电面前，他们产生的是一种对西方现代工业文明的惊羡体验，而不是一种令人愉悦的现代审美体验。早期域外游记描摹的多是这种现代惊羡体验，因而呈现出一种鲜明的述奇色彩。

---

① 朱维铮：《使臣的实录与非实录——晚清的六种使西记》，《求索真文明——晚清学术史论》，上海古籍出版社1996年版，第148页。
② 张隆溪：《走出文化的封闭圈》，生活·读书·新知三联书店2004年版，第136页。
③ （清）王韬：《漫游随录图记》，山东画报出版社2004年版，第106页。

二　近代域外游记的实用化倾向

近代域外游记有着明显的实用化倾向。这主要与晚清"经世致用""游以致用"文学观念的流行有很大关系。受近代中国时局变化的影响，晚清的文学风气也发生了很大变化。晚清文人从压抑沉闷的乾嘉朴学中解放了出来，重新开始关注社会政治时势的变化。以龚自珍、魏源等为代表的清末文人不再"著书只为稻粱谋"，转而强调文学"经世致用"的功能。在清末"经世致用"文学风气的濡染下，近代游记写作开始倡导"游以致用"的文学观念。郑观应在《游历》中甚至将"游记的作用上升到关乎国运的大事"[①]：

> 降至今日，泰西各国尤重游历。尊如世子王孙，贵如世爵将相，莫不以游历各国为要图。……经过之处，观其朝章得失，询其俗尚美恶，察其物产多寡，究其贸易盛衰，仿其制作粗精，探其武备强弱。而于地理一事尤所究心。山川之险夷，出入之难易，路径之远近，江河海口之浅深，无不绘成地图，载入日记，刊诸日报，纸贵一时。无事，则彼此传闻以资谈助；一旦有事，则举国之人胸有成竹，不难驾轻就熟，乘胜长驱。[②]

"游以致用"文学观念的流行，导致近代域外游记政治性增强，文学色彩淡化。不少作者甚至以能否"游以致用"来决定游记内容的取舍。郭嵩焘、薛福成等人的使西日记"凡舟车之程途，中外之交涉，大而富强立国之要，细而器械利用之原，莫不笔之于书"[③]，鲜明地表达了他们对洋务运动的热烈期许。梁启超在《新大陆游记》凡例中强调说："中国前此游记，多纪风景之佳奇，或陈宫室之华丽，无关宏旨，徒灾枣梨，本编原稿中亦所不免。今悉删去，无取耗人目力，

---

① 梅新林、俞樟华主编：《中国游记文学史》，学林出版社2004年版，第354页。
② （清）郑观应：《盛世危言》，辽宁人民出版社1994年版，第106页。
③ （清）薛福成：《出使英法义比四国日记·跋》，岳麓书社1985年版，第341页。

惟历史上有关系之地特详焉。""兹编所记美国政治上、历史上、社会上种种事实，时或加以论断。……但以其所知者贡于祖国，亦国民义务之一端也。于吾幼稚之社会，或亦不无小补。"① 实际上，梁启超奔赴新大陆的旅行，完全是一次政治旅行，其目的是"誓将适彼世界共和政体之祖国，问政求学观其光"②。所以，他的游记着重介绍的是美国的建设成就、地方自治、地方分权及其两党政治。他在游记中罗列了大量统计数字来说明美国"托辣斯"、移民、海军战斗力等方面的现状，还不时引用大段译文来详细解释美国政治的发展史。可以说，《新大陆游记》就是梁启超为了寻求救国救民之路所撰写的一部美国政治考察报告。

　　游记作者的特殊身份和写作目的也是导致近代域外游记出现实用倾向的重要原因。近代域外游记中占绝大多数的是晚清使官的出使日记。游记作者的使官身份要求他必须在出使日记中履行一个使臣的义务。按照清廷的规定，使官撰写的出使日记都要呈交总理各国事务衙门。实际上，清朝的总理各国事务衙门要求"出使各国大臣应随时咨送日记"，原本就是希望通过使官对"凡有关系交涉事件，及各国风土人情"的"详细记载"，能使数年后的"中国人员可以洞悉""各国事机"，"不至漫无把握"。其初衷也是出于"以期有益于国"的实用目的。③ 因此，很多使臣均以"是否裨益中国要务"来撰写出使日记。薛福成在《出使英法义比四国日记》中，除了详书四国见闻之外，对于"所闻关系中国之事，必详记之；即所闻关系各国之事，亦详记之"。志刚的《初使泰西记》，多"关切世道人心，民生国计者"④，对于"仅供耳目之欲"的影戏，则因其"无裨于国计民生者，概不赘述"⑤。

---

　　① 梁启超：《新大陆游记·凡例》，《新大陆游记及其他》，岳麓书社1985年版，第419页。
　　② 梁启超：《二十世纪太平洋歌》，《新大陆游记及其他》，岳麓书社1985年版，第600页。
　　③ （清）薛福成：《出使英法义比四国日记》，岳麓书社1985年版，第59页。
　　④ （清）志刚：《初使泰西记·序》，岳麓书社1985年版，第245页。
　　⑤ 同上书，第314页。

使西日记特殊的写作目的，影响着游记作者如何来言说自己的域外行旅体验，限制了早期域外游记走向审美的可能。大多数的使官都选择以日记体的形式"随所见闻，据实纂记"①，逐日排录日常见闻、外交往来及其生活琐事，拉拉杂杂，巨细靡遗。尤其是对各国形势、政事风俗、公函往来、宴会应酬的实录，更是长篇累牍，让人感觉乏味。以薛福成的《出使英法义比四国日记》为例，日记中除了记录中外交涉之外，对于"国书颂辞，无不详载"，甚至连"与外部往返洋文照会书信，间亦译登一二"②。对于出使期间参加的一切典礼，薛福成都不厌其烦地做了详细记录。他在日记凡例中自云：

> 凡关系出使典礼，除呈递国书外，如恭逢皇太后、皇上万寿，及冬至、元旦，皆望阙遥贺；使臣初到时，前任使臣跪请圣安；前任使臣回华时，使臣寄请圣安；皆谨志之，以资考证。又如主国君主及伯理玺天德延请宴会，暨朝绅会、朝眷会、听乐会、观舞会，亦必记其梗概，用昭从俗从宜之义。③

正如薛福成所说的那样，近代域外游记大多内容庞杂无序，作者只管"排日纂事"，机械实录自己在域外的亲历亲闻，完全顾不上内容书写上的剪裁取舍和布局谋篇。"日记为出使而作"的写作动机导致晚清的使官日记变成了例行公事的工作汇报，而非一种自觉的文学创作。使官们本着"折衷至当"的写作原则，努力地对域外见闻"秉笔直书"，以期能对朝廷起到"咨谋询度"的作用。晚清的海外游历者，多半是背负着救国救民的重任踏上域外之旅的，行旅者根本无法以一种余裕、从容的旅行心态来享受域外之旅。在"游以致用"观念的影响下，近代域外游记的书写背后大都带着一种强烈的功利性色彩。这种实用主义的写作态度是无法将域外游记推上文学创作之路的。

---

① （清）薛福成：《出使英法义比四国日记》，岳麓书社1985年版，第59页。
② 同上书，第64页。
③ 同上书，第65页。

三　现代域外行旅体验的表述困境

如上文所述，使官的身份和使命，决定了出使日记只能是一种机械的实录，而非文学创作。然而，近代走出国门的除了晚清使官之外，还有少量以私人身份出国的行旅者，他们的域外游记写作没有任何外来的要求与限制，理应具有很强的文学色彩。翻看林𬭳、王韬、李圭、罗森的域外游记，我们会发现实则不然。虽然王韬的《漫游随录》中也有一些很精彩的描写片段，如他运用小说的笔法来描写西洋女子周西女士陪同自己游玩的情景：

> 余与女士穿林而行，翠鸟啁啾鸣于树巅，松花柏叶籔籔堕襟上。园四周几十许里，行稍倦，坐石磴少息。女士香汗浸淫，余袖出白巾，代之为拭曰："卿为余颇觉其劳矣，余所不忍也。"女士笑曰："余双趺如君大，虽日行百里不觉其苦，岂如尊阃夫人，莲钩三寸，一步难移哉！"言毕，起而疾趋，余迅足追之不能及，呼令暂止。女士回眸笑顾曰："今竟何如？"余曰："抑何勇也？"然云鬟蓬松，娇喘频促，扶余肩不能再行。良久喘定，始从容徐步。余代为掠鬓际发，女士笑谢焉，觉一缕幽香沁入肺腑。①

近三年的欧游生活令王韬"眼界顿开，几若别一宇宙"。他自云"余之至泰西也，不啻为先路之导，捷足之登；无论学士大夫无有至者，即文人胜流亦复绝迹"②。王韬在游记中运用小说的笔法来描写西洋女子，的确具有新意。然而，读者不难发现，文中充满的"完全是刘阮游仙、章台折柳的格调"，"使后人看了不禁肉麻或者好笑"③。除此之外，王韬在《漫游随录》《扶桑游记》中还经常挪用传统的习文

---

① （清）王韬：《漫游随录》，岳麓书社1985年版，第140—141页。
② 同上书，第43页。
③ 钟叔河：《从坐井观天到以蠡测海》，林𬭳《西海纪游草》，岳麓书社1985年版，第20页。

套语来描述域外新体验。王韬的域外游记所呈现出来的新与旧杂糅的复杂文学面貌，说明即使是在域外行旅过程中产生了审美体验，如果不能用恰当的文学形式表述出来，也同样无法实现域外游记的审美化。游记的审美化必须同时包括"游"与"记"两个方面。

"游"的内涵的变化，要求有与之相适应的"记"来表述。对于初出国门的中国旅行者来说，如何理解、接受西方现代行旅体验，并将其用文学方式表述出来，是一个相当棘手的难题。陌生的西方现代都市体验，对传统的认知格局和话语系统都构成了前所未有的挑战。近代域外游记作者在对陌生的异域现代体验进行跨文化书写时，受传统文学表述习惯的影响，作者在描述异国景观时，"一到了写景的地方，骈文诗词里的许多成语便自然涌上来，挤上来，摆脱也摆脱不开，赶也赶不去"[①]。近代域外游记中常常出现大量的中国古典文学因素，如选用传统诗文中的词汇、意象、典故等习文套语来描写域外所见、所闻、所感。因此，近代域外游记中对于西方体验的跨文化书写呈现出一种明显的中国风格。这种作为权宜之计的书写策略一旦过多使用，有时就会给人以流于程式化的感觉。以早期域外游记中描写西洋建筑为例：

  陡见洋楼数处，画栋雕梁，齐云落月，花香鸟语，日丽风和。——张德彝《航海述奇》第482页

  街市繁盛，楼宇皆六七层，雕栏画槛，高列云霄。——斌椿《乘槎笔记》第107页

  抵马塞里，法国海口大市集也。至此始知海外闤闠之盛，屋宇之华，格局堂皇，楼台金碧，皆七八层，画槛雕阑，疑在霄汉，齐云落星，无足炫耀。街衢宽广，车流水，马游龙，往来如织。——王韬《漫游随录》第56页

[①] 胡适：《老残游记序》，《胡适全集》（第三卷），安徽教育出版社2003年版，第584页。

>　　寓舍宏敞，悉六七层，画栋雕甍，金碧辉煌。——王韬《漫游随录》第 59 页

>　　楼之高者，几凌霄汉，雕槛晶窗，缥缈天外，虽齐云落星，犹未足方喻也。——王韬《漫游随录》第 73 页

　　通过以上的罗列可以明显看出，作者在描述西洋建筑时仍然使用了大量传统词汇。描述其精美，便称其"雕栏画槛""画栋雕梁"；赞其高大，便喻其"齐云落星""几凌霄汉"。大量传统词汇的使用，使域外游记中的异国充满了浓郁的中国情调和审美情趣。读者根据这样的描述想象出来的西洋建筑仍然是中国式的亭台轩榭。异域体验的中国化书写在早期域外游记中比较普遍。比如，林𬭚在《西海纪游草》中对洋女的赞美也使用了"蜻蜓""杨柳""桃花"等传统词汇。"桃源渔子""蛮腰舞掌""堂飞旧燕"等古典意象的借用[①]，显露出的是中国人的审美眼光。斌椿则借用传统文学中描摹仙境的习文套语来描绘英国王宫，将其比喻成传说中的"蓬瀛"。传统词汇的直接移用，说明习惯了传统文学表述方式的游记作者在现代域外体验面前无法言说的窘困，显示出传统文学话语系统遭遇西方现代文明的无措与失语。对异域景观的中国化书写只是一种折中策略。传统文学词汇的大量挪用，导致域外书写出现了千篇一律、流于程式化的弊端。与此同时，掺杂着中国审美观照和审美情趣的异域形象，也无法给读者提供一个可靠的想象异国的依据。

　　近代域外游记面对现代域外体验的失语状态，也影响了中国人对于域外的共时性文学想象。晚清时期的上海出现了"照说绘图"的风气。开创这一风气的就是当时颇为有名的点石斋书局。点石斋书局之所以推出画报，和文字在传递异域信息过程中所遭遇的困境有关。正如西方《点石斋》研究者瓦格纳所说，"在一个日益变得复杂的世界里，所报道的都是远方有着奇怪名字的事物和更加奇怪的事件，书写

---

① （清）林𬭚：《西海纪游草》，岳麓书社 1985 年版，第 39 页。

文字越来越面临着一种窘境，即对于非常复杂的事物，一幅图可以在一瞥之间传递文字用 20 页也没法传递的信息"①。在画报风潮的影响下，晚清出版的很多游记也采用了"照说绘图"的方式。光绪十六年（1890），王韬在点石斋书局印行了自己的《漫游随录图记》。② 虽然为《漫游随录》绘图的张志瀛画技高超③，但是他的绘图并未达到画龙点睛的效果，许多绘图给人的感觉好像和王韬的文字介绍并不搭界，也无法让人有身临异域之感。鲁迅曾在自己收藏的从《点石斋画报》附录中析出的《漫游随录图记》残本上题曰："图中异域风景，皆出画人臆造，与实际相去远甚，不可信也。"④ 鲁迅的批评道出了"图"与"说"之间的疏离。究其原因，一方面固然是由于张志瀛同吴友如一样，"对于外国事情，他很不明白"⑤。另一方面也要注意到绘图者所依据的"说"本身的模糊与含混。域外游记在对异域体验表述上采取的本土化文学策略，使得画师无法获得清晰明了的异域形象。因而他们的"照说绘图"只能是一种空中楼阁式的凭空想象。

近代域外游记中出现的异域体验书写中国化的现象，说明仅仅依靠传统话语系统已然无法向读者准确、生动地传递出现代域外体验所包含的丰富而又复杂的信息。陷入无法表述但又必须表述困境中的游记作者，除了本能地向传统文学表述惯习靠拢之外，还会不由自主地寻求其他出路，以解决文化失语所带来的强烈焦虑感。于是，文学变

---

① ［德］鲁道夫·G. 瓦格纳：《进入全球想象图景：上海的〈点石斋画报〉》，王斌、戴吾三《从〈点石斋画报〉看西方科技在中国的传播》，《科普研究》2006 年第 3 期。

② 王韬在自序中称"适有精于绘事者许为染翰，遂以付之，都为图八十幅，记附其后，而名之曰《漫游随录》"。然而八十篇本的《漫游随录》并未见印出。今存此书的最早印本，即申报馆附属点石斋书局石印的《漫游随录图记》。考证的细节详见王稼句《〈漫游随录图记〉·前记》，山东画报出版社 2004 年版，第 6—7 页。

③ "点石斋本既称图记，有图五十幅，除第一图为田英所绘，其余皆为张志瀛所绘。笔致细腻，属于典型的点石斋风格。"详见王稼句《〈漫游随录图记〉·前记》，山东画报出版社 2004 年版，第 7 页。

④ 鲁迅：《题〈漫游随录图记〉残本》，《鲁迅全集》（第八卷），人民文学出版社 2005 年版，第 413 页。

⑤ 鲁迅：《上海文艺之一瞥》，《鲁迅全集》（第四卷），人民文学出版社 2005 年版，第 299 页。

革的迹象在近代域外游记中出现就成为一种历史必然。

近代域外游记中的文学变革迹象之一就是"新名词"的出现。"新名词"在早期域外游记中的出现，是传统话语系统在西学东渐的文化语境下，积极应对现代域外体验挑战的必然结果。对此晚清文人深有体会。梁启超指出："社会之变迁日繁，其新现象、新名词必日出，或从积累而得，或从变换而来，故数千年前一乡一国之文字，必不能举数千年后万流汇杳、群族纷弩时代之名物意境而尽载之尽描之，此无何如者也。""一新名物新意境出，而即有一新文字以应之，新新相引，而日进焉。"① 王国维在《论新学语之输入》中也注意到"近年文学上有一最著之现象，则新语之输入是也"②。他认为"我国学术而欲进步乎，则虽在闭关独立之时代不得不造新名，况西洋之学术骎骎而入中国，则语言之不足用固自然之势也"③。由此可见，将新名词看成是晚清民初特殊文化语境下必然会出现的一种文化现象，已成为当时人的共识。

域外游记也是最早输入新名词的途径之一。但近年来研究界多关注晚清报刊、西学译著在输入新名词方面的重要性，忽略了域外纪游作品对于晚清文学变革的推动。"自近代以来，中国文学中最有冲击性和震撼力的著述往往是以下两种，一种是西方科学或文学的翻译著作，诸如莎士比亚、易卜生等人的著作在中国引起陌生化的强烈反响，促进了新文化的萌芽和民众启蒙。再一类恐怕就是旅行文学或游记文学。"④ 的确，在全球化东扩的进程中，域外游记扮演了重要的媒介角色。

---

① 梁启超：《新民说·论进步》，《梁启超全集》（第二册），北京出版社1999年版，第684页。

② 王国维：《论新学语之输入》，《中国近代文学大系》（文学理论集2），上海书店出版社1995年版，第720页。

③ 同上书，第721页。

④ 周宪：《旅行者的眼光与现代性体验——从近代游记文学看现代性体验的形成》，《社会科学战线》2000年第6期。

早在1847年春,"受聘外国花旗舌耕海外"的林鍼在他撰写的《西海纪游草》中就已使用了"耶稣""礼拜""联邦"等新名词。①斌椿在《海国胜游草》中引用了淡巴菰、弥思、安拿、丹麻尔、瑞颠等外来语。②这些新名词的出现虽然只有零星几个,但却证明了现代域外行旅体验对于中国文学变革具有不容忽视的影响力。

为了摆脱域外行旅体验的表述困境,梁启超在《新大陆游记》中尝试用"新文体"来进行写作。所谓的"新文体",是梁启超为了宣传的需要,效仿日本"报章体"而创立的一种文体。为了使宣传能"畅其旨义","新文体"的行文"务为平易畅达,时杂以俚语韵语及外国语法,纵笔所至不检束"③。毋庸讳言,梁启超写作的"新体游记在语体文体上的变革大大推进了近代散文的新变,虽然新体游记在变革上存在着不彻底性,但它的出现无疑促进了游记文的现代转型及白话游记的出现"④。然而,"新体文"虽然推动散文走向通俗化,但其浓烈的政论色彩和宣传意味,却削弱了新体域外游记的文学审美价值。

作为桐城派的中坚,郭嵩焘、黎庶昌、薛福成等人的域外游记也不乏写景名篇。如薛福成在日记中对阿尔卑斯山美景的描写:

> 山中吐纳万景,变幻不可名状,搜奇抱胜,俄顷忽殊。纵眺诸峰,或遥障如城堞,或巍峨如殿阙,或攒簇如列笏,或分置如置棋,或雄踞如虎豹,或蜿蜒如龙蛇,或旋折如蜗螺,或昂企如狮象,或楼阁如镜云,或溪涧如轰雷,或喷瀑如拖练,或漱石如鸣玉,或密林如帷幄,或吐花如锦绣,或麦畴如翻浪,或松风如洪涛。青霭迎人,湖光饮渌,宜其名胜甲于欧洲。⑤

---

① (清)林鍼:《西海纪游草》,岳麓书社1985年版,第43页。
② (清)斌椿:《乘槎笔记·诗二种》,岳麓书社1985年版,第165、168、173页。
③ 梁启超:《清代学术概论》,《梁启超全集》(第五册),北京出版社1999年版,第3100页。
④ 梅新林、俞樟华主编:《中国游记文学史》,学林出版社2004年版,第372页。
⑤ (清)薛福成:《出使英法义比四国日记》,岳麓书社1985年版,第335页。

作者运用繁复的比喻生动传神地描绘了阿尔卑斯山变幻莫测的山色。整段描写气势恢宏、一气呵成，充分显示了作者惊人的文学才华。

此外，薛、黎等人还"善于撷取西方生活场景构成异国风情的美的画面，通过画面本身给人以强烈感染和回味启迪"①。比较有代表性的有薛福成《观巴黎油画记》《白雷登海口避暑记》，黎庶昌《巴黎油画记》《斗牛之戏》《跳舞会》《加尔德隆大会》《巴黎大赛会纪略》等。如黎庶昌在《巴黎油画院》中对西洋画作的描写：

> 一画女子衣白纱，斜坐树下，手持日照，旁有白鹅乞食，萍花满地，蕉绿掩映其间，清气袭人袂。一画垂髫女子六七人，裸浴溪涧中，若闻林中飒然有声，一女子持白纱掩覆其体，一女子以手掩额，偷目窥视，余作惊怖之状。一命妇赴茶会归，与夫反目，掷花把于地，掩袂而泣，花皆缤纷四落，散满坐榻，其夫以手支颐，作无主状。②

这段描写充分显示了黎庶昌"状物摹神"的功力，其绘声绘色的描述让人有身临其境之感。不难看出，薛、黎等人的出使日记中有些片段已经初具现代美文的模样。但令人遗憾的是，繁忙的公务、强烈的使命感，使得作者很难拥有闲情逸致寄情洋山洋水。这些写景状物佳篇，只是他们出色的文学才华与异域美景碰撞所产生的小火花，它们的存在只不过是枯燥无味的出使日记的一种装饰和点缀，无法代表整个近代域外游记的文学风貌。

总而言之，近代域外游记没有实现审美化实在是特定的文化语境使然。"'文化语境'（Culture Context）是文学文本生成的本源。从文学发生学的立场上说，'文化语境'指的是在特定的时空中由特定的文化积累与文化现状构成的'文化场'（The Field of Culture）。这

---

① 梅新林、俞樟华主编：《中国游记文学史》，学林出版社2004年版，第409页。
② （清）黎庶昌：《西洋杂志》，湖南人民出版社1981年版，第106页。

一范畴应当具有两个层面的内容。其第一层面的意义,指的是与文学文本相关联的特定的文化形态,包括生存状态、生活习俗、心理形态、伦理价值等组合成的特定的'文化氛围';其第二层面的意义,指的是文学文本的创作者(有意识或无意识的创作者、个体或群体的创作者)在这一特定的文化场中的生存方式、生存取向、认知能力、认知途径与认知心理,以及由此达到的认知程度,此即是文学创作者们的'认知形态'。事实上,各类文学'文本'都是在这样的'文化语境'中生成的。"① 域外游记,作为域外行旅体验最重要的载体,当然也无法摆脱文化语境的影响。在晚清的社会文化历史语境中,海外游历者个人知识结构的局限及其文化心态的束缚,"游以致用"观念的流行,撰写域外游记的功利性目的,文学表达工具的限制等,从"游"到"记",都没有能够为域外游记走向审美提供必要的条件。总之,近代域外游记过于追求实用的结果换来的是文学审美价值的缺失。正如李岚在她的论文中所说的那样,在晚清出现的域外游记作品"在文化史料上的意义远远大于作为散文之一种的意义"②。而这也正是近代域外游记一直被文学研究者所忽略的重要原因之一。

第二节 "游"与"记"的审美熔铸:
现代域外游记散文的成熟

　　陌生而新奇的域外行旅体验对近代域外游记提出了文学变革的要求。为了适应域外行旅体验的表述需要,近代域外游记也做出了积极的应对,如输入"新名词"、引入"新文体"等。但是,特定的文化语境并没有为近代域外游记走向成熟提供必要的文学条件和社会基础。直至"五四",经历了半个多世纪漫长发展历程的域外游记才终

---

　　① 严绍璗:《"文化语境"与"变异体"以及文学的发生学》,《中国比较文学》2000年第3期。
　　② 李岚:《行旅体验与文化想象——论中国现代文学发生的游记视角》,博士学位论文,华中师范大学,2007年,第28页。

于走向成熟，实现了"游"与"记"的审美熔铸。现代域外游记散文不仅丰富、拓展了中国现代散文的表现题材，给现代文坛吹来了欧风美雨，增添了异国情调。同时，现代域外游记自觉的"美文"追求，成功的文学实践，也为推进现代散文文体变革做出了不小的贡献。

一　由惊羡转向审美：现代域外行旅体验的转型

伴随着旅行事业的拓展，通信传媒的发达，中国的日益开放，人们了解域外的途径愈来愈多。"海客谈瀛洲，烟涛微茫信难求"的慨叹已经成为过去。现代人的域外行旅体验开始由惊羡转向审美。对于现代海外游历者来说，他们不再用一种惊羡的目光打量西方，而是以一种从容、冷静的心态，对域外的名胜古迹、自然风光、风土人情、文化艺术进行审美观照。行旅体验的转型直接影响了域外游记书写内容的变化。现代域外游记的关注焦点由近代的奇技淫巧、政令风俗转为文学艺术、自然风光及风土人情。近现代域外游记的转型在某种程度上折射出中国近现代社会的转型，是中国融入世界，进入现代的伟大历史变迁在文学上的投影。

现代域外行旅体验的转型是多种因素合力而为的结果。首先，"游"的观念的转变促使游历者能以一种审美的心态来享受旅行。受"父母在，不远游，游必有方"传统伦理道德观念的制约，晚清海外游历者"远游"的合法性受到威胁。林鍼为了使自己的远游符合传统道德规范的要求，煞费苦心地在游记中将"远游"与"父母在"的两难选择捏合到一起。他在《西海纪游草·自序》中用了相当的篇幅来抒发自己的思亲之情及远游的艰辛[①]，又在游记的后面附上"记先祖妣节孝事略"。到了现代，随着旅行事业的发展和人们思想观念的转变，"游"的观念也随之变化。域外行旅不再意味着生离死别，也无须背负道德上不孝的谴责。人们开始享受旅行本身所带来的身心愉悦。艾芜认为"旅行是精神的沐浴"。倦旅归来，适逢月夜。旅行者

---

① （清）林鍼：《西海纪游草》，岳麓书社1985年版，第35页。

"睁着倦怠的眼睛,凭窗望去,田野,茅屋,椰林……都酣睡在月光下面,徐徐地移向尾后,一种宁静的氛围,便和掠过车窗的凉风,泥土青草的气息,一同地袭人胸怀。然而,即使当着黑夜,也仍旧不错,像车路旁边远远近近的人家,一瞥地现出灯火,就仿佛一些媚美的眼珠,在浓黑的发间,暗自窥人一样,总之,这一来,整天在事物上弄呆板了的心情,使得突然为之松爽活泼了"①。实际上,艾芜在中缅边境的漂泊实在是一次苦旅。"由四川到缅甸,就全用赤足,走那些难行的云南的山道,而且,在昆明,在仰光,都曾有过缴不出店钱而被赶到街头的苦况的。"按常人的推理来看,"不管心情方面,或是身体方面",他"均应该倦于流浪了"。"但如今一提到漂泊",艾芜"却仍旧心神向往,觉得那是人生最销魂的事呵"②。"游"的观念的解放,使现代的域外旅行者挣脱了"游以致用"的功利性束缚,回归到了"游"本身所蕴含的自由、飘逸、洒脱的精神本质,从而能以一种从容的审美心态面对域外的一切。"对于异乡山水,抱持着观赏游览之心情;对于生活,也不是以'工作'和'日常生活'去面对,而是游戏之、欣赏之、享受之。要有这样的心情,才能发展出山水诗、游览文学。"③

带着审美的态度来旅行,对于"美感的追求,可以高过任何体力上的辛劳,亲情的呼唤,或国家责任的压力,让人摆开一切,尽情尽兴地投入其中,欣赏观览一番,去发觉山水之美;或在日常性的无聊生活中,品味、经营出美感来"④。徐志摩将旅行比喻成"是去赴一个美丽的宴会"。在翡冷翠山居期间,他尽情地享受"做客山中的妙处":

> 你永不须踌躇你的服色与体态;你不妨摇曳着一头的蓬草,不妨纵容你满腮的苔藓;你爱穿什么就穿什么。扮一个牧童,扮

---

① 艾芜:《旅仰散记》,《漂泊杂记》,上海生活书店1935年版,第163—164页。
② 艾芜:《想到漂泊》,《漂泊杂记》,上海生活书店1935年版,第247页。
③ 龚鹏程:《游的精神文化史论》,河北教育出版社2001年版,第197页。
④ 同上。

一个渔翁，装一个农夫，装一个走江湖的桀卜闪，装一个猎户；你再不必提心整理你的领结，你尽可以不用领结，给你的颈根与胸膛一半日的自由，你可以拿一条这边艳色的长巾包在你的头上，学一个太平军的头目，或是拜伦那埃及装的姿态；但最要紧的是穿上你最旧的旧鞋，别管他模样不佳，他们是最可爱的好友，他们承着你的体重却不叫你还有一双脚在你的底下。[1]

单身奔赴大自然的徐志摩，在大自然的怀抱里解放了一切世俗的枷锁，就"像一个裸体的小孩扑入他母亲的怀抱"一样，深切地感受着"灵魂的愉快是怎样的，单是活着的快乐是怎样的，单就呼吸单就走道单就张眼看从耳听的幸福是怎样的"[2]。他在青草地上坐地仰卧甚至打着滚，因为那青草的和暖的颜色唤起了诗人童稚的活泼；他在寂静的林荫路上不由自主地狂舞，因为路边"树木的阴影在他们迂徐的婆娑里暗示你舞蹈的快乐"；他情不自禁地信口歌唱，因为"林中的莺燕告诉你春光是应该赞美的"。翡冷翠的灵山秀水洗去了旅人满身的疲惫：他的胸襟跟着漫长的山径开拓，澄蓝的天空静定了他的心，他的"思想和着山壑间的水声，山罅里的泉声"，"流入凉爽的橄榄林中，流入妩媚的阿诺河去……[3]"

"游"的观念的转变直接影响着游记内容的变化。"自然"重新回到游记作者的关注视野。徐志摩在《我所知道的康桥》中大声呼吁"人是自然的产儿"。他给人们开出了一剂疗治现代文明病的药方："医治我们当前生活的枯窘，只要'不完全遗忘自然'一张轻淡的药方我们的病象就有缓和的希望。在青草里打几个滚，到海水里洗几次浴，到高处去看几次朝霞与晚照——你肩背上的负担就会轻松了去的。"[4] 在徐志摩"最感受人生痛苦的时期"[5]，异国的秀美自然风光

---

[1] 徐志摩：《翡冷翠山居闲话》，《巴黎的鳞爪》1930年版，第34—35页。
[2] 同上书，第36页。
[3] 同上书，第37页。
[4] 徐志摩：《我所知道的康桥》，《巴黎的鳞爪》1930年版，第59页。
[5] 同上书，第60页。

抚慰着这位来自远方的游子，也带给了诗人创作的灵感。徐志摩的《翡冷翠山居闲话》《我所知道的康桥》等纪游名篇正是异国的自然风光与作者创作激情相互激荡的产儿。

当行旅者以一种审美的态度来感受异域生活时，就会从琐屑无聊的日常生活中发现美的存在。在法国悠闲的乡村生活中，孙福熙用心体会着Loisieux村的风物之美和人情之美。朱自清赞叹作者在《山野掇拾》中收藏材料的本领。"他收藏着怎样多的虽微末却珍异的材料，就如慈母收藏果饵一样；偶尔拈出一两件来，令人惊异他的富有！其实东西本不稀奇，经他一收拾，便觉不凡了。他于人们忽略的地方，加倍地描写，使你于平常身历之境，也会有惊异之感。"① 孙福熙以一个画家的敏锐观察力，从纯朴的乡村生活中捕捉着诗意的瞬间。采葡萄的落后；画风柳，画瀑布，纸为水溅；与绿的蚱蜢，黑的蚂蚁等的"合画"……作者于窘迫无奈中感受着"民间的乐趣"②。汽车上宽容、机智的卖票员；车中的和平空气；纯朴善良的P君一家人；从来不占别人便宜的"勇敢的青年"；"在浅滩上泼水的小孩"……游记中对Loisieux村的文化的描写，"并非在我们平日意想中的庞然巨物"③，而是从日常生活琐事的描摹中透出充满温情的人情之美。

其次，文化心态的转变促使域外行旅体验由惊羡转向审美。"根据奥尔布里奇的观点，审美体验是与观察相对的一种精神活动"。"审美体验是主体与作为审美对象的审美客体构成的一种已然融入和超越的内在状态。""审美体验基于观察但远不止于观察，是一种更具内省性和反思性的精神或心理活动，在本质上具有一种回环往复于冥想中的类似性。"④ 晚清使官们的海外游历还只是停留在保持距离的"观察"层面上，他们认为西方发达的只是科学技术，真正能够施与教化

---

① 朱自清：《山野掇拾》，《朱自清序跋书评集》，生活·读书·新知三联书店1983年版，第143页。
② 孙福熙：《山野掇拾》，开明书店1931年版，第291—292页。
③ 朱自清：《山野掇拾》，《朱自清序跋书评集》，生活·读书·新知三联书店1983年版，第141页。
④ 万书元：《论审美体验》，《江苏社会科学》2006年第4期。

的还是中华文明。他们对西方投去的是居高临下的"凝视"目光，海外游历在他们看来只是"致君尧舜上，再使风俗淳"的"采风"。这样的文化心态根本无法让他们达到融入并超越的审美境界。只有拥有海纳百川的气度和宽容、开放的文化心态，才能走出封闭的文化怪圈，全身心地投入原本就无国界之分的文学艺术和山川风物的审美活动当中去。

"五四"之后，中国进入前所未有的开放格局。国人的文化心态发生了剧变。梁启超曾经在《五十年中国进化概论》（1922）中指出："近五十年来，中国渐渐知道自己的不足了。这点子觉悟，一面算是学问进步原因，一面也算是学问进步的结果。第一期，先从器物上感觉不足。……第二期，是从制度上感觉不足。……第三期，便是从文化上感觉不足。"① 文化心态的转变，使得国人不再对异国的文化艺术持一种拒斥的态度。现代域外游记散文的描述重心开始从器物技艺、政治制度转向文化艺术。翻看朱自清、刘海粟、李健吾等人的欧洲游记，我们俨然跟随作者到欧洲进行了一次"知识的游历"和艺术之旅。与晚清海外游历者对西方文学艺术的淡漠不同，现代域外游记作者用了浓墨重彩来热情赞美西方的文学和艺术。游览了佛罗伦萨的市府美术馆，作为一个异邦人的李健吾"遇见如此之多的人类灵性向上挣扎的征验"，感觉精神上"受了无限高贵的滋润"，强烈的艺术美深深摇撼了作者的"自我存在"②。徐志摩在《曼殊斐尔》中，怀着无限的景仰和哀思，回忆自己冒雨去拜访英国作家曼殊斐尔的情形。目睹了曼殊斐尔的真容，徐志摩陷入了如痴如醉的出神状态。曼殊斐尔"脱尽尘寰气""若高山琼雪""不隶人间"的美，让徐志摩宛如面对自然界或艺术界的杰作一般，觉得那是一种"整体的美，纯粹的美，不能分析的美，可感而不可说的美"。作者"仿佛直接无碍的领会了造作最高明的意志"，"在最伟大深刻的戟刺中经验了无限的欢喜，在

---

① 梁启超：《五十年中国进化概论》，《梁启超全集》（第七册），北京出版社1999年版，第4030页。
② 李健吾：《意大利游简》，开明书店1936年版，第44页。

更大的人格中解化了"自己的性灵。"那二十分不死的时间"①，对徐志摩来说就是一次美的膜拜与洗礼。

最后，审美体验的获得要求审美主体要具备欣赏美的能力。也就是说游历者本身必须要具备审美的眼光与感受美的能力，才可能在游历过程中产生审美体验。晚清的海外游历者由于仍然保持着一种优势文化心态，所以对西方的文学艺术不屑一顾。传统的科举训练使得他们除了精通四书五经之外，对西方文学、历史、建筑、绘画等方面可以说是一窍不通。语言的障碍，又限制了他们和外国人的交流与沟通。所以，即使是站在艺术精品面前，他们也无法产生震撼心灵的审美愉悦。现代域外旅行者就大为不同了。他们中大多既拥有深厚的国学修养，同时也具备坚实的西学底蕴，很多人甚至精通好几门外国语言。有些游记作者本身即是文学家、文艺批评家、翻译家、画家或者艺术鉴赏家等。如《欧游随笔》的作者刘海粟。章衣萍读了刘海粟的游记之后，"觉得他的对于欧洲艺术界的锐利的观察，伟大作品的批评与解释，近代与古代的艺术家的访问与凭吊，叙述精详，是不可多得的考察艺术的创作"②。朱自清虽然在《欧洲杂记》中自嘲"自己对于欧洲美术风景"是"外行"，但从他的游记来看，"不难看到他对西欧文化的热心了解和细致考察"③。李健吾以艺术鉴赏家的眼光品评着意大利文艺复兴时期的绘画、雕塑、建筑等艺术精品。他的《意大利游简》仿佛就是"一部意大利文艺复兴的绘画小史"，充分显示了作者"创造性的鉴赏，印象性的批评"④的写作风格。具备深厚学养和良好艺术修养的旅行者，才有能力发现美、感受美、鉴赏美。国内新式教育的普及，海外留学事业的发展，造就了一大批学贯中西的学

---

① 徐志摩：《曼殊斐尔》，《徐志摩全集》（第二卷），天津人民出版社2005年版，第231—232页。
② 章衣萍：《欧游随笔·序》，刘海粟《欧游随笔》，湖南人民出版社1983年版，第3页。
③ 朱乔森：《〈欧游杂记〉重版后记》，俞元桂《中国现代散文史》（修订本），山东文艺出版社1997年版，第255页。
④ 俞元桂：《中国现代散文史》（修订本），山东文艺出版社1997年版，第258页。

者、艺术家。博学多才、见多识广的他们，在域外游历的过程中，旅行心态较之早期的海外游历者平淡从容多了。他们凭借自己敏锐的艺术眼光和高超的艺术鉴赏力，带领游记读者徜徉在异国的文化艺术长廊中，享受甘之如饴的艺术之旅。

二　自觉的"美文"追求：现代域外游记散文的文学化

域外行旅体验的转型直接导致了域外游记书写内容的变化，同时也对游记的表述方式提出了很高的要求。现代域外游记作家以其出色的文学实践，成功地完成了"游"与"记"的审美熔铸。

与晚清使官们身负重任的出使不同，现代作家的域外之旅大多无须背负沉重的社会重任，他们"把游历本身看作目的"①。因此，域外游记的写作大多是在域外行旅过程中获得审美愉悦之后情不自禁的倾诉与言说。"五四"之后的域外游记散文从被动的实录转向了自觉的文学创作。冰心在《寄小读者》四版自序中坦言："年来笔下销沉多了，然而我觉得那抒写的情绪，总是不绝如缕，乙乙欲抽——记得一九二四年的初春，在沙穰青山的病榻上，背倚着楼阑凝望：正是山雨欲来的时候，湿风四起，风片中夹带着新草的浓香。黑云飞聚，压盖得楼前的层山叠嶂，浮起了艳艳的绿光。天容如墨，而如墨的云隙中，万缕霞光，灿穿四射，影满大地！我那是神悚目夺，瞿然惊悦，我在预觉着这场风雨后芳馨浓郁的春光！"②是沙穰的青山、温柔的"慰冰湖"激发了冰心"不可遏抑的灵感"，从而写下了她"最自由，最不思索的"③一本作品。卧病静养，"晨夕与湖山相对"，这份难得的"闲"又予冰心以写作的自由，"想提笔就提笔，想搁笔就搁笔。这种流水行云的写作态度"④，催生了《寄小读者》的问世和"冰心

---

① 徐志摩：《欧游漫录（三）——西伯利亚游记》，《晨报副刊》1925年6月17日，第85页。
② 冰心：《寄小读者》四版自序，北新书局1930年版。
③ 同上。
④ 同上。

体"的形成。

现代域外游记创作多属于自发的写作行为。① 晚清域外游记由于多半是要咨送朝廷的出使日记,故而写作者在内容的选取和表述方式上都要格外小心谨慎,以免稍不留神,就像郭嵩焘一样,因为一本《使西纪程》断送了自己的前程。② 相比之下,现代域外游记写作就显得轻松随意多了。如巴金写作《海行杂记》时,"全没有把它发表的心思,我不过写它来给我的两个哥哥看,使他们明白我是怎样在海上度过了一些光阴,并且让他们也领略一些海行的趣味"③。李健吾的《意大利游简》原本是"一迭一迭的情书",整理发表时才"把自我藏起来","用理智驾驭我的情感",最后删削成"一部意大利文艺复兴的绘画小史"呈现给读者。④ 郑振铎的《欧行日记》"原来只是写给君箴一个人看的",所以"多半为私生活的记载","不愿意,且也简直没有想到,拿去发表"⑤。朱自清写作《欧游杂记》的"用意是在写些游记给中学生看"。刘海粟的《欧游随笔》是他"旅欧三载,漫游各国"时,"兴之所至,辄将所见所闻,信笔漫记"⑥ 的结果。现代域外游记写作过程中的隐含读者由朝廷命官转向亲朋好友、寻常百姓,域外游记的写作也由严肃、板正转为自然、亲切。正如郑振铎在《欧行日记》自记中所云:"绝对不是着意的经营,从来没有装腔作态的描叙——因为本来只是写给一个人看的——也许这种不经意的写作,反倒觉到自然些。"⑦

现代作家拥有晚清文人无法想象的优越文学条件。"五四"之后,白话文取代文言文,语言工具获得了彻底解放;20 世纪 20 年代周作

---

① 当然,也有一些作家写作域外游记是应邀而写。如郑振铎、陈学昭等人为《文学周报》撰写的赴法旅行记。但是读者不是朝廷命官,而是一般读者。而且大多是发表在文学刊物上,因而作者更加注重美文的追求。
② 本书结语中将提及这段故事,为避免行文重复,本处不再赘述。
③ 巴金:《海行杂记·序》,开明书店 1947 年版,第 1 页。
④ 俞元桂:《中国现代散文史》(修订本),山东文艺出版社 1997 年版,第 255 页。
⑤ 郑振铎:《自记》,《欧行日记》,上海良友图书印刷公司 1936 年版,第 1 页。
⑥ 刘海粟:《欧游随笔·卷端》,湖南人民出版社 1983 年版,第 4 页。
⑦ 郑振铎:《自记》,《欧行日记》,上海良友图书印刷公司 1936 年版,第 2 页。

人等人大力倡导"美文";30年代,林语堂等人又大力提倡闲适小品文的创作。可以说,现代文坛为域外游记的茁壮成长提供了肥沃的文学土壤。此外,加上现代作家大多都有过海外旅行、留学的经历,中学、西学融会贯通。因此,他们在对域外行旅体验进行文学表述时,表现出一种游刃有余的从容与随意。相对于晚清域外游记对异域体验的书写流于程式化的表述困境,现代游记作家的域外游记写作则呈现出千姿百态、百花争艳的文学风貌。现代散文创作表现出超越以往的特征,那就是,每一个作家在其文章中都着力表现自己鲜明的个性。现代域外游记作为中国现代散文记叙抒情部类的开路先导,给现代文坛奉献了许许多多具有鲜明创作个性特征的游记散文精品。冰心的清新典雅、徐志摩的华丽浓艳、朱自清的朴实真挚、孙福熙的"细磨细琢"、郭沫若的奔放绮丽、巴金的柔和含蓄、梁绍文的轻灵雅致、郁达夫的隐逸清隽……现代域外游记以它充满个性特征的艺术表现给现代文坛增添了一道亮丽的风景。

　　现代作家在域外游记写作中表现出一种自觉的"美文"追求意识。从语言文字的锤炼到谋篇布局,无不显示出作者的独具匠心。朱自清的《欧游杂记》颇"费了一些心在文字上"。因为觉得"是"字句、"有"字句、"在"字句都"显示静态,也够沉闷的",于是朱自清就"想方法省略那三个字"。例如,他用"楼上正中一间大会议厅"来代替"楼上有……",或"楼上是……";或者"不从景物自身而从游人说",如"天尽头处偶尔看见一架半架风车";或者将静的变成动的,如"他的左胳膊低(底)下钻出一个孩子"[1]。朱自清还大胆借用欧化的倒装语法,来丰富自己的游记语言。如《欧游杂记·瑞士》中有这样的句子:"山上不但可以看山,还可以看谷;稀稀疏疏错错落落的房舍,仿佛有鸡鸣犬吠的声音,在山肚里,在山脚下。"[2] 欧化语法句式的成功引入,不仅丰富了游记语言的表现力,而且也使游记行

---

[1] 朱自清:《欧游杂记·序》,开明书店1948年版。
[2] 同上书,第44页。

文更加活泼生动、富于变化。

冰心的《寄小读者》为现代文坛贡献了"在青年的读者之中，是曾经有过极大的魔力"的"冰心体"。"对于旧文学没有素养的人，写不出'冰心体'的文章。"①冰心"善于提炼口语，却又吸收融化了中国古典文学和西方文学中的词汇，加以精心的锤炼，从而丰富了自己作品的表现能力"②。《寄小读者》充分显示了作者出色的语言文字功底。"文字是那样的清新隽丽，笔调是那样的轻倩灵活，充满着画意和诗情，真如镶嵌在夜空里的一颗颗晶莹的星珠。又如一池春水，风过处，扬起锦似的涟漪。"③沙穰的青山，温柔的"慰冰湖"，童年的纯真回忆，母爱的伟大……冰心以她细腻委婉、清新隽丽的生花妙笔为读者描绘了一个充满诗情画意的童话世界。

徐志摩的域外游记语言则带着"'志摩式'的华丽"。他喜欢运用重叠的欧化语法，写得繁复而铺张④，给人一种"浓得化不开"的感觉。"他的文字是受了很深的欧化的"，常常"是把中国文字，西洋文字，融化在一个洪炉里，炼成的一种特殊的而又曲折如意的工具。它有时也许生硬，有时也许不自然，可是没有时候不流畅，没有时候不达意，没有时候不表示它是徐志摩独有的文字。再加上很丰富的意象，与他的华丽的字句极相称，免了这种文字最易发生的华而不实的大毛病"⑤。

周作人在《志摩纪念》一文中将徐志摩与冰心归入一派，认为他们"在白话的基础上加入古文方言欧化种种成分，使引车卖浆之徒的话进而为一种富有表现力的文章，这就是单从文体变迁上讲也是很大

---

① 阿英：《小品文谈·谢冰心》，《阿英全集》（第二卷），安徽教育出版社2003年版，第612—613页。
② 林非：《中国现代散文史稿》，中国社会科学出版社1982年版，第62页。
③ 李素伯：《冰心的寄小读者》，李希同编《冰心论》，北新书局1932年版，第186页。
④ 林非：《中国现代散文史稿》，中国社会科学出版社1982年版，第96页。
⑤ 陈西滢：《新文学运动以来的十部著作》（下），《西滢闲话》，新月书店1928年版，第340页。

的一个贡献了"①。的确，现代域外游记在语言上的成功实践为现代白话文学的建立做出了不小的贡献。现代域外游记之所以能够突破晚清所遭遇的表述域外行旅体验的困境，一方面是因为作家当时适逢白话文取代文言文的文学语境，语言工具的解放给他们提供了文学表达的利器；另一方面是由于作者拥有深厚的国学素养，又精通外语，使得他们能够成功将欧化语法引入汉语系统，极大地丰富了汉语的艺术表现力。

除了讲究语言的精雕细刻之外，现代域外游记作者也很讲究谋篇布局。现代域外游记虽然也经常采用日记体或书信体的形式来纪游，但和晚清使官日记的机械实录已是天壤之别。李健吾的《意大利游简·拿波里》（《那不勒斯》）是一篇纪游佳作。全文由三篇日记连缀而成，记录了作者在那不勒斯三天的旅行见闻。作者独辟蹊径，巧妙地以情绪来作为贯穿全文的主线。第一天先写那不勒斯的喧哗、热闹、龌龊让作者感到反感、厌腻；接着写自己对夕阳下维苏威火山奇景胜色的沉醉。第二天开篇即写游览庞贝古城时遭遇的不快：那不勒斯人的喋喋不休；向导、马车夫、旅馆饭店伙计的纠缠；可恨的看守人。接下来作者笔锋一转，热烈赞美庞贝古城的"四墙的壁画，花园的布置，镂刻的工细"，赞叹"古时文化"的高度发达。第三天的游记先写自己寻错维吉尔坟墓的失望，然后写在山上意外发现美丽风景的惊喜，最后写下山后终于找到维吉尔的墓园，可惜铁栅栏门已经关了，作者内心深处那种"没有错过，也像错过"的怅然若失。作者跌宕起伏的情绪将三天的游踪构筑成了一个完美的艺术整体，跟随着作者情绪的波澜起伏，读者完成了一次愉快而新奇的"纸上的行旅"。

现代域外游记不再满足于对异域所见所闻的"秉笔直书"，博学多识的作者经常会在游历见闻中穿插神话传说、历史故事，或在纪实性的描述之外掺入大量的想象成分。朱自清就认为"游记也不一定限于耳闻目睹，掺入些历史的追想，也许别有风味。这个先得多读书，

---

① 周作人：《志摩纪念》，《新月》月刊第四卷第一期。

搜集资料,自然费工夫些,但是值得做的"①。郭沫若的《今津纪游》在"幻美的追寻、异乡的情趣"之外,还表达了"怀古的幽思"②。游记中关于蟠龙松的传说,不仅富有"葱茏的诗意",而且"引人入魔",引发了作者"色即是空"的感慨。望着眼前的"护国的大堤",作者想象着"元舰四千艘,元军十万余人",竟于一夜之间为暴风雨所淹没的情景,不由得联想到杜牧吟咏《赤壁》的诗句:折戟沉沙铁未销,自将磨洗认前朝。东风不与周郎便,铜雀春深锁二乔。山上的美景挑动了作者的遐思:如果此时遇见的两位工人是美人的话,那可真是一段"绝好的佳话"。"就好像卢梭在安奴西山中与雅丽,恪拉芬里德两少女邂逅相遇,就好像郑交甫在江干遇着江妃,那岂不是不枉了我今日的此行了吗?……"③归途中偶遇的女子让作者再一次感叹、羡慕卢梭的幸福,但又清楚地认识到这只是一个"浪漫谛克的梦游患者"的"空嚑馋涎"④。郭沫若在《今津纪游》中巧妙地穿插了神话传说、古典诗句、历史故事,整篇游记充满了浪漫情调和审美意蕴,曲折表达了作者对女性的爱慕与赞美,赤裸裸地表现了个性解放意识和对理想人生的大胆追求。⑤

徐志摩的《印度洋上的秋思》则充满了丰富的文学想象,"到处都反映了他的想象之流,如一双银翅在任何地方闪烁"⑥。中秋浪漫的月夜,扯动了作者的"秋思"。他放任"沉醉的情泪的自然流转"和"缱绻的诗魂漫自低回",跟随着月彩"光明的捷足",遍走天涯。安眠着的安琪儿似的小孩,失望的诗人,皱面驼腰的老妇和悲泣的少妇,倚在窗口的窈窕少女,威尔斯西境一座矿床附近的三个工人,爱

---

① 朱自清:《什么是散文》,傅东华《文学百题》,生活书店1936年版,第237—239页。
② 郭沫若:《塔》序,光华书局,出版年月不详。
③ 郭沫若:《今津纪游》,《创造》季刊第一卷第二期,上海泰东书局1922年版。
④ 同上。
⑤ 梅新林、俞樟华主编:《中国游记文学史》,学林出版社2004年版,第429页。
⑥ 阿英:《小品文谈·徐志摩》,《阿英全集》(第二卷),安徽教育出版社2003年版,第635页。

尔兰海峡……作者张开想象的翅膀跟随月光的脚步去探访了"人间的恩怨"①。现实的景色与浪漫的想象和谐地交织在一起,抒发了作者由秋月兴起的秋思——愁!

现代作家的自觉"美文"追求,终于推动域外游记完成了由实用走向审美的转型。大量域外游记散文精品的存在,以无可争辩的事实宣告域外游记散文已经告别兴起之初的稚嫩而逐渐走向成熟。沉重的功利目的压抑了晚清文人激扬的文采,无法走向审美的近代域外游记透露出属于那个时代的遗憾与无奈。成熟的现代域外游记不再是一种刻板的实录,也无须承担"经世致用"的重任。摆脱了"工具"身份的域外游记,成为一种洋溢着个人才情的自由文学创作。域外游记在"五四"之后走向审美是历史的必然。现代行旅观念的解放,让旅行者能以一种审美的心态来享受旅行。开放的文化心态,让旅行者能够克服狭隘的国族感情,真切地领会无国界的文学艺术、山川风物之美。深厚的学养、丰富的海外游历又赋予现代旅行者一双善于发现美的慧眼和一颗敏锐感受美的心灵。现代文学观念的建立和文学工具的解放为域外游记的成熟提供了适宜的文学土壤。在众多因素齐备的状况下,是现代作家以其出色的文学才华和自觉的"美文"追求,推动域外游记实现了"游"与"记"的审美熔铸。

近现代域外游记的流变反映出域外行旅与近现代散文文体变革之间的互动。为了摆脱域外行旅体验的表述困境,域外游记作者进行了各种努力与尝试。由此,对于域外行旅体验的跨文化书写,在推动近现代散文文体发生变革的同时,也潜移默化地影响着中国现代散文的发展进程。在"五四运动到第二次国内革命战争之前的第一个十年中",现代域外游记散文扮演着中国现代散文开路先锋的重要角色。正如俞元桂在《中国现代散文史》中所说:"中国现代散文中的记叙抒情部类,是以众多的记游之作开头的。""散文作者有许多也是以游

---

① 徐志摩:《印度洋上的秋思》,《徐志摩全集》(第一卷),天津人民出版社2005年版,第165—171页。

记名篇开手的。"① 的确,许多现代作家正是以脍炙人口的域外游记名篇奠定了自己在文坛上的地位。如瞿秋白的《饿乡纪程》《赤都心史》;冰心的《寄小读者》;孙福熙的《山野掇拾》;徐志摩的《巴黎的鳞爪》;李健吾的《意大利游简》;郑振铎的《海燕》《欧行日记》;朱自清的《欧游杂记》;王统照的《欧游散记》;陈学昭的《忆巴黎》,等等。大量现代域外游记散文精品的出现与流传,充分展示了现代域外游记散文所取得的文学实绩。对于中国现代散文建设有着不可磨灭之功的现代域外游记,从来就不是现代文坛上一种微不足道的存在。

---

① 俞元桂:《中国现代散文史》(修订本),山东文艺出版社1997年版,第56页。

第二章

变革与衰颓：
旧体域外纪游诗的现代命运

用旧体诗词来纪游，不但在清末民初十分普遍，甚至在新文学已经牢牢占据主流地位的 20 世纪二三十年代，这一现象仍不绝如缕。其类型大致有如下几种：一是"诗"与"文"互文的现象。即作者对同一次旅行，分别采用了纪游诗与游记散文两种文学表现形式来纪游行旅体验，"诗"与"文"在内容上构成了一种互文关系。如斌椿在《乘槎笔记》之外还有《海国胜游草》《天外归帆草》等纪游诗集。王国辅在《游美视察记》书后附录了《游美杂吟》，钱用和在《欧风美雨》之后附录了《海外杂吟》。王礼锡在《海外杂笔》《海外二笔》之外有《去国草》的结集出版。吕碧城除了著有文言体游记《欧美漫游录》（又名《鸿雪因缘》），还写了许多海外纪游诗词。二是更为常见的是在域外游记中直接穿插旧体诗词曲赋。最典型的要数康有为的海外游记。即使到了民国时期，在域外游记散文中依然可以看到旧体诗的身影。如郁达夫的《盐原十日记》、王一之的《旅美观察谈》、蔡运辰的《旅俄日记》、王长宝写于 1940 年前后的《欧氛随侍记》等。值得一提的是，在早期旅日游记中，经常穿插大量旧体诗词。这些诗词多是中日文人之间的唱和往来之作。如王韬的《扶桑游记》就属此种类型的代表作。① 他自云"余自东来，日与诸文人争逐游宴，卒卒无片晷闲"②。王韬在日期间，几乎每次折简招饮、友朋聚会都会有诗词互赠或唱和。仅1879年8月21日一天，"是日同人投赠篇什不下数十章"③。三是纯粹以旧体诗词形式来纪游。如吴宓的《欧游杂诗》；李思纯的《巴黎杂诗》《柏林杂诗》；胡先骕的《旅途杂诗》；吕碧城的《信芳集》等就是完全以旧体纪游诗的形式勾勒出一部"旅欧小史"④。尤其值得关注的是，标举现代姿态的新文学作家竟然也难以抗拒"旧形式的诱惑"，如苏雪林，就写作了《旅欧之什》这样的旧体纪游诗。⑤

由此可见，创作旧体纪游诗的作家既有晚清一代的旧文人，也有以吴宓为代表的执着守护"旧格律"，与新文学阵营相抗衡的所谓"守旧派"；同时还有像郁达夫、苏雪林这样新文学的坚定拥护者与实践者。新旧两代文人、新旧两派作家都对用旧体诗纪游情有独钟，这一现象颇值玩味。如果说晚清文人采用旧体纪游诗的方式来记录域外行旅体验是缘于一种文学表达惯习的延续；那为什么以激进的姿态与旧文学划清界限的新文学家们，竟然也会写作旧体纪游诗，并且将其

---

① 王韬在《扶桑游记》自序中云："抵江都之首日，即大会于长酡亭上，集者廿二人。翌日，我国星使宴余于旗亭，招成斋先生以下诸同人相见言欢。由此壶觞之会，文字之饮，殆无虚日。余之行也，饯别于中村楼，会者六十余人。承诸君子之款待周旋，可谓至矣。中间偕作晁山之游，遍探山中诸名胜。前后小住江都凡百日，日所游历，悉纪于篇，并汇录所作诗文附焉。名曰《扶桑游记》。"《扶桑游记》中所附诗作，多为王韬和日本文人名流之间饮酒吟诗的唱和往来之作。由于王韬不习日语，而日本文人名流多具有深厚的汉学素养，故而彼此常采取笔谈的方式进行交流。在当时，汉诗充当了中日文人间一个重要的交际工具。这也是《扶桑游记》中会出现大量诗作的主要原因。详见王韬《扶桑游记》，岳麓书社1985年版，第386页。
② （清）王韬：《扶桑游记》，岳麓书社1985年版，第458页。
③ 同上书，第500页。
④ 吴宓在《欧游杂诗》序中云："吾国人旅游欧洲作诗纪所闻见者，昔有康南海先生之《欧洲十一国游记》中附载各篇。近年有吕碧城女士之《信芳集》及李思纯君之《旅欧杂诗》，均为之甚工，且已裒集成帙。"详见吴宓《欧游杂诗》，商务印书馆2004年版，第213页。
⑤ 1922年，苏雪林应友人之邀游郭城，"看卢丹赫连山，访古堡，观石窟瀑布，诗兴忽飚发，数日间为长短篇十余首，及他作并录存之，题曰'旅欧之什'"。详见苏雪林《灯前诗草·自序》，台北正中书局1982年版，第3—4页。

视为自珍的敝帚，在其中尽情倾诉个人之衷曲？是什么因素使得行旅者们在新文学占据统治地位之时仍对这一旧形式割舍不下、情有独钟？尤为关键的问题还在于，旧体诗词这一传统文学形式能否将他们或新奇惊羡或百味杂陈的异域行旅体验完全呈现出来？或者说，前所未有的域外体验，为旧体诗词注入了哪些新的元素？对这一文体的发展形成了哪些冲击？

旧体诗词在现代文坛及中国现代文学史上的地位十分尴尬。① 以旧体域外纪游诗为研究对象，关注的是域外行旅体验与旧文体之间的互动关系，借此揭示中国传统文学形式在现代性域外体验的冲击下，所不得不出现的变异及不可遏止的衰颓趋势；从另一角度印证新文体

---

① 在20世纪八九十年代，很多学者呼吁将旧体诗纳入现代文学史。1991年刘纳的《旧形式的诱惑——郭沫若抗战时期的旧体诗》一文的出现，标志着旧体诗开始进入当代研究者的视野。1995年，李怡在现代文学研究会西安年会上所作的报告中提出"将现代新诗与现代旧诗统一考察"的倡议。90年代中期伴随"现代性重估"问题的提出，"旧体诗能否进入现代文学史叙述"的问题再次引起人们的关注。吴晓东从"建立多元化的文学史观"立场出发，认为旧体诗、通俗文学、民间文学（包括各种戏曲文学）都应该列入文学史的研究范围。王建平撰文论述20世纪旧体诗词创作的地位，指出旧体诗词是"文学史不该缺漏的一章"。苗怀明认为，"通过对现代旧体文学的重新审视，不仅可以改变将新文学等同于现代文学的'单边主义'局面，而且更可以通过文学发展的新旧消长来反观新文学成长过程中的一些缺憾，抹去认为加在新文学头上的一些光环"，还能够由此"探讨和复原现代文学发展进程的曲折性、复杂性和多元性"。（2001年第5期发于《粤海风》的《要宽容，还是要霸权？——也说现代旧体文学应入文学史》）黄修己积极主张将旧体诗词纳入文学史，他认为不让旧体诗入史是"'五四'文学革命中形而上学、绝对化思想的继续"。然而也有学者反对旧体诗入史。钱理群虽然认为20世纪诗词是一个有待开发的研究领域，但对旧体诗入史的问题态度极为谨慎。唐弢认为现代文学史"不应该走回头路""完全没有必要把旧体诗放在里面作一个部分来讲"，因为"我们在'五四'精神哺育下成长起来的人，现在怎能回过头去提倡写旧体诗？"王富仁则明确表示不同意把旧体诗写入中国现代文学史，不同意给它们与现代白话文学同等的文学地位。他承认"这里有一种文化压迫的意味"，但"这种压迫是中国新文学为自己的发展所不能不采取的文化战略"。关于旧体诗是否能入史的争论一直持续到现在。陈友康在2005年第6期《中国社会科学》发表《二十世纪中国旧体诗词的合法性和现代性》。2007年第5期《文学评论》上发表了王泽龙的《关于旧体诗词的入史问题》，他以旧体诗不具有充分的现代性、旧体诗不具有充分的经典性为由，主张"中国现代旧体诗词不宜入史"。马勇在2008年第1期《文艺争鸣》发表《论现代旧体诗词不可不入史》一文与王泽龙商榷。笔者所关注的并不是旧体诗词入史的问题，而是域外行旅体验与旧体诗词创作之间的互动与内在关联、旧体域外纪游诗如何在现代文坛获得生存空间，以及旧体诗词与现代域外体验如何在传统与现代、异域景观与中国情调之间寻求一个最佳结合点的问题。现代作家通过运用旧体诗来呈现域外行旅体验这一文学实践本身，启发我们思考新文学作家对古典诗歌传统难以割舍的背后所蕴含的深层文化原因。

在表述域外体验时的生机与活力,由此凸显出的是中国近现代文学变革与域外行旅体验之间复杂而微妙的内在关联。

第一节 不合时宜的成功:"以新材料入旧格律"

应该说,旧体域外纪游诗并不缺乏成功之作。然而,这些诗作的"成功",并不在于其传神地呈现出了诗人现代性的域外体验;恰恰相反,它们成功表现出的,却是思乡与怀古这种传统文人情感。正是在家国之思、抚古忆今这一传统文人情怀的促动下,诗人们才不由自主地选择了旧体诗来表达缠绵低回、惆怅婉转的域外体验。遗憾的是,即便有的旧体域外纪游诗在"以新材料入旧格律"上取得了成功;但这种成功只是沿袭了中国诗歌的优良传统,无论如何也难以取得超越前人的伟大成就。旧体域外纪游诗在这一层面所获得的不合时宜的成功,从反面显示出中国传统文学形式在表达现代域外体验时的无能为力。

一 中土诗神在异国他乡的频频降临

不少作家旧体诗创作的高峰期是在域外行旅期间出现的。无论是在寂寞漫长的旅途上,还是异邦醉人的山光水色之间,或是满刻着沧桑印记的历史遗迹旁边……中土诗神的身影频频出现。

在晚清首倡"诗界革命""文界革命""小说界革命"的梁启超,在赴美途中就发生了痴迷于作旧诗的"怪事"。1899 年 12 月 19 日,梁启超踏上了赴美的旅途。船上的生活十分单调。他"数日来偃卧无一事,乃作诗以自遣"。"素不能为诗"的梁启超,"所记诵古人之诗,不及二百首。生平所为诗,不及五十首"。但舟中生活却使他"忽发异兴,两日内成十余首"[①]。此后的一周时间里,梁启超吟诗的兴致大

---

① 梁启超:《夏威夷游记》,《梁启超全集》(第二册),北京出版社 1999 年版,第 1220 页。

有一发而不可收之势。由于"诗兴既发",他"每日辄思为之,至此日(27日,作者注)共成三十余首"。对于自己沉溺于旧诗的举动,梁启超自己也百思不得其解。他觉得"即如诗之为道,于性最不近,生平未尝一染,然数日来忽醉梦于其中,废百事以为之,自观殊觉可笑也"。他唯恐自己堕入"鹦鹉名士"的行列里,于是"悬崖勒马","乃发愿戒诗,并录数日来所作者为息壤焉"①。

20世纪20年代至30年代,吕碧城多次赴欧美各地游历。② 她的诗词创作高潮期就出现在这一时期。虽然"当时国内的旧文体写作者已经退居到文坛诗坛的边缘,她当年的词友们也已云散",但此时吕碧城的写作"进入了更为自由的创作境界,她的词作更具风趣情致,意境更为深幽,工力更为精致"③。

郁达夫一生创作旧体诗的两个高峰分别是留日时期和抗战时避难星洲期间。仅1915—1916年间创作的旧体诗就有109首,1940—1941年间创作的旧体诗有57首。④ 留日期间的郭沫若,即使是在正值诗兴喷发甚至来不及摆正稿纸的新诗创作高潮期,旧体诗的写作也几乎没有中断过。"据《郭沫若旧体诗词系年注释》,1914—1923年整个的留学生涯中,郭沫若写下了39首旧体诗词,其中除《七律》《蔗红词》标明为律诗和词外,绝句14首,古体诗为23首。"⑤

梁启超毕竟还算是晚清文人,难免会带着几分旧文人的习气。吕碧城也明确表示过反对用白话文写作。他们选择以旧体诗的形式来记录域外体验,尚在情理之中。然而,经受了新文化思潮洗礼的"五四"一代新文学作家,竟然也经受不住"旧形式的诱惑"。一开始就

---

① 梁启超:《夏威夷游记》,《梁启超全集》(第二册),北京出版社1999年版,第1219页。

② 吕碧城1920年秋赴美,进入哥伦比亚大学研习美术,进修英语。两年后从加拿大回国。1926年秋,她再次赴美,后又在法、英、德、意、奥和瑞士等欧洲各地游历,1933年冬,由瑞士回国。1938年春,重返阿尔卑斯山,1940年秋,由瑞士回国。

③ 刘纳:《风华与遗憾——吕碧城的词》,《中国文学研究》1998年第2期。

④ 据《郁达夫文集》(第十卷)统计,详见郁达夫《郁达夫文集》(第十卷),花城出版社、生活·读书·新知三联书店香港分店1985年版。

⑤ 详见祝光明《论郭沫若留学时期的旧体诗词》,《郭沫若学刊》2006年第2期。

以新文化人的姿态登上中国现代文坛的苏雪林，其旧体诗的创作高峰期也是出现在她留法期间。"苏绿漪和中国的新文艺运动，是有着很久的关联的。"① 苏雪林（笔名绿漪）的成名作小说《棘心》、散文集《绿天》均是能够显示白话文学创作实绩的佳作。而她登上现代文坛的开篇之作就是写于留法期间的《村居杂诗》四十三首。1921年，苏雪林赴法留学，暑假期间她和友人到里昂近郊檀乡的一个别墅避暑。那儿的风景"清雅绝伦"，又有德性醇厚、像母亲般的马沙吉修女的精心照顾。惬意的乡村生活使得苏雪林诗兴大发，此时的苏雪林"常做白话诗"②。她模仿"五四初期的新诗体"（冰心体小诗）③，写了四十三首小诗，题名为《村居杂诗》，陆续寄回国内，发表在《晨报副镌》上。④ 曾经接受过"五四""新文化怒潮"洗礼的苏雪林，在如何看待旧体诗这个问题上，一直与新文学阵营保持步调一致。她不仅认同新文学家们对旧诗的否定与批判，而且自己"亦不屑为旧体诗"。虽然苏雪林"颇有诗才"⑤，但她却并不想成为一个"自成家数"的诗人。因为她知道"我真的把一生的时间精力贡献给旧诗之神，真的在那些林林总总旧诗人以外，另建一王国，在这个时代又有什么用处呢"？所以，苏雪林"民国十四年自法邦返国，便把旧诗这劳什子决

---

① 方英：《绿漪论》，《苏雪林文集》（第四卷），安徽文艺出版社1996年版，第389页。
② 苏雪林：《棘心》，《苏雪林文集》（第一卷），安徽文艺出版社1996年版，第90页。
③ 苏雪林十分欣赏冰心的小诗。她称赞冰心的小诗"圆如明珠，莹如仙露"，"如芙蓉出清水，秀韵天成"，"如姑射神人，餐冰饮雪"，她还特意引用自己最爱梅特林克《青鸟》的"玫瑰之乍醒，水之微笑，琥珀之露，破晓之青苔"之语，认为"冰心小诗可当得此语"。在比较了冰心的原诗和后人的仿作后，苏雪林指出"冰心之所以不可学，正以她具有这副姗姗仙骨"。苏雪林的《村居杂诗》四十三首，颇有几分冰心体小诗的味道。详见苏雪林《冰心女士的小诗》，《苏雪林文集》（第三卷），安徽文艺出版社1996年版，第121页。
④ 苏雪林的《村居杂诗》四十三首，连载于1923年10月25日至11月19日《晨报副镌》，署名"雪陵女士"。
⑤ 曾朴对苏雪林的旧体诗大为赞赏，有诗云："若向诗坛论王霸，一生低首女青莲。""全身脱尽铅华气，始信中闺有大苏。"曾朴：《题苏梅女士诗集》，《真美善》1929年2月2日。转引自苏雪林《灯前诗草》，台北正中书局1982年版，第1—2页。

心丢开,既不再讽诵抄录古人诗,也不再练习做"①。从此,十二三岁就开始作旧诗的苏雪林告别了旧体诗的写作。即使偶尔作的几首,也是"题题画,送送朋友,只能说打油体而已"②。苏雪林始终坚守着自己的"五四"立场:1982年将旧体诗结集出版时,她"仍然不忘在序言里加上'敝帚自珍,文人陋习'的自嘲"③。

"五四"以后,苏雪林一直自觉地与旧诗保持距离。1921年赴法留学时,她为了能够专心学习外国的东西,所以故意不多带中国书籍。抵法后学业繁忙,无暇摆弄中国文学,慢慢地"诗炉的火真的熄灭了"。但是次年在法国的一次旅行,却重新点燃了她诗炉中的火。"中土的诗神竟然在异域的山光峦色、云容水态之中屡屡降临"④,异域行旅体验与"中土的诗神"之间的互相激荡,使得苏雪林难以抗拒"旧形式的诱惑",创作出了她此生最为得意的旧体纪游诗篇。1922年,苏雪林"与几个男女同学共游法国名胜郭城(Grenobe),看犹丽亚齐(Uriage)的有名古堡E.R.,又游卢丹赫(Lautaret)连山。数日清游,诗兴忽然大发,长歌短叹,一共作了三四十首"⑤。"灵想都从奇境来,乡愁顿与浮云杳。自我两年居异域,感逝伤离心悼怍。"郭城之游所留下的诗篇,是苏雪林留法期间写得最淋漓酣畅、"曲折轻快"⑥的作品。诗中的异国风景不再是充满了悲伤和不快的"鬼境"。清幽静谧的田园风光,苍翠奇绝的山林景色,成了苏雪林舒展心灵,寄托心曲,焕发诗兴的"世外桃源"。这次游历所激发出的灵

---

① 苏雪林:《我与旧诗》,《苏雪林文集》(第二卷),安徽文艺出版社1996年版,第143页。
② 同上。
③ 苏雪林:《灯前诗草·自序》,台北正中书局1982年版,第6页。
④ 张丽华:《异域风景与中国情调——略析苏雪林旧体诗对法国的书写》,孟华等《中国文学中的西方人形象》,安徽教育出版社2006年版,第232页。
⑤ 苏雪林:《我与旧诗》,《苏雪林文集》(第二卷),安徽文艺出版社1996年版,第140页。
⑥ 苏雪林到安徽省立安大教书时,曾把自己最为得意的几首诗送给杨铸秋看,杨读了"赞赏不已"。对于《卢丹赫山纪游》一首,赞之曰:"写凌雪,奇情壮采,可抵缑山仙吹。"对于访古堡那首长歌中描写游山之乐的那一段,杨评曰:"曲折轻快,读之令人神往。"详见《苏雪林文集》(第二卷),安徽文艺出版社1996年版,第142页。

感才情，在苏雪林的文学创作中可谓"空前绝后"："余一生中，兴会之淋漓，意气之发扬，精神之悦乐，以郭城之游为最。以后虽亦游览名山胜水，诗兴则罕有所动。"①

主张"诗界革命"的晚清文人梁启超，反对用白话文写作的吕碧城，郭沫若、郁达夫这样大名鼎鼎的新文学的开创者和实践者，与新文艺运动颇有关联的女性作家苏雪林，新旧两代文人、新旧两派作家都在域外行旅期间出现了旧体诗的创作高潮。究竟是什么召唤着中土诗神越过千山万水频频降临在异域呢？从小在传统诗文教化濡染熏陶下成长的现代文人，血液里都带着一些传统文人情怀的遗传因子。置身于陌生的文化地理空间，春花秋月、寒来暑往，每一个细小的变化都极易牵动潜藏在海外游子敏感心灵深处的文人情怀。"同是天涯沦落人"，浮现在异域的传统文人情怀，表达的不仅仅是诗人一己之情思，而是历代中国文人共同拥有的普泛性感受。

二 思乡与怀古：跨越时空的传统文人情怀

"五四"一代新作家，虽然以一种激进的姿态宣告与古典诗歌传统划清界限，但自幼在古典诗歌濡染下成长的他们，无论是在审美习惯上，还是思维方式上，抑或是感受世界的方式上，都与传统文人有着相同之处。②

"乙丑春月"，苏雪林在返国前，"旅行巴黎，寓拉丁区某旅社"。因为住处"社邻舞场，弦歌达旦，不能成寐"，她的"行箧适携有龚定庵诗词集"，于是索性"起而挑灯，排比其句，成绝句若干首，名之曰《惆怅词》"③。《惆怅词》中的二十首七言绝句，都是从龚自珍的《己亥杂诗》集句而成。独在异乡，孤枕难眠的苏雪林，在前人的诗句中找到了排遣满怀愁情的途径。"只说西洲清怨冷，秋风张翰计蹉

---

① 苏雪林：《灯前诗草·自序》，台北正中书局1982年版，第4页。
② 孙志军：《现代旧体诗的文化认同与写作空间》，博士学位论文，华中师范大学，2004年，第62页。
③ 苏雪林：《灯前诗草》（卷四旅欧之什），台北正中书局1982年版，第91页。

跎","无故飞扬入梦多,夜思师友泪滂沱","春烟阁断天涯树,红豆年年掷秋波","悲欢离合本如此,万一天填恨海平"……龚诗中那些抒发寂寥飘零的人生感怀之作,跨越了时空的阻隔,与苏雪林心头淡淡的"惆怅"形成了共鸣。郁达夫的旧体域外纪游诗中也曾出现过这种情形。他"抵槟城后,见有饭店名杭州者,相思萦怀,夜不成寐,窗外舞乐不绝,用谢枋得《武夷山中》诗韵吟成一绝"。"故国归去已无家"的诗人,只好在前人的诗词韵律中消解满怀的"乡愁"①。苏、郁二人不约而同都选择从前人的诗作中寻求心灵上的抚慰,这种相似并不是特例,而是代表着一种集体无意识——一种延续了几千年的传统文人的审美习惯和思维方式。这种传统文人积习就潜藏在新文化人的内心深处,影响着他们感受世界的方式。"由传统文化(传统诗歌)培养那种感受世界的方式,仍然催促着旧体诗的产生。"② 在域外行旅过程中,现代文人一旦受到某种生活情境的触动,记忆的开关就开启了,他们就会不由自主地使用传统文人的方式来感受并表现自己所遭遇的一切。

综观现代旧体域外纪游诗,最常见的两个表现主题是:游子思乡与怀古述今。剪不断的乡愁如影随形,搅扰着海外游子脆弱的心绪,稍一碰触,就牵扯出无限诗意。传统文人历来就有吊古和考古的癖好。每至一处,必定凭吊自己心仪的骚人墨客或英烈名流。游览历史古迹,也会必然追古溯今,将来龙去脉弄个清楚明白。郁达夫创作于留日期间的旧体诗诗题,就时常会出现"乡思""客感""望乡""怀古""吊……"之类的字眼。郭沫若留日期间所写旧体诗除了"为吟咏日本自然风物之作"外,多是抒写远离故土、思念亲人的"去国怀乡之作",或是"为孤身异域,感时伤事而言志抒情之作"③。"行旅文

---

① 郁达夫:《槟城杂感》(四首),《郁达夫文集》(第十卷),花城出版社、生活·读书·新知三联书店香港分店1985年版,第399页。
② 孙志军:《现代旧体诗的文化认同与写作空间》,博士学位论文,华中师范大学,2004年,第62页。
③ 祝光明:《论郭沫若留学时期的旧体诗词》,《郭沫若学刊》2006年第2期。

学中的'思乡'与'怀古'，其实是旅行者的回忆与情感分别在空间、时间中的言说表达。"① 现代旧体纪游诗中的"思乡"与"怀古"，是现代文人在传统文人情怀召唤下一次次的精神还乡。

旧体诗词，是客居异邦的作家治疗"思乡病"的一剂良药。以苏雪林为例。郭城之游，是苏雪林在留法期间旧体诗创作的一次集中爆发。实际上，旧体诗的写作一直贯穿于她整个留学生活。苏雪林在法国的留学生活并不快乐。她在《惆怅集》序中自云："嗟夫，余自负笈法邦，叠遭家难，而脱辐之占，尤足伤心，随听法友之劝，皈依罗马正教，且拟隐迹修院，以终其身。"大哥的壮年摧折，母亲悲恸过度以致卧床不起，加之爱情上"万种风情无地着"的怅惘，这无不使苏雪林原本就烦闷寂寞的异域生活雪上加霜。心情的恶劣，气候的不适应，客中的孤寂，对母亲的牵挂，无处安放的爱情，乡愁的纠缠……如此浓烈的艳愁绮怨，只能寄托在熟悉的诗词格律里。

《哭伯兄》绝句五首，字字是血，句句是泪，寄托了作者对伯兄早逝的无尽悲哀。"入闽竟成千古别，瘴烟蛮雨恨何如。"忽然传来的噩耗让她分外禁受不住，她恨苍天无情，让自己的大哥英年早逝。虽然哭到泪枯气咽，再也不能哭了，但是"手荐秋英老树前，泪痕沁不到黄泉"。她仍然无法接受大哥已与自己天人永别的事实。苏雪林在诗中尽情倾诉着自己的怨愤和悲痛。"遗编检点依然在，忍泪重歌白梨花。"守着孤馆寒窗，独自怆然神伤的她，只希冀能够"弟兄拟结再生因"。在最痛苦无助的时候，是古老诗神的安抚使"她激狂的悲苦，渐渐成了沉绵的哀思，正像洪涛已退，止有一派沦漪的水，荡漾摇曳于无穷"②。

苏雪林写于留法时期的旧体诗，大多充满了"万里烟波身独寄，海天东望涕沾巾"的离愁别绪和思乡情怀。《旅欧之什》中抒发思乡之怀的诗句俯拾皆是："异域羁迟忽二载，故乡云水犹千程"，"云天

---

① 张治：《思乡症与考古癖》，王德威、季进主编《文学行旅与世界想象》，江苏教育出版社 2007 年版，第 90 页。
② 苏雪林：《棘心》，《苏雪林文集》（第一卷），安徽文艺出版社 1996 年版，第 60 页。

万里家何在,愁绝烟波江上心","离愁日日浓如酒,酿到新秋味更醇。"萧瑟的秋天加重了诗人的伤感,竟致夜不成眠,早起揽镜自照,镜中憔悴的面容,让诗人怆然不已:"镜里朱颜不常好,客边岁月易催人。沧桑阅世都成感,哀乐年来渐觉真。"

患了严重"思乡病"的苏雪林将法国比喻成"鬼境"。她在《夜静土山上作时在法国里昂》中开篇第一句就是"鬼境忽从人境生,浩然风定夜三更"。其实,苏雪林住在宿舍里,享尽优渥的待遇,也受尽了爱抚与慰安。但即便如此,"思乡病"仍然剧烈。生活上的诸多不如意,悲恨忧虑中的煎熬,使苏雪林身心俱疲,染上重疴。心境恶劣的她格外思念远方的亲人,想念故乡的食物。虽然法国饮馔精美,冠于世界,但苏雪林想念的还是故乡的茶叶、香肠、香料腌制的鲫鱼、盐菜和酱萝卜;甚至辣椒和臭腐乳,都变成想象中顶好吃的东西。① 客中的苏雪林十分孤独,虽然有许多法国朋友,但因为"法国人虽与我们亲热,而以风俗、文化、种族,太不相同之故,我们心灵仍有一种不知其然的隔膜"②,身处异国的她还是感到踽凉吊影的寂寞。浓烈的思乡之情进入诗中,似乎只有"对于故国的不断想像才能填满""身处异域所感到的落寞与空白"③。"六日邀游兴未遥,湖山小住亦魂销。丹枫白柏江南路,梦到吴淞第几桥。"异域的风景挑动了诗人的乡愁,恍惚中仿佛回到了魂牵梦萦的故乡,将眼前的法国湖山、丹枫白柏当成是故乡的"江南路"和"吴淞桥"了。

"最难安置是乡愁。"中秋感怀,望月思乡,心中涌动的是"独在异乡为异客,每逢佳节倍思亲"的感慨;重阳登高,心头溢满的是"遍插茱萸少一人"的思念;除夕夜,形单影只、贫病交加的诗人即使"梦返江南岁已迟",只能遁入异邦的空山,来逃避"此生难了"

---

① 苏雪林:《棘心》,《苏雪林文集》(第一卷),安徽文艺出版社 1996 年版,第 148 页。
② 同上书,第 147 页。
③ 张丽华:《异域风景与中国情调——略析苏雪林旧体诗对法国的书写》,孟华等《中国文学中的西方人形象》,安徽教育出版社 2006 年版,第 236 页。

的相思。① 剪不断，理还乱的乡愁，缠绕着每一个漂泊在外的游子。眼前的一景一物，都会在患着严重"思乡病"的诗人心中勾起美丽的乡愁。注重亲情伦理的传统文化熏染出来的文人情怀，有着巨大的延传力量。它们已经化入古老的韵律之中，吟哦着唐诗宋词长大的现代文人，如入兰室久而不闻其香，不知不觉中，早已沾染了满身的传统文人气息。藕断丝连，现代文人可以毅然决然与古典诗歌划清界限，但却无法清除传统文化在自己身上的深厚积淀。情不自禁地，旧体诗就成了海外游子安置乡愁最好的场所。用熟悉的韵律表达着同样的思乡情怀，传统文人情怀在现代文人的域外旧体纪游诗中再次呈现。

怀古述今也是域外旧体诗关注的主题之一。这一主题的大量涌现，是海外游历体验与传统文人情怀相互胶合的结果。徐志摩认为"吊古——尤其是上坟——是中国文人的一个癖好"，"这种癖好想（像）是遗传的"。他把"吊古"当作寂寞时的"柔情的寄托"。欧游期间，他"像是专作清明来的"，吊谒了许多知名的、无名的或跟他有关系的墓园。在"墓墟间，在晚风中，在山一边，在水一角，慕古人情，怀旧光华"②。在对"已往的韶光"的想象中，诗人"心灵的幽独"获得了某种慰藉。

康有为在意大利游历期间，遍游名胜古迹。"瑰殿崇楼倚夕阳"的"邦非尔宫"，虽然还可以让人回忆起昔日古罗马"教皇霸业两张皇"的辉煌历史，但"频经兵燹乱"后的古罗马如今只剩下满目的"颓垣断础"，康有为回想故国的沧桑破落，不禁"黯然"神伤。望着眼前嵯峨的埃及陵塔，婆娑的雅典古庙，"回顾中华无可摩"，只剩下文明证据的空山河，康有为不由得"我心怦怦手自搓"，唯有长城的中国面对列强的虎视眈眈又能"奈若何"呢？抚古思今，异邦的千年古道、颓陵坏殿、高塔丛祠……莫不让康有为感慨万千，引发他怀古

---

① 郁达夫：《除夜有怀》，《郁达夫文集》（第十卷），花城出版社、生活·读书·新知三联书店香港分店1985年版，第127页。
② 徐志摩：《一个静美的向晚——莫斯科游记之一》，《晨报副刊》1925年8月10日，第65页。

述今的作诗冲动。①

苏雪林在留法期间也经常凭吊名人古墓、历史遗迹。她在回国前，曾专门赴巴黎旅行。她在《惆怅词》序中说"自游历花都以来，阅历繁华，沉酣金粉，谒名王之墓，吊美人之芳踪，斜阳独立，古愁莽莽以荡胸，废殿低徊，奇泪潸潸而盈把"。"倦游归来，闭门寂坐"，苏雪林发现"艳愁绮怨之来，有不知其所由者，乃知情根易斩，结习难删"。于是"慨然易潜修之念，而为著述之志焉"②。凭吊拜谒徒增了几许"古愁"，《惆怅词》中满纸的"伤心""泪痕"就不足为怪了。

由于"在旧体诗定型化的表达方式和它所对应情感现象之间，早就建立起了密不可分的联系。感时书愤、陈古刺今、述怀明志、怀旧思人、送春感秋、抒悲遣愁、说禅慕逸……构成了吸引着历代诗人的情感圈"③。因而有着深厚国学素养的现代文人在域外行旅中所感受到的"思乡"与"怀古"体验，就会"进入与旧诗词相对应的那种'情感圈'内，这时候采用旧体诗的形式"，"就成为'身不由己'的选择（当然，前提是作者具备写旧诗的修养）"④。独自漂泊在海外的作家，每当他们触景生情、感时伤怀之际，由域外行旅体验所引发的人生感悟，就会与心灵深处对传统文人情怀的认同胶合在一起。"这种胶合所形成的深具传统特色的心态使他心甘情愿地、自然而然地接受了旧形式的诱惑。"⑤ 由此我们似乎就可以理解为何中土的诗神会频频降临在异域的土地上。其实，中土的诗神从未离开过这些现代文人。是域外行旅所引发的思乡、怀古等情感让作者陷入了与旧诗词相对应的

---

① 详见康有为《欧洲十一国游记》（一），湖南人民出版社 1980 年版。
② 苏雪林：《灯前诗草》（卷四《旅欧之什》），台北正中书局 1982 年版，第 91 页。
③ 刘纳：《旧形式的诱惑——郭沫若抗战时期的旧体诗》，《中国现代文学研究丛刊》1991 年第 3 期。
④ 钱理群：《20 世纪诗词：待开发的研究领域》，《返观与重构——文学史的研究与写作》，上海教育出版社 2000 年版，第 223 页。
⑤ 刘纳：《旧形式的诱惑——郭沫若抗战时期的旧体诗》，《中国现代文学研究丛刊》1991 年第 3 期。

"情感圈",采用旧诗词的表现形式来抒发个人感怀就成为一种"身不由己"的选择了。

三 "古旧幽灵"在异域的重生

中土诗神在异国他乡的频频降临,促成了许多佳作的诞生。不少诗作在"以新材料入旧格律"方面给我们提供了成功的范例。

颇具风华的末代词人吕碧城,她描述域外行旅体验的海外新词,不仅拓展了词的表现范围,而且还开辟出一片新的词境。生逢海通之世,"常作欧西之行,谒纳尔逊像及巴黎拿破仑墓,荡桨瑞士之日内瓦湖,领略世界乐园之胜,又复驻足意大利,一吊罗马之夕阳,更赴美利坚,参观好莱坞诸明星如卓别林、罗克、贾克可根、范鹏克、范伦铁瑙、爱琳立许、巴赖南格丽之宅墅"[①]。她的游屐遍布欧美大陆,丰富的域外行旅体验不仅让她眼界大开,见闻陡增,而且也给她提供了"非前辈词家所能想见"的写作题材。巴黎铁塔、罗马古城、伦敦古堡、冰淇淋、橡胶鞋、自来水笔……她的海外诗词"广泛地吟咏海外风光,举凡火山、冰峦、湖海、花木及近代新生事物等,无不成为其取材的对象"[②]。吕碧城的海外词在"以新材料入旧格律"方面所取得的成就在当时文坛颇为引人注目。吴宓认为她的海外新词"实为今

---

① 纸帐铜瓶室主:《说林凋谢录》(二)(吕碧城),李保民《吕碧城词笺注》(附录一),上海古籍出版社 2001 年版,第 516 页。

② 李保民:《吕碧城词笺注·前言》,上海古籍出版社 2001 年版,第 13 页。如《绛都春》描写的是维苏威火山喷发的壮观景象:禅天妙谛,正大道涅槃,薪传继继?世外避秦,那有惊心咸阳燧。飚轮怒碾丹砂地,弄千丈红尘春霁。倦飞孤鹜,几番错认,赤城霞起。凝睇,镂冰斫雪,指隔浦、迤逦瑶峰曾寄。火浣五铢,姑射仙人翔游袂,流金铄石都无忌。算世态、炎凉游戏。任教烧蜡成灰,早已艳泪。《破阵乐》描写了阿尔卑斯山的瑰丽雄奇:混沌乍启,风雷暗坼,横插天柱。骇翠排空窥碧海,直与狂澜争怒。光闪阴阳,云为潮汐,自成朝暮。认游踪、只许飞车到,便红丝远系,飚轮难驻。一角孤分,花明玉井,冰莲初吐。延伫,拂藓镌严,调宫按羽,问华夏、衡今古。十万年来空谷里,可有粉妆题赋?写蛮笺,传心契,惟吾与汝。省识浮生弹指,此日青峰,前番白雪,他时黄土。且证世外因缘,山灵感遇。见吕碧城著,李保民笺注《吕碧城词笺注》,上海古籍出版社 2001 年版,第 172—173、250—251 页。

日中国文学创作正轨及精品"①。《分春馆词话》认为她的词作"缕述异国事务，开拓前人未有之词境，雄奇瑰丽，美不胜收，使人耳目为之一新"②。孤云更是对其海外词赞不绝口："词中之一特点，为能镕新入旧，妙造自然，此为某所亟欲言者。……其在诸外邦纪游之作，尤为惊才绝艳，处处以国文风味出之，而其词境之新，为前所未有。忆昔年见康长素《十一国游记》中诸作，殊未能与《信芳集》比并也。"③

苏雪林的《旅欧之什》在"以新材料入旧格律"方面亦有许多值得借鉴之处。如"翩翩巾帽飑车前，宛宛征轮向晚烟"就利用双声叠音词的对仗，营造出一种舒缓回旋往复的效果，与"飑车""征轮"等象征火车的现代快速节奏形成一种鲜明对比，暗示出诗人享受现代旅行所带来的怡然惬意体验的愉悦心境。苏雪林的诗作中有不少篇什描写了现代行旅体验。如描写乘坐汽车游览："排空驭气四轮飞，宝象负重龙夭矫。远近烟尘顷刻迷，山向前奔树后倒。"短短几句，就生动形象地把诗人坐在疾驰如飞的车内，窗外风景匆匆向后掠去的感觉描绘了出来。"瞥眼云烟逝，凭栏亦快哉。飑轮碎短梦，汽笛壮秋怀"突出的则是乘坐火车旅行的现代速度体验。

苏雪林最成功的地方在于她凭借着自己丰富的想象力，使传统的典故与意象"化腐朽为神奇"，将中国情调与异域景观和谐地融合在一起。在以旧体诗来纪游域外体验时，"古旧幽灵"时不时就会侵入她的诗句里。"这一'古旧幽灵'，包括旧体诗之中的典型意象与情感，构筑话题的'老套'方式，甚至其中的名篇名句，它们积淀成'集体无意识'，与旧体诗这一文类的形式特征扭结在一起，难分难舍。只要后辈诗人使用这一文类进行创作，这些'幽灵'般的符码，

---

① 吴宓:《空轩诗话》(三十四·吕碧城女士)，《吴宓诗话》，商务印书馆2005年版，第228页。
② 张炯、邓绍基、樊骏主编:《中华文学通史》(第五卷近现代文学编)，华艺出版社1997年版，第397页。
③ 孤云:《评吕碧城居士信芳集》，李保民《吕碧城词笺注》(附录三)，上海古籍出版社2001年版，第553—554页。

立即纷至沓来。"①

《卢丹赫山纪游》是苏雪林吟咏郭城之游最为得意的一首古体诗。

> 山巅积雪皆绿色,物理难格群惊猜。我知仙人点金复能种玉,手掷蓝田玉苗高成堆;或者吴刚奋斧倒丹桂,广寒一旦成飞灰。八万四千明月户,零落遗弃兹山隈。混和当年桂叶色,所以苍翠如琼瑰。②

这一段诗句写卢丹赫山雪色。"卢丹赫山地势高峻,山巅积雪,至夏不消,雪色带微绿,虽无翡翠之深,却极其爽目。"③诗人在诗中运用了"蓝田种玉""吴刚伐桂"两个典故来描写绿雪。生玉与种玉乃系二事。但是由于已有"蓝田生玉"的典故,后人就合二为一,用"蓝田种玉"来指代婚姻了。蓝田之玉的典故其实并未说明颜色,可是诗人为了形容绿雪,就借用"蓝"字以射"绿",于是就有了"我知仙人点金复能种玉,手掷蓝田玉苗高成堆"这样富有"奇情壮采"的诗句。④将山巅积雪想象成是广寒宫零落遗弃的飞灰,满眼的绿雪是由于混和了当年的"桂叶色",才"苍翠如琼瑰"。诗中"吴刚伐桂"典故的运用充分显示了诗人汪洋恣肆、天马行空的丰富想象力。在《卢丹赫山纪游》这首诗中,苏雪林大胆借用了中国传统文学中的典故,让"古旧幽灵"在异域景观书写中重获新生,从而营造出一种奇谲瑰丽的美学效果。

现代文人的旧体域外纪游诗,时常会出现将中国情调完美融入异域风景的神来之笔,在"以新材料入旧格律"方面给我们提供了不少成功范例。这些佳作似乎告诉我们"'古风格'与'新材料'并不必

---

① 张丽华:《异域风景与中国情调——略析苏雪林旧体诗对法国的书写》,孟华等《中国文学中的西方人形象》,安徽教育出版社2006年版,第246页。
② 苏雪林:《卢丹赫山纪游》,《灯前诗草》,台北正中书局1982年版,第84—85页。
③ 苏雪林:《我与旧诗》,《苏雪林文集》(第二卷),安徽文艺出版社1996年版,第141页。
④ 同上。

然难以相容，旧体诗这一特殊文类，因其对于隐喻与用典的召唤和容纳，反而为传统风格的语言对于新的现实经验的表达提供了广阔的空间"①。但是，过于烂熟老旧的表达形式也容易束缚诗人才情的发挥，使他们很难突破这种文学范式的拘囿。如苏雪林《旅欧之什》中的"溪行"，全诗几乎看不出作者所描述的风光与中国传统山水田园诗有何区别。连情调都与陶渊明的"采菊东篱下，悠然见南山"毫无二致。在《往看卢丹赫山》中，乘坐汽车游览显然给作者带来了极为惊奇的行旅体验，但是现代体验最后引发的依然是李白式的"人生百年驹过隙"，"青鬓朱颜不常好"，"及时行乐岂可违"的人生感叹。作家驾驭形式的才情愈是纯熟，那老旧熟烂的形式对她才情的制约便愈为明显。就像刘纳评价吕碧城时所说："吕碧城不得不面对古人遗产过于丰厚和形式的烂熟造成的困窘。无论她想写什么，都仿佛是前人早就写过的。词语方式与意义的稳固契合造成了意型的老化和硬化，词的创意已经无比艰难。""当她抒写着自己异彩焕发的灵感时，她往往仍然不得不将自己的情感归诸已具公共性的'愁''怨'一类的范畴，这就不能不使人倍感遗憾了。"②吕碧城的困境是现代语境中所有写作旧体诗的作家都遭遇过的。即使现代作家在内心深处与传统文人如何的心有灵犀，但是不管他们怎样努力，都无法超越前人所取得的成就和辉煌。

　　苏雪林、吕碧城等人在用旧体诗词来纪游域外体验上的出色表现，"证明文言确实已被使用得老旧烂熟，它的词语与所传达的精神情感之间的联系已经紧密得定型了，因此，虽然产生于过去年代的优秀作品并未失去并且永远不会失去其价值，但是，处于古典文学长链尾部的诗人词人即使拥有超越古人的才情也不可能再实现古人曾经实现的成就"③。对此，苏雪林有着清醒的认识。她说："我知道数千年

---

　　①　张丽华：《异域风景与中国情调——略析苏雪林旧体诗对法国的书写》，孟华等《中国文学中的西方人形象》，安徽教育出版社2006年版，第251页。
　　②　刘纳：《风华与遗憾——吕碧城的词》，《中国文学研究》1998年第2期。
　　③　同上。

的诗界人才太多,什么路径他们没有开辟过?什么境界他们没有探险过?像康南海、黄公度之才,做的新体旧诗也就此而止,不能再翻花样,我的才情和工力能胜过他们吗?"[1] 现代旧体纪游诗,背负着因袭的重负,只能在传统模式的缝隙间辗转腾挪,寻找回避因袭性的途径,对普泛性经验做有限度的反抗。[2] 无论怎样努力,退隐到文坛边缘的旧体诗都无法超越前人所取得的辉煌成就。所以自法国留学归来之后,苏雪林毅然决然放弃了旧诗的写作。然而,旧体诗于苏雪林来说,就像一种斩不断的情愫深埋在心底。在和诗神握手道别三十年之后,虽然苏雪林经常写写散文,偶尔还写点短篇小说,但她却再也尝不到少年时代作旧诗时那种迷离恍惚,如醉如狂的滋味了。[3]

旧体域外纪游诗,可以在材料和意境上给我们带来一些惊奇和新意,"古旧的幽灵"可以在异域的山光水色、名胜古迹中重新焕发出青春活力,但是"事实证明,旧诗的出路不是让自己屈就那些新的经验,而是延续原来的轨道"[4]。正是由于旧体域外纪游诗延续了传统诗歌中思乡与怀古两大母题,从而才能够在现代文坛获得一定的生存发展空间。

第二节 无奈的变异:左支右绌的旧形式

用旧体诗来描述域外见闻,并非"旧瓶装新酒"那么简单。如果说旧体诗在表达传统情怀的时候能够取得一定程度的成功的话,那面对表述现代域外体验的要求,旧形式就明显显得左支右绌。"从旧诗

---

[1] 苏雪林:《我与旧诗》,《苏雪林文集》(第二卷),安徽文艺出版社1996年版,第143页。

[2] 刘纳:《风华与遗憾——吕碧城的词》,《中国文学研究》1998年第2期。

[3] 苏雪林:《谈写作的乐趣》,《苏雪林文集》(第三卷),安徽文艺出版社1996年版,第46页。

[4] 林岗:《海外经验与新诗的兴起》,《文学评论》2004年第4期。

遭遇海外经验的角度看，明显地存在语言和经验之间的阻隔。"[1] 在跨文化书写过程中，"旧风格"与"新材料"之间存在的张力，要求旧风格（旧体诗）为了适应新材料（现代域外行旅体验）的出现做出相应的变通。从黄遵宪、梁启超、康有为等晚清文人所倡导的"诗界革命"，一直到20世纪30年代吴宓对于"以新材料入旧格律"的新探索，作家们始终没有放弃在"旧风格"与"新材料"之间寻求一个最佳结合点的努力。然而，"旧风格"与"新材料"之间的背驰，远非简单的变通就能消除。奇特的"椟胜于珠"现象的存在、吴宓对旧体诗进行的新探索，都是诗人在旧风格无法完美表述现代域外行旅体验时对传统文学形式进行的革新尝试。这一尝试所呈现出的旧体诗与其他文体"杂交"的现象，无不表明了旧形式与现代体验之间的难以相融。吴宓等人对旧体诗所做的改变，只是缝合"新"与"旧"的权宜之计，虽然促使旧体诗出现了变异，却挽回不了旧体诗必然走向衰颓的历史命运。

一 奇特的"椟胜于珠"现象

行旅很容易催发诗兴。晚清民初，伴随着海外游历的大规模展开，数量可观的域外纪游诗应运而生。用格律谨严的旧体诗来表达现代域外体验，本身就非常具有挑战性。运用新名词的纪游诗，则更是突破了读者的期待视野。在旧风格中穿插新名词，会给读者一种新奇的阅读审美感受，但也可能因为过于陌生而造成阅读障碍，限制作品的流通范围和影响力。受旧体诗形式上的束缚，域外纪游诗无法清楚明了地介绍新事物、传递新意境。于是，在域外纪游诗中就出现了一种奇特的"椟胜于珠"现象。这一文学现象的存在揭示了跨文化书写过程中，旧风格与新材料之间的矛盾冲突。

钱锺书先生在评价黄遵宪的《日本杂事诗》时，认为其"端赖自注，椟胜于珠"[2]。诚哉斯言，与原诗比较起来，后人们似乎更关注

---

[1] 林岗：《海外经验与新诗的兴起》，《文学评论》2004年第4期。
[2] 钱锺书：《谈艺录》（补订本），中华书局1984年版，第347—348页。

《日本杂事诗》的自注。《小方壶斋舆地丛钞》中曾抄录诗注为《日本杂事》一卷，王之春《谈瀛录》卷三四即《东洋琐记》，也几乎全是抄录诗注的。在介绍日本事物时，二人不约而同选择了抄录《日本杂事诗》诗注的方式来呈现①，可见其自注要比原诗更吸引时人的注意。

"楱胜于珠"的现象在域外纪游诗中极为普遍。最早出现在林鍼的《西海纪游草》自序中。如：

> 百丈之楼台重叠，铁石参差（以石为瓦，各家兼竖铁支，自地至屋顶，以防电患）；万家之亭榭嵯峨，桅樯错杂（学校行店以及舟车，浩瀚而齐整）……博古院明灯幻影，彩焕云霄（有一院集天下珍奇，任人游玩，楼上悬灯，运用机括，变幻可观）；巧驿传密事急邮，支联脉络。暗用廿六文字，隔省俄通（每百步竖两木，木上横架铁线，以胆矾、磁石、水银等物，兼用活轨，将廿六字母为暗号，首尾各有人以任其职。如首一动，尾即知之，不论政务，顷刻可通万里。予知其法之详）；沿开百里河源，四民资益（地名纽约克，为花旗之大马头，番人毕集。初患无水，故沿开至百里外，用大铁管为水筒，藏于地中，以承河溜。兼筑石室以蓄水，高与楼齐，且积水可供四亿人民四月之需。各家楼台暗藏铜管于壁上，以承放清浊之水，极工尽巧。而平地喷水高出数丈，如天花乱坠）。②

在以上所引用的原文中，林鍼对涉及的避雷针、博物院、电报、自来水、喷泉等现代新事物进行了特别的补充说明。这篇自序是骈文体，原稿本在诗句后面用小字加注，对前面诗文所述内容详加解释。在诗文中间加注的方式在晚清域外纪游诗中比较普遍。如斌椿的《海国胜游草》和《天外归帆草》、何如璋的《使东杂咏》、张斯桂的《使东诗录》里也多附有诗注。"楱胜于珠"最典型的代表还是黄遵宪的

---

① 周作人：《日本杂事诗》，《风雨谈》，河北教育出版社2002年版，第104页。
② 林鍼：《西海纪游草·自序》，岳麓书社1985年版，第36—37页。

《日本杂事诗》。黄遵宪在每首诗的后面均附上非常详细的解说。如果读者读过诗作仍不知作者所云为何，只消看看自注，就一切都了然于胸。有趣的是，"椟胜于珠"的奇特现象并不仅限于晚清，直至后来的20世纪三四十年代，域外纪游诗中仍存在着这种现象。如吴宓的《欧游杂诗》、王礼锡的《去国五十绝句》等。吴宓在《欧游杂诗》中常常在诗后用长篇大论来注释诗文中提及的历史事件或人物事迹。如第二段吟咏英国伦敦讷耳逊纪念碑的一首。五言十六句的古体诗显然无法交代清楚兴建讷耳逊纪念碑的来龙去脉。诗中的主人公"苦爱哈米顿，艳史风流袅"的讷耳逊，能有幸"英雄遇美人"似乎让吴宓颇为羡慕，于是吴宓在自注中用了几千字的篇幅不厌其烦地介绍了"讷耳逊与哈米顿夫人相爱之历史"。与前面的五言古诗相比，后面的自注所讲述的英雄美人的艳史传奇更为引人入胜。

在诗中夹注，即在诗中（或诗后）穿插以散文式的文字，不但破坏了诗歌的节奏感，也不同程度地削弱了诗歌原有的韵律美。但即便如此，域外纪游诗中"椟胜于珠"的现象却仍不绝如缕。究其原因，在于诗中所涉及的域外体验已经远远超出了读者的认知格局，如果不加说明，诗中出现的新事物、新体验就成了读者无法解读的符码，致使阅读无法顺利进行。域外游记承担着传递新知、启蒙民众的重任，写作游记本身就是为了将旅行者在海外森罗万象的眼见、奇怪多端的耳闻介绍给无法走出国门的国人。因而让读者读得懂就成为域外纪游诗的第一要义。域外纪游诗受到严格的格律、字数限制，短短的几十个字根本无法将作者在海外耳闻目睹的新鲜事物、现代体验表述清楚，无奈之下，作者只好选择在诗中穿插自注。这种权宜之计虽然破坏了诗歌的节奏和韵律，但是却可以消除读者的阅读障碍，完成游记传递新知的功能。

域外纪游诗中时常会运用一些新名词，这些新名词如果不加以说明，就会使读者产生如读天书之感。新名词造成的阅读障碍减弱了诗歌的社会影响力。对此梁启超曾经做过深刻的反省。晚清诗坛一度风行"新学诗"。所谓"新学诗"就是夏穗卿和谭复生等人于丙申、丁酉（1896、1897）年间提倡在诗中使用新名词的诗歌改革尝试。他们喜欢在诗中使用一些如"喀私德""巴力门"等音译词，或者如他们所说的"经典语"（所谓经典者，普指佛、孔、耶三教之经）。因为当时夏穗卿等人"方沉醉于宗教，视数教主非与我辈同类者，崇拜迷信之极，乃至相约以作诗非经典语不用"①。可是因为这些新名词太过于生僻，"苟非当时同学者，断无从索解"。连和夏穗卿、谭复生等人关系十分密切的梁启超，在收到夏穗卿赠送给自己的诗作时，也苦恼于"此皆无从臆解之语"②。故而掺杂着新名词的"新学诗"只能局限在一个很小的社交圈内。对于"新学诗"的认识，梁启超前后的态度有很明显的变化。1899年，梁启超还认为"新学诗"虽然"已不备诗家之资格"，但其"善选新语句，其语句则经子生涩语、佛典语、欧洲语杂用，颇错落可喜"。他自己也亲身尝试作过"新学诗"，但试验的结果却使他体会到了"新学诗"存在的弊端。他仿效"穗卿、复生之作"，其中有这样一首："尘尘万法吾谁适，生也无涯知有涯。大地混元兆螺蛤，千年道战起龙蛇。秦新杀翳应阳厄，彼保兴亡识轨差。我梦天门受无语，玄黄血海见三蛙。"当有人向梁启超"乞为写之且注之"时，梁启超"注至二百余字乃能解"。日后观之早年的诗作，他自己都觉得"可笑实甚也。真有以金星动物入地球之观矣"③。到了1902年以后，梁启超对于"新学之诗"进行了检讨。他指出了"当时所谓新诗者，颇喜挦扯新名词以自表异"的流弊。对于夏穗卿、谭复生等人喜欢在诗中使用"喀私德""巴力门"等音译词，或者从《新

---

① 梁启超：《诗话》（六十），《梁启超全集》（第九册），北京出版社1999年版，第5326页。
② 同上。
③ 梁启超：《夏威夷游记》，《梁启超全集》（第二册），北京出版社1999年版，第1219页。

约全书》中择取故实的做法给以全面的否定。① 认为"此类之诗,当时沾沾自喜,然必非诗之佳者,无俟言也"。对于自己早些年跟风摹仿新学诗,"时从诸君子后学步一二"的行为,此时的梁启超已经感到"既久厌之"② 了。

同一时期的域外游记中也存在着很多让人"无从臆解""无从索解"的"新名词"。翻开晚清民初的域外游记,这样的"新名词"不胜枚举。如"伯理喜顿"(总统)、"哈辟柏艾"(Happy Boy)、掊朴(pope 罗马主教)、"各里思答尔巴累恩"(水晶宫)、洋技(Yankee 美国佬)、阳明之气(氧气)、羔求(橡皮)、海车(伦敦之公共马车)、柴艾斯(chess 国际象棋)、绍勾腊(巧克力)、三鞭(香槟酒)等。这些新名词大部分是根据英文音译而来。由于晚清的海外游历者多不懂外语,故而音译词的发音稀奇古怪。加之当时翻译规范尚未建立,所以不同游记中出现的用来指称同一事物的音译词往往各不相同。如果不加以说明,读者根本就是一头雾水,不知作者所云为何物。由于读者缺少域外的亲身体验,使得游记作者在谈及域外新事物、新体验时,不得不考虑读者的接受问题,所以时常出现边记录边说明的现象。以凝炼含蓄、短小精悍见长的域外纪游诗,在描述域外体验时,就更需要在诗外加以说明。这样一来,有时注释反而比诗本身更吸引读者,"椟胜于珠"的有趣现象就发生了。

在域外纪游诗中出现的"椟胜于珠"现象,其实质是在跨文化书写过程中,"旧风格"与"新材料"之间发生矛盾冲突的结果。传统格律诗在表现现代域外体验时处处显得捉襟见肘,新材料时常会胀破

---

① "盖当时所谓新诗者,颇喜挦扯新名词以自表异。丙申、丁酉间,吾党数子皆好作此体。提倡之者为夏穗卿,而复生亦綦嗜之。此八篇中尚少见,然'寰海惟倾毕士马',已其类矣。其《金陵听说法》云:'纲伦惨以喀私德,法会胜于巴力门。'喀私德即 Caste 之译音,盖指印度分人为等级之制也。巴力门即 Parliament 之译音,英国议院之名也。又赠余诗四章中,有'三言不识乃鸡鸣,莫共龙蛙争寸土'等语,苟非当时同学者,断无从索解;盖所用者乃《新约全书》中故实也。"引自《梁启超全集》(第九册),北京出版社 1999 年版,第 5326 页。

② 梁启超:《诗话》(六十),《梁启超全集》(第九册),北京出版社 1999 年版,第 5326 页。

旧风格狭小的表现空间。"椟胜于珠"现象的发生,说明"以传统格律体而尝试表现现代生活体验必然遭遇美学困境"①。钱锺书先生在评价黄遵宪的《日本杂事诗》时说:"假吾国典实,述东流风土,事诚匪易,诗故难工。"② 意思是说黄遵宪在介绍日本的风土人情、国势政治、天文地理、服饰技艺等具有现代气息的事物时,沿袭的仍然是旧体格律诗的表现形式,借用的亦是传统的典章故实。用旧风格来表现近代日本的现代转变,黄氏为此所做的努力诚然匪易。但是,对于如何将旧风格与新材料完美、和谐地整合起来这一难题,黄遵宪在《日本杂事诗》中的文学尝试表明他并未找到什么锦囊妙计。所以钱锺书先生说他的《日本杂事诗》很难作得工整。"椟胜于珠"现象既是旧风格与新材料之间相互背驰的表征,也是旧风格为了适应新材料所做出的一种变通。这一书写策略的选择,显示了旧风格在现代域外体验面前的失语,同时也预示着文学变革发生的必然。域外纪游诗在旧格律诗中掺杂大量散文体的自注,或许可以看作是新诗出现、文学语言走向通俗化的历史征兆。

二 《欧游杂诗》:"以新材料入旧格律"探索的失败

吴宓十分推崇黄遵宪、梁启超等人的诗歌改革主张,认为"诗人能以新材料入旧格律者,当推黄公度。昔者梁任公已言之。梁任公所作如游台湾、吊安重根书欧战史论后诸长古以及康南海之欧洲纪游诗均能为此者"③。他将黄遵宪看作是"吾侪继起者之南针"④,并郑重声明:"宓论诗作诗之宗旨以新材料入旧格律,实本于黄公度先生。"⑤

直至20世纪30年代,吴宓仍在致力于"以新材料入旧格律"的

---

① 王一川:《全球化东扩的本土诗学投影——"诗界革命"论的渐进发生》,《北京师范大学学报》(社会科学版)2008年第2期。
② 钱锺书:《谈艺录》(补订本),中华书局1984年版,第348页。
③ 吴宓:《论今日文学创造之正法》,《学衡》第十五期,1923年3月,第16页。
④ 吴宓:《空轩诗话》(十九·黄遵宪),《吴宓诗话》,商务印书馆2005年版,第206页。
⑤ 同上书,第207页。

新探索，并身体力行，撰写了《欧游杂诗》。这部诗集乃是 1930 年吴宓欧洲之行的纪游之作。吴宓于 1930 年 9 月赴欧洲，1931 年 9 月归抵北京。他"在欧不及一载，匆遽徘徊。修学游历种种计划，多未实行。原拟随时随地，就所闻见感想，作诗抒写，预计可有三百余首。乃今完全作成者仅五十余首"①。由于"时危国破，世乱人忙"，吴宓担心诗稿"散失"，就把已登载在《国闻周报》《大公报·文学副刊》及未刊行的若干首诗编为《欧游杂诗》第一集，先行刊印。原本吴宓的设想十分宏伟，打算"他日追思补作及修饰整理所得，当编为二集三集"②。但遗憾的是《欧游杂诗》的续集最终还是没有问世，这仿佛预言了吴宓"以新材料入旧格律"的新探索必然会遭遇挫折的命运。在 20 世纪 30 年代倡导并实践以旧格律来呈现新材料的吴宓，注定了只能是一个孤独的守望者。

　　吴宓"以新材料入旧格律"的主张，虽然延续了黄遵宪、梁启超等人"以旧风格含新意境"的革新思路，但坚实的国学功底下所拥有的深厚西学底蕴，则令黄、梁等人望尘莫及。吴宓倡导的"新材料"已不是标新立异、亦新亦旧的"新词语"，也不是从译书中择取的令人无法臆解的经典语。他"所谓的新材料者，即如五大洲之山川风土国情民俗，泰西三千年来之学术文艺典章制度，宗教哲理史地法政科学等之书籍理论，亘古以还名家之著述，英雄之事业，儿女之艳史幽恨，奇迹异闻。自极大以至极小，靡不可以入吾诗也。又吾国近三十年国家社会种种变迁枢府之掌故，各省之情形，人民之痛苦流离。军阀政客学生商人之行事，以及学术文艺之更张兴衰。再就作者一身一家之所经历感受，形形色色，纷纭万象，合而观之，汪洋浩瀚，取用不竭"。"新材料"的外延被吴宓拓展到古今中外，大至国计民生，小至一己之感怀，无不成为旧格律吟咏的对象。但是这些新材料必须是具有"现代之特征"的新材料，如"西洋传来学术、文艺、生活、器

---

①　吴宓：《〈欧游杂诗〉第一集跋》，《学衡》第七十八期，1933 年 5 月，第 57 页。
②　同上。

物，及缘此而生之思想感情等"①。

《欧游杂诗》是吴宓"以新材料入旧格律"这一文学尝试的成果，集中体现了吴宓"以新材料入旧格律"的诗歌主张。吴宓曾在诗注中附言说："予作《欧游杂诗》以陶情适意为主，皆琐屑有逸趣之事。至若各国政治经济之情况，学术思想之派别，以及社会人生之重要问题，予亦颇留心。但专书俱在，国人尽可取读。予所知微末，即欲贡献讨论，亦俟另篇，未可于欧游杂诗中阑入也。"②虽然吴宓谦虚地声称自己这部诗集会让"国内师友人士，必有以予之玩物丧志、改其素行为忧者"，但诗集中涉及的诗题其实十分丰富。诗人不但赞叹异国的秀山丽水，而且每到一地，总不忘寻访、凭吊文人墨客、英雄人物、历史名人的故居、遗物或纪念碑。如莎士比亚、卢梭、雪莱、司各脱、讷耳逊、玛丽女王、斯达尔夫人等都是诗人吟咏的对象。苏俄的"注重提倡工业，制造国货"、巴黎上演的"茶花女剧"、伦敦的"衢路明灯彩"等皆为作者所关注。可以说，无论是旅途颠簸、名人轶事，还是欧洲的名胜古迹、域外风土人情，都被吴宓拿来作为可以熔铸在旧格律中的新材料。

吴宓所谓的"旧格律"也并非对古人诗词格律原封不动的照搬。他在文学实践中，为"旧格律"注入了很多新鲜元素。在形式上，《欧游杂诗》模拟杨葆昌翻译拜伦长篇纪行诗《恰尔德·哈洛尔德游记》之第三曲《王孙哈鲁纪游诗》所采取的五言古诗体，每首十六句

---

① 以上所引见吴宓《论诗之创作·答方玮德书》，《吴宓诗话》，商务印书馆 2005 年版，第 140 页。
② 吴宓：《欧游杂诗·伦敦诗丐》诗注，《学衡》第七十八期，1933 年 5 月，第 17 页。

八十字。① 吴宓认为杨君的译诗"以拟原诗体裁甚合，故今亦用其体"②。早在《西征杂诗》（1927 年 1—2 月）中，吴宓就已经开始尝试用旧格律来纪行。《西征杂诗》以七律之体记录"行途及在西安之所闻见"，共计一百零五篇，效仿的是拜伦的纪行诗。这主要是由于1926 年秋冬，吴宓"在清华学校新旧各班，授英国浪漫诗人之所作。与摆伦（一译拜轮）（Byron）之 Childe Harold's Pilgrimage 之第三曲（Canto Ⅲ）（一八一六年出版）犹反复讲诵，有得于心。下笔之时，不揣冒昧，径仿效之。然所谓仿效者，仅略摹其全篇之结构章法已耳"。1928 年，吴宓又"按连缀七言绝句多首，叙述旅途之经历者"，共计九十六首，结集成《南游杂诗》。在这部诗集中，李哲生（思纯）之《东归杂诗》三十八首、胡步曾（先骕）之《旅途杂诗》三十八首皆为吴宓所取法。由此可见，吴宓所言的旧格律已经融会了许多古今中外的成分，在旧格律的空壳下，是吴宓深厚的国学素养和西学底蕴。

《西征杂诗》《南游杂诗》两部诗集使吴宓积累了很多"以新材料入旧格律"的经验。1930 年创作的《欧游杂诗》就应该更为成熟老到。然而，对于吴宓在《欧游杂诗》中采用五言古体诗的形式来表现自己欧洲之行见闻感想的尝试，虽然有不少友人大加赞誉③，但吴宓在《欧游杂诗》诗后追加的连篇累牍的诗注，却让一班痴情于旧体诗

---

① 据吴宓在《空轩诗话》（三十六·杨葆昌）中的介绍，可以得知"按杨君初译此作，用七律体。仅成三首，其稿犹存。""其后，杨君自知其未尽善，乃改用五言古体，译成全曲。"详见《吴宓诗话》，商务印书馆 2005 年版，第 232—233 页。

② 吴宓自认为与拜伦"遭际阅历不无一二类似之处"，遂在《欧游杂诗》中"仍模拟原诗体裁，成为此篇"。杨葆昌的译诗，最初刊登于民国十八年秋冬之《大公报》文学副刊，后又转录于《学衡》杂志第六十八期。题曰《王孙哈鲁纪游诗》第三曲。"杨君译诗均为五言古体，每首十六句八十字。以拟原诗体裁甚合，故今亦用其体。"详见吴宓《〈欧游杂诗〉第一集序言》，《学衡》第七十八期，1933 年 5 月。

③ 郑之蕃称吴宓的《欧游杂诗》"卫道忧时愿力奢，东西文学一家华。行踪到处增诗料，一卷欧游逸兴赊"。王越在《书欧游杂诗后》一诗中云"纪程赢句秀，摄物叹图工。携向高斋读，清芬满座中"。凌宴池更是称赞吴宓的《欧游杂诗》"朴古处大似初唐及汉魏人语。新题能至此田地，虽锻炼飞动处或待斟酌，已大足教人佩服。兄开径独行，所行不止五十步矣"。详见吴宓《吴宓诗集》，商务印书馆 2004 年版，第 257 页。

的诗友们略感不快。当时很多朋友劝吴宓删削《欧游杂诗》诗注,希望他不要将散文体的诗注"与诗合印一处"。因为"自来文人多不肯作自注,以为自注非古"也。对于友人的劝告,吴宓"予意雅不欲"。吴宓本人似乎也对有喧宾夺主之嫌的诗注格外偏爱。徐震堮(声越)在《论欧游杂诗注》中说:"吾师《欧游杂诗》多于《大公报》上见之,犹爱读其详博之附注,以为可作卧游也。"吴宓"得声越此言殊慰"①。如前文所述,"椟胜于珠"现象说明旧体诗狭小的表现空间已经无法满足表达新思想、新事物、新精神的文学需要。《欧游杂诗》中附加的诗注透露出旧格律与新材料之间的冲突,暴露了吴宓诗歌实践的左支右绌。

很显然,在20世纪30年代倡导"以新材料入旧格律"的确有些不合时宜。吴宓之所以逆潮流而动,执着于"以新材料入旧格律"的探索,主要与他个人的文学立场有关。吴宓认为"今日旧诗所以为世诟病者,非由格律之束缚,实由材料之缺乏"。因为"作者不能以今时今地之闻见事物思想感情写入其诗。而但以久经前人道过之语意,陈陈相因,反复堆塞,宜乎令人生厌"②。显然,吴宓认为旧体诗之所以遭到攻击,问题并不在于形式本身,而在于"文学创造家之责任"。虽然"旧日诗格律绝稍嫌板滞",然而只要运用得当,"诗格不能困人也"。文学家"须能写今时今地之闻见事物思想感情,然又必深通历来相传之文章之规矩,写出之后,能成为优美锻炼之艺术。易言之,即新材料与旧格律也。此二者兼之,始合于文学创造之正轨"③。

由于吴宓采取了一种与新文学阵营相抗衡的姿态,故而大多数的文学史都将吴宓归入开历史倒车的守旧一派。其实,吴宓所主张的"以新材料入旧格律"是强调了文学变革中的继承性的。在他看来,"文学之创造与进步,常为继承的因袭的。必基于历史之渊源,以前之成绩。由是增广拓展,发挥光大,推陈出新,得尺以进程。虽每一

---

① 吴宓:《吴宓诗集》序跋,商务印书馆2004年版,第14页。
② 吴宓:《论今日文学创造之正法》,《学衡》第十五期,1923年3月,第14页。
③ 同上。

作者自有贡献，然必有所凭藉，有所取资。苟一旦破灭其国固有之文字，而另造一种新文字，则文学之源流根株，立为斩断。旧文学中所有之材料之原理，其中之词藻之神理，此新文学中皆固无之。而因文字之断绝隔阂，又不能移为我用，势必从新作始，仍历旧程。此其损失之巨，何可言喻？"① 相较新诗后来为了弥补诗味的缺失转而讲求格律，不能不承认吴宓对重视历史资源的呼吁具有一定的合理性与前瞻性。

吴宓虽然再三强调"作诗之法，须以新材料入旧格律。即仍存古旧各体。而旧有之平仄音韵之律，以及他种艺术规矩，悉宜保存之，遵依之，不可更张废弃"②。这并不代表他反对诗歌的革新，盲目遵从古法。他只是不同意"提倡白话新文学者之诊断书及其药方"。他明确表示，今日中国之文学文字"必须解放、必须改变，乃人人所承认"。"今日中国文字文学上最重大急切之问题，乃为'如何用中国文字，表达西洋之思想，如何以我所有这旧工具，运用新得于彼之材料'。""此问题，易词言之，则可曰'今欲以中国文学表达西洋之思想及材料，而圆满如意，则应将中国原有之文字、问题解放之如何程度？改变至如何程度？'"③ 显然，吴宓并不抗拒促使旧工具走向解放的努力，他在《西征杂诗》《南游杂诗》《欧游杂诗》等诗集中，为"旧格律"注入大量现代成分的摸索尝试就是最好的证明。实际上，吴宓"以新材料入旧格律"的探索，只是力求在不与古典诗歌传统割裂的前提下，谋求新材料与旧风格的和谐统一。

"中间余一卒，荷戟独彷徨。"吴宓孤独而又执着地进行着"以新材料入旧格律"的文学试验。他试图通过自己文学实践，在新材料与旧格律之间找到一个最佳的结合点，以之证明自己文学主张的正确合理。为了实现自己的文学理想。吴宓不但亲自撰写《欧游杂诗》，而

---

① 吴宓：《论今日文学创造之正法》，《学衡》第十五期，1923年3月，第10页。
② 同上书，第14页。
③ 吴宓：《马勒尔白逝世三百年纪念》，《吴宓诗话》，商务印书馆2005年版，第126—127页。

且还利用《学衡》这块阵地来宣传自己"以新材料入旧格律"的诗歌主张。他先后在《学衡》刊发了李思纯的《柏林杂诗》二十四首①、《欧行旅程杂诗》十七首、《巴黎杂诗》十三首、《东归杂诗》三十八首、《昔游诗》三十三首、胡先骕的《旅程杂诗》三十八首。这些旧体诗几乎都是表现域外行旅体验的。然而,除了《学衡》上刊登的李思纯等人的域外纪游诗之外,"吾国留学欧美者千百人","有能著成一集,详述其所闻见者","无殊未多见也"②。对此,吴宓颇感遗憾。走在探索之路上的吴宓拥有的知音实在是寥寥无几。除了上述的李思纯等人外③,吕碧城可以称得上同路人。吴宓在欧洲游学时,正值《信芳集》的作者吕碧城也在欧洲,但"以人事匆促,未及访晤,仅曾通函而已"④。后来见到吕碧城的《信芳集》(诗词游记一卷)之后,立即引为同道中人。这一方面是由于吴宓自己"曾游欧洲,有《欧游杂诗》之作,故于《信芳集》中之诗词,独有深契于心。自谓于其技术及内容,颇多精到之评解"⑤。另一方面(也是最主要的)是由于吕碧城的诗词比较符合吴宓"以新材料入旧格律"的诗歌主张。吴宓在诗话中对吕碧城的作品大加赞赏,认为其诗作"可以上比李易安,而又别辟蹊径"⑥。

知音难觅,文学实践成果的稀少,都使吴宓感到沮丧。然而,最大的挫败还是来自于吴宓自己的亲身实践。尽管吴宓提出了一系列"以新材料入旧格律"的理论主张,但实际创作却总与理论要求之间

---

① 《学衡》第九期发表李思纯《柏林杂诗》十四首,又在第十九期发表其《柏林杂诗》十首,合计共二十四首。
② 吴宓:《论今日文学创造之正法》,《学衡》第十五期,1923年3月,第15页。
③ 吴宓对李思纯的旧体域外纪游诗十分赞赏。认为"描绘欧洲旅途风景,以新材料入旧格律,而其诗作成又甚工美,风情婉约,辞采明丽,使人爱诵不忍释者;友朋中,盖莫李思纯君也。""始宓足迹未履欧洲,及久后游经巴黎、柏林等地,一一印证,方觉哲生诗如代我而作者。"详见吴宓《空轩诗话》(三十五·李思纯),《吴宓诗话》,商务印书馆2005年版,第229—232页。
④ 吴宓:《空轩诗话》(三十四·吕碧城女士),《吴宓诗话》,商务印书馆2005年版,第228页。
⑤ 同上。
⑥ 同上。

保持着距离。他在《论今日文学创造之正法》一文中坦言：

> 尝与友谈，曰试为我出一二题目，俾作诗数首，而行君之所谓以新材料入旧格律者，予曰，诺。第一题，五言长古三首，题曰，苏格拉底、柏拉图、亚里士多德赞，友曰，欲作此题，须将三子之学说理想，及其在欧洲上影响之沿革，洞明于胸中，而撷精取要，归纳于二、三百字之中，予愧未能也。予曰，然则作七言长古一首，叙诗人弥儿顿之生平，而传其精神……今则尚未能也。予曰，兹易以较易之题，请仿丁尼生 Tennyson 之 second 之 Locksley Hall 而七古一首，或七绝四十首，写中国近年之种种奇怪思想运动，及一己之感慨，友曰，此题我能为之，当即从事，然亦以他故梗沮，殊可惜也。①

吴宓为自己没有能力按照朋友的要求"以新材料入旧格律"而感到惭愧。吴宓独自守护古典诗歌传统的勇气固然可嘉，但文学实践上的挫败最终却不能不使吴宓对自己的坚持有所反思。1936年，吴宓将早些年用旧体诗形式翻译的英国赖慈女士的"牛津尖塔诗"更译为新体，在《清华周刊》第二十一期发表。② 从旧体到新体的改译，表明吴宓已经对旧格律的局限深有感触。努力于"旧瓶装新酒"的王礼锡也遇到了和吴宓一样的困惑。王礼锡"企图用旧诗的形式而解放一切旧诗的束缚"③。所以他写作旧体诗"不守古人绳墨，亦不自立绳墨，不循旧制，亦不创新腔"，而是"冶乐府古律绝、词曲民谣于一炉"④。他认为"没有什么字不能入诗"，故而他的诗"用字是毫无拘牵的。文中的字，语中的字，外来语，一切都用"⑤。在取材上，他主张"前

---

① 吴宓：《论今日文学创造之正法》，《学衡》第十五期，1923年3月，第16页。
② 吴宓：《吴宓诗集》卷五《金陵集》，商务印书馆2004年版，第106页。
③ 王礼锡：《市声草》自序，《王礼锡诗文集》，上海文艺出版社1993年版，第560页。
④ 王礼锡：《王礼锡诗文集》，上海文艺出版社1993年版，第543页。
⑤ 王礼锡：《市声草》自序，《王礼锡诗文集》，上海文艺出版社1993年版，第560页。

人所没有感到的资本主义社会的感伤,都市的描写和伟大的史诗,都可以为注入旧诗的新成分"①。王礼锡曾用五言古体诗来描写接吻,"也曾运用来写黄包车、汽车以及一切都市的"现代生活。②痴迷于"旧瓶装新酒"诗歌试验的王礼锡,却在一次翻译自己的英文诗时感到"旧体不足达其意,形式遂为内容所破",从此他才"始信旧瓶之于新旧,有可装,有不可装者"③。最后,王礼锡只好将这首诗翻译成白话文。吴宓、王礼锡在译诗过程中相同的选择,说明旧体诗已无法满足现代生活的语言表现需求。

总而言之,《欧游杂诗》是吴宓"以新材料入旧格律"诗歌主张的范本,但同时,也标志着他的文学理想与文学实践本身之间还存在着一段很大的差距。诗注的喧宾夺主暴露出旧体诗与其要表现的域外体验之间的不和谐。对于"吾国人旅游欧洲作诗纪所闻见者",吴宓十分欣赏汪荣宝之"对月略能推汉历,看花苦为译秦名","久叹为佳句"④。"其评判的角度,恐怕不是艺术水准,乃是对'古风格'与'新材料'在以旧体诗纪异国游历的写作中所形成的冲突'心有戚戚'。"⑤

吴宓用旧体诗形式来呈现域外行旅体验,缘于他企图通过自己的亲身实践,证明旧体诗一样可以传达域外行旅体验这样的新材料。旧体域外纪游诗在他是一种积极主动的文学试验,也是他与新文学阵营

---

① 王礼锡:《市声草》自序,《王礼锡诗文集》,上海文艺出版社1993年版,第559页。
② 同上书,第560页。
③ 1938年10月,王礼锡将离开伦敦时,《政治家周刊》的编者马丁先生及英援华会秘书长伍德门女士为他置酒作别。王礼锡遵马丁先生嘱,在宴会上诵读《再会,英国的朋友们!》一诗。"锡作诗素用旧体,此诗作时系以英文构思。原文亦为英文,转译为华文时,觉旧体不足达意,形式遂为内容所冲破。"故而,王礼锡将这首诗译成了白话文。详见《王礼锡诗文集》,上海文艺出版社1993年版,第543页。
④ 吴宓:《欧游杂诗》第一集序,《学衡》第七十八期,1933年5月,第1页。
⑤ 张丽华:《异域风景与中国情调——略析苏雪林旧体诗对法国的书写》,孟华等《中国文学中的西方人形象》,安徽教育出版社2006年版,第231页。另,汪荣宝诗作《留滞》(欧战时,驻比京作)云:"艰危留滞欲何成,镜里朱颜惜渐更。对月略能推汉历,看花苦为译秦名。"详见《吴宓诗话》(二十一·汪荣宝),商务印书馆2005年版,第211页。

相抗衡所做出的一种姿态。他大张旗鼓、公开维护旧格律的态度，在当时文化语境中很容易成为众矢之的，遭到来自新文学阵营的猛烈攻击。毋庸置疑的是，在当时的文化语境下，旧体诗由中心退隐到边缘已经是大势所趋。吴宓却仍试图通过自己的探索，为旧格律注入现代元素，以期将其拉回中心的位置，他的努力注定是无望的。与之艰难的守护姿态相比，在苏雪林、郁达夫、郭沫若等新文学作家那里，虽然他们难以抗拒"旧形式的诱惑"，但是却已经变成了私人言说的载体。因而他们的旧体域外纪游诗就多了几分孤芳自赏、自娱自乐的闲情逸致。

对于"以新材料入旧格律"的尝试，新文学阵营的作家大多持一种否定的态度。他们认为用旧风格是无法表现新材料的。对于黄遵宪的《人境庐诗草》，周作人感到欣然的是从诗里边窥见了作者的人与时代，"并不怎么注重在诗句的用典或炼字上"。因为他"觉得旧诗是没有新生命的。他是已经长成了的东西，自有他的姿色与性情，虽然不能尽一切的美，但其自己的美可以说是大抵完成了"。虽然周作人承认"旧诗里大有佳作"，"我们可以赏识以至礼赞"，但他却不想去班门弄斧。他认为"若是托词于旧皮袋盛新蒲桃酒，想用旧格调去写新思想，那总是徒劳"①。郁达夫在《谈诗》中也表达了类似的观点：

> 若要讲到诗中所含之"义"，就是实体的内容，则旧诗远不如新诗之自在广博。清朝乾嘉时候有一位赵翼（瓯北），光绪年间有一位黄遵宪（公度），曾试以旧式古体诗来述新思想、新事物，但结果终觉得是不能畅达，断没有现在的无韵新诗那么的自由自在。还有用新名词入旧诗，这两位原也试过，近代人如梁任公等，更加喜欢这一套玩意儿，可以半新不旧，即使勉强成了五个字或七个字的爱皮西提（即 ABCD——引者），也终觉得碍眼

---

① 周作人：《秉烛谈》，河北教育出版社 2002 年版，第 42—43 页。

触目，不大能使读者心服的。①

现代作家正是深切地感到旧风格在表现新思想、新事物时的局限和束缚，才揭起了文学革命的旗帜。可以说，白话文运动的发起，以新诗取代旧体诗，首先是从文学内部发出变革信号的。"对诗人来说，自己所置身其中的生存体验、世界的变化及其语言表现才是真正至关重要的：从以中国为中心的古典'天下'体验到现在的'全地球合一'的全球体验，这一转变对诗人及其他普通人造成的生存震撼是真正致命的。所以，在这个意义上来说，不是政治家的社会动员需要而是诗人的个体生存体验的语言表现需要，构成'诗界革命'的真正核心缘由，尽管政治家的社会动员需要是其直接诱因。"②域外纪游诗中的"椟胜于珠"现象及吴宓为了使旧风格（语言表现）能够适应新材料（全球体验）的出现而做出的艰难探索，都见证了作家们为了守护古典诗歌传统付出的心血与努力。但遗憾的是，旧风格已然完成了"自己的美"，新材料必须借助更自由的文学手段来展现。旧体域外纪游诗，是古老诗歌传统在传统与现代之间踯躅徘徊，向现代告别做出的一个苍凉手势，无奈而又充满留恋。诚如林岗所言："在新诗兴起的故事中，海外经验是最直接、最重要的主导因素。""海外经验在晚清介入了诗人的写作，产生了旧诗的诗语和形式之间的裂痕，启发了诗人言文合一的想法，这个变化过程在民国初年进一步加深，诗人舍弃旧诗转而尝试白话新诗。海外经验在新诗尝试中起着催生新诗语、接受新的文学观念和外来诗的影响的作用。"③的确，正是域外行旅体验冲破了旧体诗的表现框架，才促成了新诗的登场。域外行旅不仅改变了中国人的国家民族观念、文化心态，同时也影响了近现代中国文学变革的进程。

---

① 郁达夫：《谈诗》，《郁达夫全集》（第十一卷），浙江大学出版社2007年版，第139页。
② 王一川：《全球化东扩的本土诗学投影——"诗界革命"论的渐进发生》，《北京师范大学学报》（社会科学版）2008年第2期。
③ 林岗：《海外经验与新诗的兴起》，《文学评论》2004年第4期。

第三章

逃避与回应：
屈辱体验与"国民性"母题的生成

鸦片战争之后，中国延续了几千年的夷夏形象体系迅速崩溃，对于中国形象的重构成为贯穿整个 20 世纪中国文学的"世纪性"传统。① 现代中国自我形象的重构，必须借助与主体互为对立、互为参照的他者。西方他者之镜中的镜像中国，正是现代中国自我想象与认同参照的知识话语系统。近现代走出国门的中国人，其域外行旅体验为现代中国展开自我想象提供了这样一面他者之镜。域外行旅就是一次自我发现与自我反思之旅。跨越文化地理空间的旅行，使旅行者零距离接触西方人，耳闻目睹陌生西方他者的强大，并通过感知他们的中国观反思自我。与此同时，由于疏离本土，旅行者能以一种他者的眼光打量本土，从而发现真正的自我。从这个意义上说，域外行旅深度影响了中国现代的自我想象与认同。

开始睁眼看世界的中国人正是透过他者之镜中的镜像中国来认识自我、重构中国形象的。一方面，透过他者之镜，国人看到了一个被西方妖魔化的"中国"。屈辱的域外体验促使行旅者对自身"弱国子民"身份有了深刻体认，同时也激起他们对妖魔化"中国"的本能反抗；另一方面，他者镜像为中国未来自我形象的想象与建构提供了某

---

① 王一川：《中国形象诗学——1985 至 1995 年文学新潮阐释》，上海三联书店 1998 年版，第 16—17 页。

种启示，促使中国人认清了现实中自我丑陋的一面，引发了国人对国民性的自我反思与批判。

一个常常被忽略的事实是，中国思想史、文学史上的"国民性"问题，是在屈辱性域外体验的激发下而萌生的。缺少他者之镜的观照，就很难想象"国民性"问题的生成。没有他者的参照，就难以产生对自我的深刻省视；没有屈辱性的域外体验，也不可能对所谓"国民劣根性"感同身受。无论是梁启超、孙中山还是鲁迅，他们之所以对"国民性"痛心疾首，与其域外体验密不可分。因此，"国民性"在本质上并不是一个简单的"跨语际实践"的翻译问题，而是在异域的行旅者们所耳闻目睹、亲身遭遇的实际问题。如果只对"国民性"做一种知识考古学的话语追索，固然凸显了其中隐藏的权力关系，却遮蔽了"国民性"发生之始的历史语境，完全忽略了这一问题的现实针对性。①

因此，"国民性"母题在鲁迅等人笔下的彰显与重述，绝对不是将传教士的支那国民性理论进行文学式的"翻译"② 那么简单。而是现代知识分子在他者眼光的凝视下，在域外屈辱体验的重重刺激下，在国族身份、民族根性产生认同危机时所做出的积极回应。然而，屈辱体验所引发的文化心理并不总是积极的，往往是积极回应与消极逃避两种心理并存或者纠缠在一起。前者促使"国民性"批判成为现代思想界的一种普遍追求；后者以"精神胜利"为本质特征，恰恰应该成为"国民性"批判的主要对象之一。"国民性"问题在发生之时就

---

① 刘禾在她的《国民性话语质疑》中采用福柯意义上的知识考古学的方法对"国民性"的本质性、真理性进行了颠覆。她将"国民性"视作一个现代性神话，凸显了其中潜藏的权力关系，即"把种族和民族国家的范畴作为理解人类差异的首要准则，以帮助欧洲建立其种族和文化优势，为西方征服东方提供了进化论的理论依据"。这一点无疑发人深省。然而，若只将"国民性"视为一种话语的建构，就忽视了它在历史语境中的现实意义。与其说"国民性"是一个"跨语际实践"的话语问题，不如说是一个"跨文化交际"的实际问题。刘禾的主要观点参见其所著《跨语际实践：文学、民族文化与翻译的现代性（中国，1900—1937）》（修订译本），生活·读书·新知三联书店2008年版，第74—104页。

② 见刘禾《跨语际实践：文学、民族文化与翻译的现代性（中国，1900—1937）》（修订译本），生活·读书·新知三联书店2008年版，第88页。

具有的这一悖论,在某种程度上决定了进行"国民性"批判的难度与历史局限。

第一节 发现与对抗:他者之镜中的妖魔化"中国"

鸦片战争的炮火将17—18世纪西方风行"中国热"时对中国的乌托邦想象击得粉碎。当中国被迫打开国门走向世界之际,西方的中国形象已经由各种文本构成了一个凝固性的话语系统:在西方人的知识与想象中,中国被形塑成停滞、愚昧、落后的他者形象,突出并言说着西方的进步、文明与发达。当中国人风尘仆仆踏上西方的土地时,正值中国形象在西方最黑暗的时期。旅行者为那些依然沉睡在"黑甜乡"里的中国人带回了异域如何看待中国的消息,从他者之镜中,中国人开始重新认识自己、想象自己。在强大的西方他者的映照下,建立在"天朝型世界观"基础之上的夷夏形象体系遭到了彻底的颠覆。

一 "洋人眼底的中国"

当历史行进至19世纪后半叶,"站在现代的'夷狄'面前"的中国"突然发现了另一个自己。这是令20世纪中国深为震惊的一次自我发现"[1]。"此时的中国发现自己被异国做了重新定位:从一直被人们认为的那个世界的中心移位到一个更广大的世界的边缘;甚至还被迅速崛起的日本边缘化了。"[2] 都市繁庶、科技发达的西方,带给中国旅行者以强烈的现代惊羡体验。然而,更令他们震惊的是现代西方的中国观。"天朝型世界观"在强大的西方他者面前轰然崩塌,延续

---

[1] 伍晓明:《二十世纪中国文化在西方面前的自我意识》,《二十世纪》1992年第10期。
[2] [美]阿里夫·德里克:《反历史的文化? 寻找东亚认同的"西方"》,王宁译,《文艺研究》2000年第2期。

了几千年的华夏夷狄形象体系遭到了彻底的颠覆。昔日的"夷狄"变成了强大的他者,代表着进步、进化的未来走向。而一向以天下中心自居的中国却成为西方人眼里专制、停滞、野蛮的象征。

昔日的"夷狄"以一种俯视的姿态傲慢地打量着远道而来的中国客人,并不屑地称其为"中国佬""中国猪""清国佬""豚尾奴"。域外的屈辱体验使得这些走向世界的中国人对自己弱国子民的身份有了痛楚的体认,天朝大国的优越感在强大西方他者的睥睨下一点点消失,他们在洋人的眼底看到了一个被妖魔化的中国形象。

域外游记在传递异国形象的同时,也记录了当时西方人关于中国的知识与想象。在西方人的知识与想象中,"留辫子、打阳伞、猪眼、大肚子、狡猾的笑容、动作呆板、吃老鼠、抽鸦片、撒谎偷窃的中国人形象,被固定为集体想象中的某种'原型',统称为'中国猪'"①。阿英在《所谓"晚清的中国观"》中愤慨地谈到日本人将中国人"兽化"的情形:"当时之日人,甚至有视中国为'猪'者。力山遁公曾记其事云:信步途中,见鬻画者执图一,若鹰,若虎,若豺狼,交错缤纷,罗列其中。其为群兽之所争食者,则一半醒半苏以待毙之大猪也。余不解其所谓,遂向彼而问之。答曰:'此君亦此猪身中之一微虫,胡宁不自知耶?'"②

中国旅行者在海外游历期间,听到了许多关于中国的离奇传说。张德彝在他的《航海述奇》中提及西方的报纸曾报道过中国使官到达华盛顿的消息,文中称这位钦差大人"曾载鼠三车","到此后,日命华仆买鼠一二篮"。法国总署委员郎碧叶特意向张德彝询问此事是否详确,并向其请教如何烹调老鼠。③"支那人什么都吃——老鼠、狗、蛇,呸,什么叫做文明的古国!"④ 这句话是旅外中国人时常听得到

---

① 周宁:《天下夷狄辨:晚清中国的西方形象》,《书屋》2004年第6期。
② 阿英:《所谓"晚清的中国观"》,《阿英全集》(第6卷),安徽教育出版社2003年版,第18页。
③ (清)张德彝:《航海述奇》,岳麓书社1985年版,第772页。
④ 黄贤俊:《德国印象记》,上海民智书局1933年版,第43页。

的。随着这些无稽之谈在西方的广泛传播,"吃老鼠"最终变成了中国人的身份象征。在英国,"英国人的脑袋根本没有'中国'两字。当中国学生向他们租房子时,房东先生把他浑身打量一番道:'呀,原来,你们是吃老鼠的,我们委实没有房子租给你们。'"①

类似的无稽之谈既反映了西方人对中国人缺乏了解,同时也说明了在他们的想象中,中国人是如何的野蛮和不开化。张德彝在他的出使生涯中,经常有洋人向他求证中国人是否真有溺婴的习俗。② 黄贤俊在德国考察时,有很多德国人问他,"你回国后,到底找多少小老婆?"③ 普通西方人对中国的偏见,跟中国形象的生产方式息息相关。李筱圃在日本参观博览会时,日本人用来"表现"中国形象的展览品并非工艺珍贵之物,而是进行了居心叵测的选择:

> 有一会中架上置坏竹鸦片烟枪两根,破瓷烟缸两个,中竖一挑烟棒,烟盒烟竿数件,坏铜水烟袋一枝,破钱板一块,破旧篾纸灯笼一个,破帽零星各件,俱极肮脏。又于其所陈军械、刀枪、盔甲、旗帜处,置锈蚀鸟枪数杆,破布九龙袋两个,中插装火药小竹筒十数根,俱标识曰"中国物"。④

李筱圃在日本看到以鸦片烟枪之类的物品来标识中国的现象并非个别现象。20世纪30年代,虽然清朝的统治已结束二十多年,男人不再蓄发,女人也早在妇女解放运动中抛弃了小脚绣花鞋。但是,黄贤俊在德国参观一所国民学校时,地理教员特意向某太太借来一些中国东西开了个小小的展览会,其中最显眼的两件东西就是"小脚花鞋"和"鸦片烟枪"。这位地理教员还好奇地问黄贤俊:"黄先生,对不起,现在你们中国人还有蓄辫子的吗?"⑤ 不仅如此,标识中国人身

---

① 黄贤俊:《德国印象记》,上海民智书局1933年版,第44页。
② (清)张德彝:《航海述奇》,岳麓书社1985年版,第669页。
③ 黄贤俊:《德国印象记》,上海民智书局1933年版,第41页。
④ 李筱圃:《日本纪游》,《早期日本游记五种》,岳麓书社1985年版,第100页。
⑤ 黄贤俊:《德国印象记》,上海民智书局1933年版,第47页。

份的身体特征——辫子——甚至成为博得西洋人哈哈一笑的表演对象。当中国同胞"将一丈多长的发辫系在梁上大摇大摆,现出洋洋得意的样子"时,坐在看台上的黄贤俊赶紧"在掌声四起中拔起腿溜出场门,松了一口气"①。

妖魔化的中国形象甚至成为欧洲人吓唬孩子的工具。在德国流行着这样一首童谣:"跳——跳——跳,跳——跳——跳的支那人,他们是多么可怕呀,剖腹,斩腰,杀头,好孩子别哭啦,野蛮的支那人来了。当儿童唱第一二句的时候,手指作跳的姿势,第三句面部作可怕的表情,第四句手掌作提刀杀人的样式,至第五六句便慌惶地缩着头咋着舌。"②

从婴儿时期直至中小学,一般的西方人被灌输的中国形象都是这样荒诞不稽。对于那些没有机会到中国旅行的普通西方人来说,他们所了解的中国大多来自报纸杂志、电影小说、游记画报等媒介的生产与再生产。中国旅行者在西方所见到的被普通洋人妖魔化的中国,正是西方关于中国的社会集体想象物。正如周宁所说,"西方的中国形象是集体性、大众化想象的'他者'表述,这种表述并非个人或个别文本性的,它在不同的文本中重复,构成一个具有特定原则性的话语,带有明显的程序性。任何个别表述都受制于这一整体,任何一个个人,哪怕再有想象力、个性与独特的思考,都无法摆脱其控制,只能作为一个侧面重新安排已有素材,参与这种文化符号的生产与传播"③。

"18和19世纪,当中国遭到西方列强的敲诈勒索时,中国人的自我形象也被囚禁了。欧洲游客用文字、绘画和相片记录了中国的人情风貌,捕捉到无数典型的'中国佬'标本,将它们钉在自己的人种志标本簿上,带着它们周游欧洲各地。"④ 中国旅行者在西方游历时,看

---

① 黄贤俊:《德国印象记》,上海民智书局1933年版,第41页。
② 同上书,第39—40页。
③ 周宁:《世界之中国:域外中国形象研究》,南京大学出版社2007年版,第9页。
④ [澳大利亚]费约翰:《唤醒中国》,李恭忠、李雪风等译,生活·读书·新知三联书店2004年版,第158—159页。

到西方"各国杂志报章最喜载中国叫化子,残废者,病癞者,小脚妇人,拖辫男子的种种图片,用作对中国前途下深刻批评的资料"①。沙鸥在《欧行观感录》中有一节谈到西方"记者及画家笔下的中国"。在法国期间,沙鸥注意到在《小巴黎人日报》上正在连载名记者夏都礼氏(Marc Chadourne)的游华印象记——《少年中国之激动》,画家古互罗毕雅氏(Covarrubias)为其游记配上了新派的插画。正如老舍所嘲讽的那样,"越是在北平住过一半天的越敢给北平下考语,许多侮辱中国的电影,戏剧,与小说,差不多都是仅就表面的观察而后加以主观的判断"②。凭借着自己对中国的浮泛了解,夏都礼氏在《上海的鸦片贸易》中将上海形容成一个鸦片的大市场,而在所谓的《上海之夜》一文中,主要描写了赌场、烟馆、妓院、舞场以及奢侈淫荡的生活和上海的妇女们。③ 其实,夏都礼氏的中国之旅只是惊鸿一瞥,他在谈到中国文坛的情况时,仅注意到了《从军日记》的作者谢冰莹一个人。由此可见他的中国印象记实在是过于粗浅片面。但正是这样的中国游记吸引了西方成千上万读者的关注,成了他们了解中国的重要渠道之一。"shanghai"一词在英文中演变为"拐骗、强暴、胁迫"的代名词,就充分表明了这些游记对于中国形象的建构与传播具有非常大的影响力。

曾经有过多年英国生活经历的老舍,在他的小说《二马》中讽刺了西方妖魔化中国形象的生产与消费过程:

> 在伦敦的中国人,大概可以分作两等,工人和学生。工人多半是住在东伦敦,最给中国人丢脸的中国城。没钱到东方旅行的德国人,法国人,美国人,到伦敦的时候,总要到中国城去看一眼,为是找些写小说,日记,新闻的材料。中国城并没有什么出

---

① 黄贤俊:《德国印象记》,上海民智书局1933年版,第44页。
② 老舍:《我怎样写〈二马〉》,《老舍全集》(第十六卷),人民文学出版社1999年版,第173页。
③ 沙鸥:《欧行观感录》,中华书局1937年版,第45—47页。

奇的地方，住着的工人也没有什么了不得的举动。就是因为那里住着中国人，所以他们要瞧一瞧。就是因为中国是一个弱国，所以他们随便给那群勤苦耐劳，在异域找饭吃的华人加上一切的罪名。中国城要是住着二十个中国人，他们的记载上一定是五千；而且这五千黄脸鬼是个个抽大烟，私运军火，害死人把尸首往床底下藏，强奸妇女不问老少，和作一切至少该千刀万剐的事情的。作小说的，写戏剧的，作电影的，描写中国人全根据着这种传说和报告。然后看戏，看电影，念小说的姑娘，老太太，小孩子，和英国皇帝，把这种出乎情理的事牢牢的记在脑子里，于是中国人就变成世界上最阴险，最污浊，最讨厌，最卑鄙的一种两条腿儿的动物！①

妖魔化的中国形象，只不过是西方出于自我文化认同的需要所设立的一个他者，并不能代表真实的中国。"在西方摇摆反复的中国观中，难以发现'真实'或者关于'中国现实的客观描述'，西方的中国观真正的意义不是认识或再现中国的现实，而是构筑一种西方文化必要的、关于中国的形象，其中包含着对地理现实的中国的某种认识，也包含着对中西关系的焦虑与期望，当然更多的是对西方文化自我认同的隐喻性表达，它将概念、思想、神话或幻象融合在一起，构成西方文化自身投射的'他者'空间。"②

西方世界对中国形象的妖魔化，直接影响了西方人的中国观。即使没有到过中国的西方人，也把中国人当成是洪水猛兽，茹毛饮血的野蛮人。整个西方弥漫着一种蔑视、排斥中国人的社会气氛。屈辱的异域体验不仅在他们内心深处留下了痛苦的创伤性记忆，同时也激发起他们对自己民族身份的深刻体认。

---

① 老舍：《二马》，《老舍全集》（第一卷），人民文学出版社1999年版，第394—395页。

② 周宁：《世界之中国：域外中国形象研究》，南京大学出版社2007年版，第6—7页。

二 "支那"之痛：对"弱国子民"身份的体认

域外屈辱体验很容易激发国人的民族身份意识。从某种意义上来说，中国现代国家——民族观念的建立与域外行旅有着直接的关联。梁启超在继游历日本之后即将踏上赴美的旅途时，才颇有感触地说："于是去年九月，以国事东渡，居于亚洲创行立宪政体之第一先进国，是为生平游他国之始。今年十一月，乃航太平洋，将适全地球创行共和政体之第一先进国，是为生平游他洲之始。于是生二十七年矣，乃于今始学为国人，学为世界人。"①近代中国被迫打开国门后，伴随着夷夏形象体系的颠覆，传统的"天下"观开始发生动摇，逐渐被"世界"观所取代。诚如梁漱溟所言："像今天我们常说的'国家'、'社会'，等等，原非传统观念中所有，而是海通以后新输入的观念。旧用'国家'两字，并不代表今天这含义，大致是指朝廷或皇室而说。自从感受国际侵略，又得新观念之输入，中国人颇觉悟国民与国家之关系及其责任。"②在传统的"天朝型世界观"看来，普天之下莫非王土，率土之滨莫非王臣，这种世界观是很难产生民族主义的。对此冯友兰先生曾有过精辟的论述："从古代起，中国人的确十分强调中国（或华夏）与夷狄之分，但是所着重的分野，不是种族的不同，而是文化的不同。传统上，中国人把生灵分为三类：中国人、蛮族和禽兽，认为中国人是其中最有文化的，其次是蛮族，兽类则是全无文化的。……也许有人会说，中国人缺乏民族意识，我想着重说的正是这一点，中国人不着重民族意识，正是因为习惯于从'天下'来看问题。"③

近代中国是在西方列强坚船利炮的威逼下被迫打开国门走向世界

---

① 梁启超：《夏威夷游记》，《梁启超全集》（第二册），北京出版社 1999 年版，第 1217 页。
② 梁漱溟：《中国文化要义》，学林出版社 1987 年版，第 166 页。
③ 冯友兰：《中国哲学简史》（修订译本），赵复三译，天津社会科学院出版社 2005 年版，第 165—166 页。

的。由于此时西方的中国观已由崇敬演变为蔑视，开始睁眼看世界的中国人在洋人的眼底看到的是一个妖魔化的中国形象。西方人对中国人的歧视，国势强弱的鲜明对比，使海外游子对自己的民族身份有了深刻的体认。征言在他的游记中坦承了游子们在"海外的感受"："愈是身处异地的人们，愈觉得国族观念的深厚，因为'世界大同'，还是一个梦想。口里'和平亲善'，尽管说得天花乱坠，但是鬼胎里'弱肉强食'，依样的不会去掉。置身异国的人堆里，任凭你的言谈举止，怎样的温雅谦敬，但是还要不时遭到白种人对有色人种或是强国对于弱国人民的轻视。特别是在祖国多事之秋，真使一般被压迫民族在国外的寄侨，无处容身！这时使你觉得什么'和平亲善'都是高调，欺人的假面具，只恨自家的不争气，没有大炮军舰在示威着，国族不能立足，人民真不如丧家犬了。"①

贫病交加、饱受歧视的留日生活体验，让郁达夫深切体会到身为弱国子民的悲哀，使他看清了中国在世界竞争场里所处的劣势地位，明白了近代科学的伟大与精湛，觉悟到今后中国的命运。② 他认为域外行旅是领悟国家观念的最佳捷径：

> 只在小安逸里醉生梦死，对圈子里夺利争权的皇帝之子孙，若要叫他领悟一下国家的观念的，最好是叫他到中国领土以外的无论那（哪）一国去住上两三年。印度民族的晓得反英，高丽民族的晓得抗日，就因为他们的祖国，都变成了外国的缘故。有智识的中上流日本国民，对中国留学生，原也十分的笼络；但笑里藏刀，深感着"不及错觉"的我们这些神经过敏的青年，胸怀那里能够坦白到像现在当局的那些政治家一样；至于无智识的中下流——这一流当然是国民中的大多数——大和民种，则老实不

---

① 征言：《海外的感受》，生活书店编译所《海外的感受》，上海生活书店1933年版，第1页。
② 郁达夫：《雪夜——自传之一章》，《郁达夫全集》（第四卷），浙江大学出版社2007年版，第305页。

客气，在态度上言语上举动上处处都直叫出来在说："你们这些劣等民族，亡国贱种，到我们这管理你们的大日本帝国来做什么！"简直是最有成绩的对于中国人使了解国家观念的高等教师了。①

域外行旅促使旅外中国人萌生出强烈的国家民族观念，而由国族身份所招致的域外屈辱体验则促使国人对"弱国子民"身份有了深刻体认。曾经占据大半个文坛的现代留日作家，用文学方式记录下了"支那"的国族身份给那一代人造成的心灵创伤。"支那"，原本只是日人对中国的地理指称。可是自明治维新之后，"支那"在日语中逐渐演变成一个蔑视语。作为一个屈辱的代名词，"支那"一词以及它背后强烈的羞辱动机给在日中国人造成了极大的精神伤害。由"支那"的国族身份所带来的屈辱体验，促使在日中国人对自身"弱国子民"的身份有了痛楚的体认。

"西方的中国形象陷入最黑暗的时期，中国开始在这面镜子中观照自己。"② 以日本为例，中国出现留日高潮的时间（甲午战后到日本的大正时期）与近代日本描述"中国表象"的第二、三次高潮的时间正好吻合。③ 1905—1906 年间，留学日本的中国人高达 8000 余人。④

---

① 郁达夫：《雪夜——自传之一章》，《郁达夫全集》（第四卷），浙江大学出版社 2007 年版，第 304—305 页。
② 周宁：《世界之中国：域外中国形象研究》，南京大学出版社 2007 年版，第 56 页。
③ 日本描述中国表象的第一次高潮大约是在安政（1858）开国之后的文久年间到明治改元（1868），这一时期的"中国表象"主要关注的是香港、上海这两座城市中所具有的西方现代文明气息，此时的日本人对中国的尊敬还未消失，他们惊叹近代资本主义在上海、香港所取得的成就，对接触过的中国友人也充满了善意。第二次高潮大致出现在甲午战后到日俄战后的近十年间。由于战争的结局竟然是日本出人意料地取得了胜利，因而这一时期描述中国的客观性几乎完全丧失。为了凸显日本作为"文明之邦"的优越地位，在日本新兴的民族主义背景下创造出的是带有强烈歧视意味的"中国表象"。第三次高潮，大抵是从大正时代中期开始，一直持续到太平洋战争结束之前。虽然这一时期许多的作家、诗人在西方思潮的影响下，以颠倒的价值观来重新挖掘中国的"颓废之美"，但是依然没有摆脱以日本为中心的"东方主义"的知识框架。详见刘建辉《产生自日本的中国"自画像"》，《中国与日本的他者认识》，社会科学文献出版社 2004 年版，第 85—88 页。
④ ［日］实藤惠秀：《中国人留学日本史》，谭汝谦、林启彦译，生活·读书·新知三联书店 1983 年版，第 39 页。

此时正值日本描述"中国表象"的第二次高潮。整个日本社会都弥漫着强烈的歧视中国人的气氛。在日本,"支那"的国族身份仿佛是烙印在中国人身上的耻辱标记,使留日中国人饱尝了日本人的侮辱与歧视。"支那"之痛,已经成为铭刻在他们记忆深处的可怕梦魇。

甲午惨败,促使中国人重新打量与中国一衣带水的日本。近代日本的迅速崛起,吸引大批中国学子东渡扶桑,希望在日本能取到救亡图存的真经。可是,他们"在那荒淫惨酷,军阀专权的岛国里","所感所思,所经所历的一切,剔括起来没有一点不是失望,没有一处不是忧伤"[①]。怀着满腔热情和憧憬来到日本的中国学子,在"最初之课"点名时就遭受了侮辱:

(先生)"哼是呀,你的名字这簿子上没有,你不是日本人,你是朝鲜人吗?清国人吗?"
(屏周)"我是中华民国人。"

当屏周这样回答后,那先生却向他投了一眼轻蔑的目光,反问道:"什么,中华民国,我怎么不晓得,支那吧。"[②] 于是,全堂的人都"哗"地笑了。在众人的哄笑声中,屏周深切地感到了自己身为"支那人"[③] 的悲哀。"支那"一词已经变成了国家、民族之间政治关系的一种隐喻。"支那人",就意味着弱国子民。

"眼看到的故国的陆沉,身受到的异乡的屈辱"[④],双重的失望加剧了"支那"带来的痛苦体验。在弥漫着蔑视的社会气氛里,郁达夫发现:"原来日本人轻视中国人,同我们轻视猪狗一样。日本人都叫

---

① 郁达夫:《忏余独白》,《郁达夫全集》(第十卷·文论上),浙江大学出版社 2007 年版,第 499 页。
② 东山:《最初之课》,《创造》季刊第 1 卷第 1 号,1922 年 3 月 15 日。
③ 郑伯奇写这篇小说时已经是 1921 年,距离中华民国成立已经九年之久。但日本人却仍不肯用正式国号来称呼"中国",相反却执意使用饱含轻蔑与歧视意味的"支那"一词。
④ 郁达夫:《忏余独白》,《郁达夫全集》(第十卷·文论上),浙江大学出版社 2007 年版,第 499 页。

中国人作'支那人',这'支那人'三字,在日本,比我们骂人的'贱贼'还更难听。"①"支那"身份使他连追求爱的资格都没有。当时留日作家大抵正处于敏感多情的青春期,性苦闷加剧了国族身份所带来的屈辱感。郁达夫在《雪夜》中诉说了"在一个如花的少女前头,他却不得不自认说'我是支那人'"时的悲愤和绝望:

> 你若于风和日暖的春初,或天高气爽的秋晚,去闲性独步,总能遇到年龄相并的良家少女,在那里采花、唱曲、涉水、登高。你若和她们去攀谈,她们总一例地来酬应;大家谈着,笑着,草地上躺着,吃吃带来的糖果之类,象在梦里,也象在醉后,不知不觉,一日的光阴,如箭也似的飞度过去。而当这样的一度会合之后,有时或竟在会合的当中,从欢乐的绝顶,你每会立时掉入到绝望的深渊底里去。这些无邪的少女,这些绝对服从男子的丽质,她们原都是受过父兄熏陶的,一听到了弱国的支那两字,哪里还能够维持她们的常态,保留她们的人对人的好感呢?支那或支那人的这一个名词,在东邻的日本民族,尤其是妙年少女的口里被说出的时候,听取者的脑里心里,会起怎么样的一种被侮辱、绝望、悲愤、隐痛的混合作用,是没有到过日本的中国同胞,绝对想象不出来的。②

无法选择的国族身份不仅给留日学生带来精神上的伤害,同时也使他们在生活上陷入边缘化和受排挤的困境。因为认为中国人是低能儿,所以日本同学就怀疑鲁迅之所以能及格是因为老师提前泄露了考题给他。也正因为如此,连中国人发明了浑天仪的历史事实也受到了质疑,理由是"支那人还能够发明么?"③留日学生走在街

---

① 郁达夫:《沉沦》,《郁达夫文集(国内版)》(第一卷),花城出版社、生活·读书·新知三联书店香港分店1982年版,第48页。
② 郁达夫:《雪夜》,《宇宙风》第1卷第6期,1935年12月。
③ 东山:《最初之课》,《创造》季刊第1卷第1号,1922年3月15日。

上,时常会有小孩子追着喊"豚尾奴!豚尾奴!"连小孩子之间吵架,也会回之对方以"你老子是支那人"以示胜利。寻找住处的时候,"有一位留学生搬进去,日本学生就全数搬出。所以馆子的主人总不敢招纳中国人"①。《行路难》中的爱牟为了租到房屋,竟要临时假造出一个日本人的名字,但被识破了"支那人"的身份后,不但没租到房子,反而让日本人"在奚落之上更加奚落"②。"支那",就像是一种原罪,如影随形,让留日学生无法摆脱被日本人歧视的命运。

"支那"之痛,其核心就是由歧视所带来的无可名状的孤独感和自卑感。对"支那"之痛的深切体验,催生了现代留日作家对自卑情结与孤独意识的关注与描写。"支那"的国族身份剥夺了在日中国人作为"人"的最起码的权利与尊严,生活上的排挤加上精神上的歧视,将"支那人"推到了孤独的边缘。流浪在街头的中国人,不但感觉不到一点新年的喜悦,反而觉得"市内的空气,浓的差不多连呼吸都很困难。他只任那人的潮流把他流去。那一家一家的装饰,和那陈列台上的物品,对他好像没有什么引力的一般"③。冷眼和歧视让漂泊异国的学子更加"觉得孤冷得可怜"。上课的时候,他虽然坐在全班学生的中间,然而总觉得孤独得很。"在稠人广众之中,感得的这种孤独倒比一个人在冷清的地方,感得的那种孤独,还更难受。"④ 在留日作家的作品中,出现了忧郁的"零余者"形象,他们孤独地游荡在异国他乡,在茫茫人海中却找不到一丝慰藉的温暖。可以说,屈辱的日本体验给"零余者"的出现提供了社会土壤,而亲身经历的"支那"之痛,又让留日作家在中日文化冲突的夹缝中发现了"零余者",并进而为现代文学塑造了这类形象。

---

① 张资平:《木马》,《创造》季刊第1卷第1号,1922年3月15日。
② 郭沫若:《行路难》,《郭沫若全集》(文学编·第九卷),人民文学出版社1985年版,第282页。
③ 成仿吾:《一个流浪者的新年》,《创造》季刊第1卷第1号,1922年3月15日。
④ 郁达夫:《沉沦》,《郁达夫文集(国内版)》(第一卷),花城出版社、生活·读书·新知三联书店香港分店1982年版,第21页。

面对日本人对自己的冷眼歧视,在日中国人表现出对自己弱国子民身份认同的姿态,其表征就是自卑感的产生。这种自卑感主要表现为两种心理:一种是卑怯懦弱,自惭形秽,贬低自己;一种是孤傲愤世,与世隔绝,复仇欲望强烈。如《沉沦》里的主人公,见到"穿红裙的女学生","呼吸就紧缩起来"。可是他却卑怯地不敢上前同她们讲一句话。两个女学生的眼波让他感到"确有惊喜的意思含在里头",然而转念一想,他又开始自责:"呆人呆人!他们虽有意思,与你有什么相干?她们所送的秋波,不是单送给那三个日本人的么?唉!唉!她们已经知道我是支那人了,否则她们何以不来看我一眼呢!""支那"的身份,让他自卑到近乎神经质的地步。看到日本同学在欢笑,他就疑心他们是在那里笑他。偶尔有同学看他一眼,他就会脸红,觉得别人正在议论他。无论到了什么地方,他总觉得同学们的目光,好像怀着恶意,射在他的脊背上。于是,他愈加怨恨他的同学,悲愤的时候就想"他们都是日本人,他们都是我的仇敌,我总有一天来复仇,我总要来复他们的仇"。自卑的他愈发陷入孤独忧郁的境地。他喜欢在万籁俱寂的瞬间,看草木虫鱼、白云碧落,仿佛自己就是一个孤高傲世的贤人,一个超然独立的隐者。[①] 无论是对自己身为"支那人"而感到自惭形秽,还是以孤傲愤世的姿态表示复仇的决心,归根结底都是自卑感不同形式的外化。孤独意识与自卑情结作为"支那"之痛的两种情感表现方式,二者的关系是互动的。自卑感导致了孤独感的产生;反过来,孤独感又会进一步加深自卑的程度。它们之间的互相推动彰显了"支那人"对自己弱国子民身份的认同与无奈。

域外屈辱体验不但促使行旅者对自身"弱国子民"身份有了深刻体认,同时也打破了延续了几千年的"天下即世界"的传统观念。夷夏形象体系的颠覆与倒置,使得一向拥有优势文化心态的中国人产生

[①] 郁达夫:《沉沦》,《郁达夫文集(国内版)》(第一卷),花城出版社、生活·读书·新知三联书店香港分店 1982 年版,第 21—24 页。

了深刻的文化认同危机。对于西方人眼中妖魔化的中国形象，行旅者表现出认同或拒斥两种立场。前者促使行旅者进行自我反思，由此引发了对国民性问题的关注。拒斥的立场显示了传统优势文化心态在现代的延迟。这一文化心态导致行旅者陷入偏激的民族主义情绪当中，无法对镜像中国做出理性的反思。对旅外中国人而言，域外行旅，就是一次痛苦的劣势文化认证过程。面对来自异国的歧视与侮辱，出于民族主义的愤激，他们进行了本能的反击与对抗。

三 "精神胜利法"：与妖魔化"中国"相对抗

旅行者在异域亲身感受到中国形象的被妖魔化，生活中又处处受到洋人的冷眼与嘲弄，对"弱国子民"身份的无奈认同，对妖魔化中国形象的无力反抗都淤积成心底的怨恨情绪。华夏夷狄形象体系的彻底颠覆与倒置，也使中国人产生了极度的中心化焦虑。[①] 传统华夏中心主义的延宕残留，又在一定程度上加深了旅外中国人对异国的怨恨感。舍勒在《道德建构中的怨恨》中指出，"怨恨是一种有明确的前因后果的心灵自我毒害"。它有三个明显的自我推动特征："第一，在这种情绪产生之前，必须曾经受过一次他人的伤害；第二，对他人的伤害不能立即做出相应的反击，必须隐忍（挨了一耳光当即回一耳光，就不会产生怨恨）；第三，隐忍因于一种至少是暂时的'无能'感或'软弱'感。"[②]

以现代作家的留日体验为例。留日学生在遭受日本人嘲弄欺侮时，心中虽然一肚子愤懑不平，但却只能隐忍着不作声。如《最初之课》中，屏周的遭遇和反应就很具典型性：

[①] 所谓"中心化焦虑"是指近代以来，中国人面对西方"他者"取代中国成为世界的中心这一窘境，所产生的不平、烦忧、愤懑、失望等情绪。"中心化焦虑"激发中国人积极寻求重返中心之路。详见王一川《中国形象诗学——1985至1995年文学新潮阐释》，上海三联书店1998年版，第256页。

[②] ［德］舍勒：《道德建构中的怨恨》，转引自张志扬《创伤记忆——中国现代哲学的门槛》，上海三联书店1999年版，第198页。

（先生）"你们看支那人！（目注屏周，复转向对面天花板角）他们走到哪里，人家讨厌他们，叫他们做猪，他们却只是去，泰然地去。世界上最多而处处都有的只有老鼠同支那人。"

　　于是全堂的人哄然大笑了，许多好像在议论屏周一样。屏周此时觉得凳子几子都像火做的，烧得浑身只在发热。他想站起来，他想和那先生辩理，但是那结果他是晓得的。许多次他淘过这种污气，到头还是落得没趣。[①]

　　受到了别人侮辱，却隐忍着不发作，不良情绪日积月累，最后酝酿成一种怨恨郁结在心里。为了缓解这种紧张情态，怨恨者会采取各种方式来减轻或消除怨恨感。在现代作家的文学作品中，释放由域外屈辱体验酝酿成的怨恨情绪的方式主要有三种：或站在民族主义的立场上丑化异国形象；或回溯历史，用从前的辉煌来安慰自己，逃避面对现实世界中的弱者身份；或通过将他者女性化的方式获得某种象征性征服的快感。

　　如前文所述，最早走向世界的晚清使官们，由于仍然秉持着传统的"天朝型世界观"，虽然惊羡于西方的奇技淫巧，但对华夏文明的自信尚未发生动摇。人们依然坚信中华文明具有同化夷狄的力量。"中学为体，西学为用"口号的提出，正是这一文化心态的证明。可是，甲午战争出人意料地以中国惨败、日本大胜而告终，这场战争在宣告了洋务运动彻底失败的同时，也沉重打击了中国人的文化自信。中国人第一次深切感受到了"亡国灭种"的危机。到了20世纪的二三十年代，由于与西方列强在政治、经济、军事、外交等方面的矛盾日益激化，中国的民族主义排外色彩也日趋浓厚。

　　带着民族情感形塑的异国形象，难免会有些扭曲变形，失于偏颇。在晚清的使官日记中所记录的巴黎、马赛，其"闤阓之喧阗，都

[①] 东山：《最初之课》，《创造》季刊第1卷第1号，1922年3月15日。

会之繁华，宫阙之壮丽，物玩之奢侈，市容之整洁"①，无不令中国人感到惊奇羡慕。但是在艾青的笔下，巴黎、马赛却是一个让人感到痛苦和耻辱的地方。艾青看到的巴黎是一个"铁石心肠的生物"，一个"淫荡的，妖艳的姑娘"。这个"庞大的都会"招致了整个地球上的白痴、赌徒、淫棍、酒徒、大腹贾、野心家、拳击师、空想者、投机师们……巴黎使得无数人抛弃了家园，迷失在她"暧昧的青睐里"，"从遥远的草堆里跳出"的"我"伸出双臂想要拥抱巴黎，可巴黎却"抛却众人在悲恸里，像废物一般的，毫无惋惜"②！曾经让张德彝、斌椿等人惊叹不已的远洋轮船，在艾青笔下也成了"世界上最堂皇的绑匪"。因为正是"它的饕餮的鲸吞"，才使得"东方丰饶的土地遭难得比经了蝗虫的打击和旱灾，还要广大，深邃而不可救援"！停泊着"大油轮"的港口马赛，在"我——颓败的少年"看来，就是"盗匪的故乡，可怕的城市"③！巴黎、马赛并没有变，变的是打量它们的眼光。20世纪20年代的艾青和五十年前的张德彝、斌椿等人，看待异国的眼光已是截然不同。张德彝们津津乐道的是西方的奇技淫巧、游戏玩耍、奇风异俗。而艾青却痛苦地体会到了西方列强在军事、经济上的侵略，给中国带来的伤害和耻辱。对于自己民族身份的深刻体认，使得他们所看到的异国的风景，都沾染着几分偏激的民族主义情绪。

在《今津纪游》中，以清洁著称的日本形象被彻底颠覆：

日本人说到我们中国人之不好洁净，说到我们中国街市的不整饬，就好像是世界第一。其实就是日本最有名的都会，除去几条繁华的街面，受了些西洋文化的洗礼外，所有的侧街陋巷，其不洁净不整饬之点也还是不愧为东洋之一的模范国家。风雨便是

---

① （清）王韬：《自序》，《漫游随录》，岳麓书社1985年版，第42页。
② 艾青：《巴黎》，《艾青全集》（第一卷·诗歌），花山文艺出版社1991年版，第33—41页。
③ 同上书，第46页。

日本街道的最大仇人。一下雨，全街都是泥淖淋漓，一刮风，又要成为灰尘世界……街簷下的水沟，水积不流，昏白色的酱水中含混着铜绿色的水垢，就好像消化不良的小儿粪便一样。驿旁竟公然有位妇人在水沟上搭一地摊，摊上堆一大堆山榛，妇人跪在地上烧卖。这种风味，恐怕全世界中，只有五大强国之一的日本国民才能领略了。①

日本本来以干净闻名世界，而郭沫若却描写了一个如此肮脏的日本，这种笔法十分耐人寻味。② 这篇作品诞生的1922年正是中国国内反日情绪高涨的年头。因而，如此丑化日本形象，不仅满足了国族动员的需要，同时也成为中国读者释放或发泄反日排日情绪的一种方式。由此，我们似乎就可以理解丑化日本既是作者的一种写作策略，也是时代要求所致。对于饱受日本蔑视、侵略的中国人来说，丑化日本既是一种极端抵抗姿态，也是一种走出创伤记忆的方式。

《行路难》里的爱牟，因为自己是"支那人"，所以在寻租房屋时遭到拒绝。悲愤绝望之下，他不禁发出慨叹：

> 啊，这儿是遣唐使西渡我国时的旧津。不知道那时候的日本使臣和入唐的留学生，在我们中国曾经有没有受过像我们现在所受的虐待。我记得那阿部仲麻吕到了我们中国，不是改名为晁文卿了吗？他回日本的时候，有破了船的谣传，好像是诗人李白做过诗来吊过他呢。钱起也好像有一首和尚回日本的诗。我想，那时候的日本留学生，总断不会像我们现在一样连一橡蔽风雨的地方也找不到罢？我们住在这儿随时有几个刑事侦伺。我们单听着

---

① 郭沫若：《今津纪游》，《创造》季刊第1卷第2号，1922年8月25日。
② 郭沫若在《今津纪游》中对于日本肮脏一面的描写，其实也是真实的。但问题的关键不在于真实与否，而在于何时说，为什么说，怎么说。郭沫若打量日本的目光明显带着民族主义的情绪。

"支那人"三字的声音,便觉得头皮有点吃紧。啊啊!我们到底受的是甚么待遇呢?①

回忆往昔中国对日本是如此热情友好,联想到自己如今在日本所遭遇的种种排斥与歧视,爱牟愤愤不平地质问道:

> 日本人哟!日本人哟!你忘恩负义的日本人哟!我们中国究竟何负于你们,你们要这样把我们轻视?你们单在说这"支那人"三字的时候便已经表现了你们极端的恶意。你们说"支"字的时候故意要把鼻头皱起来,你们说"那"字的时候要把鼻音拉作一个长顿。啊,你们究竟意识到这"支那"二字的起源吗?在"秦"朝的时候,你们还是蛮子,你们或者还在南洋吃椰子呢!②

一般来说,处于劣势地位的文化主体"在获得负面文化认证的同时,也会唤醒一种民族主义或民粹主义的认证。这种认证会自动肩负起一种文化卫士的责任,阻止彻底的文化改变"③。留日作家在作品中表现出的对日本的丑化表述或许可以视为一种文化自卫的书写策略。很明显,爱牟指责日本忘恩负义的出发点是华夏中心主义,其中仿佛还残留着一点传统"华夷"观念痕迹。在回溯历史中,昔日辉煌掩盖了自己眼下的无能和软弱。当爱牟说出"在秦朝的时候,你们还是蛮子,你们或者还在南洋吃椰子呢"时,我们似乎看到一个穿着洋服的阿Q,这论调和阿Q的"我们先前——比你阔的多啦!你算是什么东西"何其相似!

为了排解中心化焦虑,重构自己的现代文化主体地位,将异国形

---

① 郭沫若:《行路难》,《郭沫若全集》(文学编·第九卷),人民文学出版社1985年版,第308页。
② 同上书,第309页。
③ 郭少棠:《旅行:跨文化想象》,北京大学出版社2005年版,第134页。

象女性化也是中国现代作家经常使用的一种文学表述策略。周蕾认为，"西方的帝国主义史将非西方的文化降级到'他者'的地位，其价值成了'第二性'，而第三世界民族主义的任务则是自己对'第二性'的文化进行重新创制，使之成为第一性的"①。艾青在《巴黎》一诗中，就采取了将巴黎女性化的文学表述策略。诗人就以一种居高临下的男性目光，打量着眼前的巴黎。面对给自己带来了耻辱和痛苦的巴黎，无力反抗的诗人，只能暗下决心磨练自己的筋骨，等时间到了，再整饬队伍兴兵而来，如同征服淫荡而妖艳的姑娘那样去征服巴黎。诗人想象克复巴黎时，自己不仅将要"娱乐""拥抱"着巴黎这位淫荡、妖艳的姑娘，还要她在诗人的臂上"癫笑歌唱"②。王一川指出："这种男—女性别隐喻的运用，披露出这位中国青年知识分子内心的中心化焦虑：面对西方'他者'取代中国而成为世界的中心这一窘境，不平、烦忧、愤懑或失望等情绪交织在一起，急切地渴望寻到重返中心之路；而当这种渴望一时难以实现时，就只能借助于男—女性别上的征服这一隐喻，进行替代性或象征性的征服。因此，归结起来，还是中心化焦虑在深层起作用。"③

将他者女性化背后潜藏的是话语主体对自身男性化身份的确认。张若谷打量巴黎的目光明显带着男性的欲望，巴黎只是他的欲望对象，其中寄寓了处于劣势地位的个人和国家主体在现实世界中的欲望表达。张若谷带着猎奇的目光探访了巴黎的"放浪杂剧场""秘密之家""蒙马德之夜箱"等色情场所。《游欧猎奇印象记》中的巴黎不再是充满浪漫情调的"花都"形象，而是一座欲望都市，是"声色漩涡的万花镜"。张若谷在游记中所发表的，都是作者在旅行中"亲眼目

---

① 周蕾：《原初的激情》，转引自王宇《现代性民族国家想象与性别的文化象征——阅读中国现代性与文学关系的另一种路径》，《南京大学学报》（哲学·人文科学·社会科学版）2006年第1期。

② 艾青：《巴黎》，《艾青全集》（第一卷·诗歌），花山文艺出版社1991年版，第33—41页。

③ 王一川：《中国形象诗学——1985至1995年文学新潮阐释》，上海三联书店1998年版，第256页。

睹所搜集得的材料"。他不厌其烦地描写在巴黎所看到的"那些更大规模,更变态的种种把戏",将巴黎形塑成一个欲望都市,其初衷是为了向洋人证明"上海租界中的一切放荡的玩意儿,都是从外国输入进来的"①。这本游记可谓张若谷为了还击那些侨居上海的外侨所提供的一份详细报告。在对巴黎的欲望化叙事中,男性化的主体幻觉替代了现实中被西方"第二性"的文化身份。

郁达夫也曾坦承过自己在留日期间通过男性欲望的满足来复仇的心态。他自嘲说在两性问题上自己是所谓的"国粹主义保存者","最不忍见我国娇美的女同胞,被那些外国流氓去足践。我的在外国留学时代的游荡,也是本于这主义的一种复仇的心思。我现在若有黄金千万,还想去买些白奴来,供我们中国的黄包车夫苦力小工享乐啦"②!很显然,通过想象将他者女性化、欲望化的复仇方式,只不过是利用性别差序格局中的男性优势来获取一种虚幻的精神胜利而已。其背后的始作俑者依然是根深蒂固的封建"男尊女卑"观念。

为了缓解由于华夏夷狄形象体系的彻底颠覆与倒置所带来的中心化焦虑而将他者女性化、欲望化的文学想象方式,早在晚清就出现了。曾在1867年就游历过欧洲的王韬,在根据自身域外游历体验创作的文言小说《海底奇境》《海底壮游》中,均以"中男西女"的中西联姻模式来展开自我文学想象。"中男西女"的性别象征,既补偿了王韬"个人体验上的不足或缺憾","又'宣泄'或'再现'了当时中国社会残存的一种普遍性文化想象(心态)——'中国中心'幻觉。"③。中西联姻模式则寓言式地表达了王韬对于洋务运动的美好期待与乐观想象。"作为男性或阳性的中国文化,当与作为女性或阴性的西方文化倾心交融时,就可能使中国摆脱眼下的封闭与灾难困境,而

---

① 张若谷:《游欧猎奇印象记》,中华书局1936年版,第138—145页。
② 郁达夫:《苏州烟雨记》,《郁达夫全集》(第三卷),浙江大学出版社2007年版,第51页。
③ 王一川:《中国现代性体验的发生》,北京师范大学出版社2001年版,第241页。

走上一条健康发展的现代性道路。"[1] 梁启超在《论中国学术思想变迁之大势》中也开出了中西联姻的药方来解救日益衰颓的中国文化,希望"彼西方美人,必能为我家育宁馨儿以亢我宗也"[2]。"中男西女"的中西联姻模式实则是近现代中国在现代政治、经济秩序格局中日益边缘化处境的隐喻。"以男性为中心的父权制婚姻结构,无疑为处于中西文明冲突焦虑中的话语主体提供了最具抚慰性的象征资源。"[3] 从王韬到梁启超直至张若谷、艾青等几代中国知识分子,都试图通过"中男西女"的性别隐喻,"在象征符号系统中建造起未来强壮、阳刚的民族国家主体的幻象"[4],象征性地征服被女性化的西方他者,从而获得某种心理上的补偿和抚慰。

面对外国人眼中的丑陋中国形象,出于民族主义本能对之进行对抗与反击,其消极意义不言自明。中国作家或通过丑化、女性化异国形象的方式,或以自欺欺人的方式,来消解由于近现代中国日益走向边缘化所带来的"中心化焦虑"。这些文学表述策略背后暗含着中国人为了摆脱弱国子民的身份重新走向中心的渴望与梦想。遗憾的是,无论是丑化异国形象,还是将他者女性化,抑或是逃到遥远的过去寻找精神上的安慰,其实质都只是一种精神胜利法。虽然可以给人带来某种象征性征服的幻觉,却始终无法改变近代以来中国在现代世界格局中日益衰落、被边缘化的现实命运。

---

[1] 王一川:《中国现代性体验的发生》,北京师范大学出版社2001年版,第241—242页。

[2] 梁启超:《论中国学术思想变迁之大势》,《梁启超全集》(第二册),北京出版社1999年版,第563页。

[3] 王宇:《现代性民族国家想象与性别的文化象征——阅读中国现代性与文学关系的另一种路径》,《南京大学学报》(哲学·人文科学·社会科学版)2006年第1期。

[4] 同上。

第二节　反思与批判：他者凝视下的中国"自画像"

近现代文学史上关于国民性批判问题的生成及其展开，与西方[①]的中国形象所具有的"言说他者"的功能密不可分。[②] 所谓的中国"自画像"是以西方的中国形象这一镜像为参照的。旅行者带回来的关于域外及域外如何看待中国的消息，改变了中国人的世界观，唤醒了中国人的自我意识。"没有旅行带回的这样一个异在的、他者性的世界，个体或主体，不论是东方君主还是西方旅行者，都无法认同其存在。"[③] 是西方他者的出现，中国人才得以在二元对立的框架内进行自我解剖与想象。旅行者带回的西方的中国形象，一方面为中国现代国民性批判提供了外源性思想文化资源，成为国民性批判的起点；另一方面西方现代性话语建构出来的中国形象背后所隐藏的文化霸权，使得中国的自画像无法摆脱他者的凝视，从而陷入"自我东方化"的文化怪圈。

---

① 本节多处使用了"西方""西化"等词语，既包括欧美国家，也指坚持"脱亚入欧"发展思路的日本。

② 莫哈认为"在按照社会需要重塑异国现实的意义上，所有的形象都是幻象"。形象学并不关注异国形象是否"真实"再现了异国，研究的焦点在于透过异国形象这面他者之镜考察其背后所言说的"自我"。然而，虽然异国形象只是"幻象"，但并不表明它不具有"言说他者"的功能。"除去某些极端变形的例子，形象总是异国实在影像与自我主观影像的叠合，所以形象总是在一定程度上体现了他者的实在。"尹德翔指出，因为对真实性问题的拒斥，当代形象学在忽视形象"言说他者"功能的同时，还漠视了主体塑造的客体形象对客体的提问功能。对于西方的中国形象，"无论西方学者还是中国学者，都把中国形象只是看作西方社会与文化的权力运作的结果，是东方主义的产物，而不愿考虑西方的中国形象对中国社会的能动意义"。中国人在域外亲身感受到的西方人眼中的中国形象，引发我们深入思考西方的中国形象究竟对于中国社会有何能动意义；由中国旅行者带回的"西方人的中国观"对中国现代文学的风貌以及国民性批判母题的生成、开展有何影响；镜像中国所具有的虚幻性对中国人的自我想象与认同有何负面作用。参见［法］让-马克·莫哈《试论文学形象学的研究史及方法论》，孟华译，孟华主编《比较文学形象学》，北京大学出版社 2001 年版，第 39 页；尹德翔《关于形象学实践的几个问题》，《文艺评论》2005 年第 6 期。

③ 周宁：《中国异托邦：二十世纪西方文化的他者》，《书屋》2004 年第 2 期，第 54 页。

一　卫生与礼仪：国民性批判的缘起

现代国民性批判的目标最早是指向旅外中国人的。走出国门的中国人，在西方现代文明面前，从卫生到礼仪，无不成为洋人讥笑的对象。那些在生活方式上已经完全西化的中国知识精英们，用一种"西方他者"的目光，描绘出一幅幅海外中国人的"自画像"。

颇具意味的是中国的国民性批判是从卫生与礼仪开始的。从未有哪个国家像中国这么注意过吐痰、擤鼻涕之类的卫生问题。1924年3月2日，孙中山在关于民族主义的最后一次公开讲演中，特意中断了演讲，"劝告听众不要在公共场合吐痰、打嗝，要求大家实践一种新的个人文化，这种文化将在日常生活的实践中提供一种理想'国民'的形式"[①]。这种对于卫生习惯的高度敏感与孙中山等人的海外行旅体验有关。由于在域外时常耳闻目睹外国人嘲笑中国人的肮脏，所以他们对中国人的卫生问题格外敏感，甚至将其看成是能否复兴民族文化的关键问题。

在外国人的眼中，中国人"吐痰的历史与近代中西交往的历史一样长"。1793年，英国政府派往中国的第一个大使——马戛尔尼，就记录了清朝官员的肮脏不堪。"他们很少使用口袋里的手帕，而是毫无顾忌地在房间里吐痰，用手指擤鼻涕，然后抹在袖子上，或者抹在旁边的什么东西上面。"曾随同马戛尔尼访华的约翰·巴罗也注意到了中国官员的肮脏行为。"很多人不爱干净，在房间里随意吐痰，或者像法国人一样往墙上吐痰，而且，他们用自己的袖子来擦干净那肮脏的手。"[②]

在近代日本人的中国游记中，也常常出现类似的画面。谷崎和芥川都对中国人"吐痰"、擤鼻涕的肮脏行为进行过细致的文学描写：

[①] ［澳大利亚］费约翰：《唤醒中国》，李恭忠、李雪风等译，生活·读书·新知三联书店2004年版，第14页。

[②] 同上书，第15页。

他（白牡丹）扭过头去，忽然挽起那大红底儿上绣着银线的美丽的袖子，利落地往地板上擤了一下鼻涕。①

首先戏院的那个肮脏劲让人头疼。厉害起来，舞台上一跑一跳，就能扬起一面灰来，令四周朦胧一片。更有甚者，舞台上扮着俊男美女的演员，居然也能在台上又吐痰又擤鼻涕（就是交际花也能当着客人的面用手擤鼻涕）。穿着那一身漂亮的行头居然做出这种动作，实在让人不可思议。但是观众对此一点儿都不在乎，照旧沉醉在乐声中，摇头晃脑地打着拍子，听到妙处则大声喝彩。②

有着长年海外生活经历的中国精英知识分子，生活方式已经完全西化。他们不仅熟悉西方的各种社交礼仪，在卫生习惯等日常生活方面也接受了现代文明的洗礼。外国人对中国人的批评，刺痛了他们的自尊心。在海外游历期间，他们会不由自主地用一种西方"他者"的目光去看待那些尚未现代化的中国人，对于其肮脏、不讲究礼仪的一面，他们投去的目光是鄙视厌恶的。在他们看来，卫生与礼仪代表了国民素质水平的高低，关系到整个民族能否重新振兴。重新塑造"中国人"必须从日常生活中的卫生习惯与行为礼仪开始。因此，近现代作家对卫生与礼仪问题给予了前所未有的重视。

梁启超将域外行旅期间的所见所闻与中国现状一一对比，相对于西人的文明行为，梁启超不得不承认"华人以如彼凌乱秽浊之国民"，当然要"毋怪为彼等所厌"。他在《新大陆游记》中就特别指出中国人在公共场合随便打喷嚏、擤鼻涕的问题。

试集百数十以上之华人于一会场，虽极肃穆毋哗，而必有四种声音：最多者为咳嗽声，为欠伸声，次为嚏声，次为拭鼻涕

---

① ［日］芥川龙之介：《中国游记》，秦刚译，中华书局2007年版，第26页。
② ［日］西原大辅：《谷崎润一郎与东方主义——大正日本的中国幻想》，赵怡译，中华书局2005年版，第146—147页。

声。吾尝于演说时默听之，此四声者如连珠然，未尝断绝。又于西人演说场剧场静听之，虽数千人不闻一声。①

现代留日作家国民性批判的焦点也集中在留日中国人的卫生问题。张资平的小说《木马》对中国人随地吐痰、擤鼻涕、肮脏进行了入木三分的刻画。三四位同胞在美丽樱花树下坐着休息，"有一个像患伤风症，用根手指在鼻梁上一按，咕噜的一响，两根半青不黄的鼻涕登时由鼻孔里垂下来，在空气中像振子一样的摆来摆去，摆了一会嗒的一声掉在地上。还有一位也像感染了伤风症，把鼻梁夹在拇指和食指之间，呼的一响，顺手一抨，他的两根手指满涂了鼻涕，他不用纸也不用手巾拭干净，只在樱花树上一抹，樱花的运气倒好，得了些意外的肥料"②。更有甚者，长年累月不洗澡的中国人，实在忍受不住的时候，便跟馆主人要来一些热水躲在房间里擦洗。"他们的洗脸帕像饱和着脂肪质粘液，他们的洗脸盆边贮满了黑泥浆。随后他们便把这盆黑泥浆从楼上窗口一泼！坐在楼下窗前用功的日本学生吓了一跳，他的书上和脸上溅了几点黑水，气恼不过跑去叫馆主人上楼干涉。"③ 这种令人恶心的举止，当然会让素以洁净闻名的日本人心生厌恶。身体上的肮脏等同于落后野蛮，未曾亲历中国的日本人正是从这些日常生活细节来了解中国人，想象中国人，并进而形成自己的中国观。于是，几个中国人的肮脏被演绎成"支那人"都是肮脏的，因为你是"支那人"，所以你一定是肮脏的。这种一竿子打翻一船人的逻辑使"很爱清洁的留学生也受了这班没有自制能力的败类的累，到处受人排斥"④。

中国向来以礼仪之邦自居，对于礼仪的问题更为讲究。清朝的皇帝连自己的皇宫都守不住了，却仍然在意外国使者是否给他行跪拜

---

① 梁启超：《新大陆游记》，东方出版社2006年版，第437页。
② 张资平：《木马》，《创造》季刊第1卷第1号，1922年3月15日。
③ 同上。
④ 同上。

礼。晚清的使官们在日记中常常记录,每逢重大节日,一定要隆重地换上朝服,遥向东方三跪九叩首。然而,饶富意味的是,中国近现代的国民性批判涉及礼仪的部分,其参照的标准并不是中国传统礼仪,而是以西方的社交礼仪为标杆。不少西方人在谈到中国的京剧时都惊诧于观众的随意。卖东西的、聊天的、说笑的、喝彩的、嗑瓜子、喝茶的……嘈杂混乱的场面着实让外国人感到无法接受。与西方人的中国体验截然相反的是西方剧院安静、清洁、华丽的氛围给晚清使官们所留下的极为深刻的印象。第一次随使法国的张德彝在巴黎观戏时,就注意到西方剧场的规矩与中国不同。"园规凡看戏者,无茶酒、戒吸烟与喧哗。若唱时有彼此聚谈,则别者作'思思'之声以止之。""每出将终,垂帘少歇,则有卖扇、橘、酒水、新闻纸暨戏文者,亦有赁双筒千里眼者,往来招呼;客人亦可外出乘冷吸烟饮酒,而出入亦有执照。"①

由于中西文化的差异,许多初出国门的中国人常常在公共场合因不合礼仪受到洋人的侧目和嘲笑。这让那些生活方式已经完全西化的旅外中国人深感惭愧,于是,他们纷纷对国人(尤其是旅外中国人)展开了关于社交礼仪的普及式教育。

梁启超认为诸如行路、讲话等诸多礼仪问题,"斯事虽小,可以喻大也"。他借友人之言曰:"中国人未曾会走路,未曾会讲话。"他在西方看到"西人行路,身无不直者,头无不昂者",而"吾中国则一命之佝,再命而偻,三命而俯。相对之下",让他深感"自惭形秽"②。"西人讲话,与一人讲,则使一人能闻之;与二人讲,则使二人能闻之;与十人讲,则使十人能闻之;与百人千人数千人讲,则使百人千人数千人能闻之;其发声之高下,皆应其度。"相比之下,"中国则群数人坐谈于室,声或如雷;聚数千演说于堂,声或如蚊。西人坐谈,甲语未毕,乙无搀言;中国人则一堂之中,声浪稀乱,京师名

---

① (清)张德彝:《航海述奇》,岳麓书社1985年版,第493页。
② 梁启超:《新大陆游记》,东方出版社2006年版,第437页。

士或以抢讲为方家，真可谓无秩序之极"①。梁启超特别引用孔子的话——"不学诗，无以立"——来教导中国人要充分认识到学习如何讲话的重要性。

邹韬奋在域外行旅途中，也因为一位同胞的"狮吼"让他萌发出"船上的民族主义"的感慨。与他同船的一位赴外国经商的同胞，不分场合"一开口非雷鸣不可"。虽然邹韬奋委婉提醒过他要注意，但第二天他又故态复萌。直至有一天，"被对房睡了觉的一位德国人跑过来办交涉"。可是这位同胞却感到极委屈：我在自己房间里说话碍别人什么事了？②

在归国的海船上，中国同胞不讲卫生、不懂礼仪的行为几乎使苏雪林感到"气窒而死"。习惯了异国生活的苏雪林，显然是用一种西方人的眼光打量着周遭的中国人。从新加坡上船的一班中国人，"不知我的眼界过高，或者乍从洋鬼子窠里跑回的人，对于我们所谓轩黄华胄，看不顺眼的缘故，总挑不出略为俊秀一点的"③。在香港上来的中国人，眼光枯涩，脸颊憔悴。无论老少，都有一个弓式的肩背，让人几乎疑心他们是行将就木的人物。"这个肩背，在欧洲七八十岁的老人中间，也寻觅不出。"④一位日本法政留学生，前任参议员，虽然割去了下垂的豚尾，但同我"没有说到十句话，已经吐了七八口痰"，而且都是吐在甲板上。这晚三等舱中更是较之从前热闹十倍："一阵高而厉的咳嗽声过后便是戛戛吐痰的声音，接着地位上便发生清脆的'脱'的一声回响。"似乎苏雪林在肺病医院住院时也不曾听过"像这样此唱彼和，咳得淋漓尽致"⑤的咳嗽和吐痰的声音。

中国人在船上餐厅里的表现更是让人侧目。欧洲人即使"在汗雨之下"，"也穿了两重衣服吃饭"。而广东妇人却"大显中国民族爱好

---

① 梁启超：《新大陆游记》，东方出版社 2006 年版，第 438 页。
② 邹韬奋：《萍踪寄语初集》，上海生活书店 1936 年版，第 55—56 页。
③ 苏雪林：《在海船上》，《苏雪林文集》（第二卷），安徽文艺出版社 1996 年版，第 160 页。
④ 同上书，第 160—161 页。
⑤ 同上书，第 161 页。

自然的特色",趿着木屐赤脚。男人们也大都光着脚,那位参议员更是"将曳在胫上的裤脚管,提高至大腿之上,摇摆而入大餐间"。当这班中国人落座在西洋人的餐桌上时,被人占去了座位的西洋人只好一声不响地走开,叫来茶房头儿出面干涉。在餐厅里没有将"父母清白之体,显示得痛快"的赤腿先生们,其踪迹又开始出现在二等舱面上。"他们站在铁栏边互相闲话,一等西洋妇人起身,便很快的攫占伊们的帆布椅子。他们仰面躺于椅子上,两脚架得高高的,两腿间之距离很远。"对于赤腿先生们的突然袭击,年轻的或高贵些的西洋妇人,"都望望然去之了",但有几个却并不进去,"也不和赤腿先生们争椅子,只站在铁栏边玩海景,不时回过头来对他们瞧看,似乎颇感兴趣"①。当这些赤腿先生们成为被西洋人"观看"的风景时,苏雪林只觉得自己的心肝在腔子里逐渐涨大而下沉。

由于在域外行旅过程中经常会碰到中国同胞在公共场合不注意社交礼仪的类似事件,因而在现代域外游记中,很多作者都不厌其烦地罗列域外旅行要注意的事项。如景悫在《环球周游记》中,特设"餐室中极须注意处"一节,详细说明了吃西餐要注意的就餐礼仪。

> 早餐与午餐时,食客不拘服装。晚餐室中,英国必限著一种深色或黑色之服,美德则否,虽常服亦无不可。但入餐室前若不盥手、洗面、剃髭、栉发,换去污秽之衣服者,己虽不觉,他客往往窃笑,易为执役者所轻。
>
> 有矫异于众者,以为边幅不修,亦我行我素耳。然此虽小节,致迕他国习惯,最易惹人讥笑。且食时,若有击舌鼓唇之丑态,尤为同席所厌弃。此事非仅一身之荣辱,关系国家之名誉,非浅尠焉。②

---

① 苏雪林:《在海船上》,《苏雪林文集》(第二卷),安徽文艺出版社 1996 年版,第 161—162 页。
② 景悫:《环球周游记》,中华书局 1917 年版,第 32 页。

诚如景憨所言，在跨文化交流中，就餐礼仪，已经不仅仅是关乎一己之荣辱的个人问题，而是关系到国家民族之名誉。卫生和礼仪问题是一个民族文化素质的表征，是重塑理想中国人的起码要求。正因为如此，卫生习惯和公共场合的礼仪问题才成为国人反思、批判、重塑自我的起点。

对卫生与礼仪问题的关注缘于作家域外日常生活的切身体验。与西方的现代文明生活方式形成鲜明对照的是中国人的肮脏、无知与野蛮。卫生与礼仪问题进入国民性批判的视野，暗示着批判者本身的"西化"。他们是以西方人的标准来审视中国人的言行举止的。这种批判者的姿态是俯视的，居高临下的。当他们在海外因为中国人的身份受到西方人的歧视时，他们感到自己受到了那些"未开化"的中国人的连累。在对混乱的海外留学界进行揭露与批判的同时，也折射出批判者自身复杂矛盾的心理。

二　灰暗的风景：混乱的海外留学界

由于缺乏健全的出国留学管理机制，中国近现代出国留学人员可谓鱼龙混杂。以日本为例。明治末至大正时期，留日学生界情况十分混乱。不肖生在《留东外史》中介绍了当时在日中国人的基本状况。

原来我国的人，现在日本的，虽有一万多，然除了公使馆各职员，及各省经理员外，大约可分为四种：第一种是公费或自费在这里实心求学的；第二种是将着资本在这里经商的；第三种是使着国家公费，在这里也不经商，也不求学，专一讲嫖经，谈食谱的；第四种是二次革命失败，亡命来的。第一种与第二种，每日一定的功课职业，不能自由行动。第三种既安心虚费着国家公款，饱食终日，无所用心，就不因不由的有种种风流趣话演了出来。……近日的亡命客，则反其事了。凡来这里的，多半有卷来的款项，人数较前清时又多了几倍。人数既多，就贤愚杂出，每日里丰衣足食。而初次来日本的，不解日语，又强欲出头领略各种新鲜滋味，或分赃起诉，或吃醋挥拳。丑事曾见报端，恶声时来耳里。①

不肖生曾两次留学日本，他给我们提供的画面并非毫无根据的想象，而是一道真实的灰暗风景。陈天华在蹈海之前的《绝命书》中，也不得不承认"近观吾国同学，有为之士甚多，可疵可指之处亦不少。以东瀛为终南捷径者，目的在于求利禄，而不在于居责任。其尤不肖者。则学问未事，私德先坏，其被举于彼国报章者，不可缕数……②"

留日学界如此，留法学界亦然。胡贻谷在《欧游经验谈》中说："照我们在巴黎街上或餐馆中所看见的情形，有好些中国学生，实在太不像样，不能不说他是有碍于社会的安宁和幸福。""有许多留法学生，不知自爱，非但叫热心的人灰心，并且有玷国体"③。胡贻谷讲述了自己在法国亲身经历的一件事："我们在巴黎的时候，同人中有一位与陈籙公使交好的，在碧泉与公使一同吃饭，那时，看见一个中国学生，左右挽着两个很轻佻的法国少女，笑声杂沓的走来，陈氏定睛细看，不觉叹了口气道：'这个学生，不是昨天到我那里哀求借款，自称连饭都没有吃的么，怎么钱才到手，便去干这勾当！照此看来，留法学生的前途，实在有些可虑哪。'"④ 王独清在《我在欧洲的生活》中也谈及20世纪20年代中国留法学界的混乱状况。当时的留法中国人只有两种：一种是经济上艰苦拮据，生活陷入窘境的勤工俭学留学生；另一种则是某些领官费或受名人资助的留学生，他们可以挥霍着手头很容易得到的金钱在欧洲最繁华的地方放荡地享乐。⑤ 勤工俭学

---

① 不肖生：《留东外史》（上册），岳麓书社1988年版，第1页。
② 陈天华：《绝命辞》（一九〇五年十二月七日），《陈天华集》，湖南人民出版社1958年版，第234页。
③ 胡贻谷：《欧游经验谈》，青年协会书局1923年版，第56页。
④ 同上。
⑤ 王独清：《我在欧洲的生活》，辽宁教育出版社1998年版，第17页。

的留法运动兴起以后，法国当地某学校的校长为了赚钱，"虽然寄宿舍和食堂被中国学生拥挤得几乎失掉了学校中应保持的秩序，甚至有些由中国农村里才跑出来的半智识份子也被冲荡到这儿底人群里面来做留学生，他们飞跃的生活使他们一点儿也不能习惯，讲堂上的吵闹以及公共场所的弄不洁净，常常和法国学生发生冲突"①。

旅外中国人不仅是异国形象的叙述者和传递者，同时也是外国人了解中国的桥梁和媒介。在西方对中国由敬仰转向蔑视之际，那些"不知自爱""有玷国体"的中国留学生构成了一道灰暗的风景线。他们的丑陋表现给外国人提供了歧视中国人的充足理由，加深了外国人对中国人的厌恶与排斥，为西方妖魔化中国形象提供了注脚。他们的丑恶行径引起了民族主义者的强烈反感。现代作家怀着"怒其不争"的愤慨，对他们进行了揭露与批判。一时间，在中国现代文坛上，涌现出一批以留学生海外生活为题材，"溺于卑污之写实"（吴宓语）的域外小说。"盖留学生所作小说描写留学生之生活经验者，如《留东外史》《海外缤纷录》等，均囿于今之写实派。即专写留学生中卑鄙之人物、龌龊之行事……《留法外史》之作者据闻未尝游欧，所写亦不外此例。惟陈登恪君之《留西外史》意境甚高。然其中人物亦多可指，且有近似《儒林外史》之处，固非纯由理想造作者。"② 正如吴宓所说，这批描写留学生海外生活的域外小说，几乎无一例外地都将批判的锋芒指向海外留学界的灰暗一面。

除了前述针对留日学生有玷国体的肮脏行为进行批判之外，某些打着留学旗号却不务正业的留学生也成为留日作家冷嘲热讽的对象。如鲁迅笔下那些头上盘着"富士山"的清国留学生，整天不是为了学跳舞踩得地板咚咚响，就是关起门来炖牛肉吃。无可奈何，鲁迅只得逃到没有中国留学生的仙台医学专门学校。明治末至大正时期，留学日本制度还不太健全，当时中国人生活水准较之日本似乎稍高一些，

---

① 王独清：《我在欧洲的生活》，辽宁教育出版社1998年版，第12页。
② 吴宓：《评〈留美漫记〉》，《学衡》第七十八期，1933年5月，第55页。

加之某些日本私立学校为了经济利益，只要有学费可赚，学生是否按时上课就不闻不问。一位留日朋友曾向郭沫若介绍过这样的留日印象："日本我是到过的。日本鬼很穷，他只要你的钱，管你用功也好，不用功也好。一切私立大学都照例贩卖文凭。中国留学生在那边只是吊吊下宿屋的下女的膀子，学几句下贱的下女话。本来是全无科学常识的狗屁不通的人，跑到国外去，少则一二年，多则三五年便跑回来。你想，但是要把外国话学好都还说不上，怎么会有好大的学问？"①虽然这些牢骚不无偏激，但从中仍可看出当时留学生界某些黑暗现状。类似情况在《留东外史》中也有描写。作者假借日本警官之口，训斥了因聚赌被抓的胡庄之流："你们贵国的留学生，也太不自爱了。只我这一个署，每月至少也有十来件赌博案；嫖淫卖妇的案，一个月总在二十件以上。现在留学生总数不过四五千人，住在神田的，才千零人，平日就每日有一件犯罪的事发生，不是过于不自爱吗？我真佩服你们贵国人的性情，柔和得好。你们也知道贵国政府是因国体太弱，才派送你们来求学的，将来好回去整理的么？怎么还这般的和没事人一样哩。"②作者不肖生有着多年东京生活经验，《留东外史》中所述"得自亲历者十之四，耳闻者十之三，余者为向壁虚构"③。由此可见，作者对在日留学生吃喝嫖赌恶行丑态的描画并非无中生有，而是具有某种影射性的真实再现。

对于各类打着爱国旗号的所谓"志士"，他们滑稽可笑的表演也在现代留日作家笔下得到了漫画式展示。所谓"爱国志士"，是在国耻纪念日开会时，慷慨激昂拍案提议："日本人呼我中华国民为支那人，今后我们也得叫他们倭奴。"如此这般表演不过是为了博得一般崇尚形式，喜欢口舌之争学生们喝彩而已。那些"修德进德"的志

---

① 郭沫若：《反正前后》，《郭沫若全集》（文学编·第十一卷），人民文学出版社1992年版，第193页。
② 不肖生：《留东外史》，岳麓书社1988年版，第65—66页。
③ 董炳月：《"国民作家"的立场——中日现代文学关系研究》，生活·读书·新知三联书店2006年版，第13页。

士,不过是道貌岸然、背后放冷箭之流。见了有友人和女性同居,就说这是荒淫废学,向公使馆打小报告,看到友人为此丢掉学籍自己却心满意足。喜欢演说爱出风头的志士,站在讲演坛上,全身发抖,双颊发赤,做出血泪控诉状。无论到什么地方都要跑上去讲几句什么"新精神""新社会""新思潮""新学"之类时髦论调。有的志士一年之间没有一个星期到学校去,回国之后,偏要骗国内学生说日本学生如何用功,日本教师如何研究……①这样的志士就生活在留日作家周围,他们只是将爱国当成一个表演舞台,除了暴露出自己嘴脸丑恶之外,他们如跳梁小丑般的拙劣表演与救亡图存并不相干。

在域外这一特殊语境下,某些中国留学生的丑陋表演,只能加深外国人对中国人的误解。他们的恶劣行径使得原本进入西方社会集体想象中的妖魔化中国形象,在现实世界中得到验证。在海外亲眼看到这些不知自爱的中国同胞有损中国形象的言行举止,像孙中山、梁启超、郁达夫、郭沫若等已经"西化"的中国知识精英们心理是十分复杂的。他们一方面对那些丑陋中国人的行径怀着一种"怒其不争"的愤慨;另一方面,他们又情不自禁地想极力划清与这些丑陋中国人的界限。在他们看来,正是这些民族败类破坏了中国人在外国人心目中的形象,连累他们一样遭到了外国人的歧视与冷眼。

郁达夫在他的早期诗作《两夜巢》中,就细致刻画了这种复杂心态。当阳明学者去向日本警察问路的时候,"头发种种的少年"和"乳白色的半开化人"赶紧跑开。因为他们"多晓得外国话,多晓得些外国事情,所以他们两人最怕被人晓得他们是中国人"。而那位"阳明学者的容貌举止以及他的言语,无一不带有中国人的气味"。他们认为"在外国地方把中国人的短处显出来,就是同不爱国的人一样,就是最大的国耻。所以他们二人最恨的事就是与乡下新来的土老儿作一处"。他们的这种举动"也并不是耻为中国人",而是"因为外国人时常骂中国人如牛如马,不晓得清洁,贪贱贪小,卑陋愚鲁。所以他们

---

① 张资平:《冲积期化石》,大新书局1922年版,第173页。

二人最喜欢把我们中国人的那一种洁丽宽宏，聪明豁达的态度显出来给他们外国人看看。因为他们二人看见同胞在外国出丑的时候，每恨不得钻下地去，这一回他们二人看见那阳明学者去问警察的时候，他们跑开去的理由，大约也在此了"①。

很显然，"西化"的知识分子在那些"未开化"的同胞面前，表现出一种文化精英姿态。针对海外留学界所展开的国民性批判，不可避免带有一种精英主义色彩。这种精英姿态本身造成了他们与中国普通民众之间的隔阂，影响了国民性批判的深入开展。蒋廷黻在英国所作的一次演讲当中，谈到像他这样的归国留学生心中的苦闷。他深有感触地说："……我们读着外国书籍，深陷于人们对之毫无兴趣的东西……（我们）能在教室里，在上海和北平的报界高谈阔论口若悬河，甚至能到查塔姆庄园让你觉得我们智识过人，然而，我们不懂如何让中国的一群村民明白我们的话，更不知如何让他们来接受我们成为农民的领袖。"②尽管像蒋廷黻这样学识渊博的"西化"知识精英们可以在象牙塔或是西方的文化界如鱼得水、游刃有余，但在中国本土却常常感到英雄无用武之地。中国现代国民性批判的展开正是由这些旅外知识精英开启的，他们的眼光、视野乃至用来进行批判的参照标准、知识话语，都摆脱不了西方的影响。从这个意义上来说，中国近现代的国民性批判在逻辑起点上就设置了一个陷阱。因此，追溯国民性批判的缘起，将有助于我们检讨反省国民性批判中存在的某些盲点。

三 无法走出的"自我东方化"怪圈

行旅者在西方感受到的妖魔化中国形象以及以蔑视为基调的中国观，犹如一面他者之镜，引发了中国人的反观自省。国民性批判母题的生成与展开，与近现代中国人的域外行旅体验密不可分。中国人在

---

① 郁达夫：《两夜巢（断片）》，《郁达夫全集》（第一卷），浙江大学出版社2007年版，第3—4页。

② 费正清：《中国关系：五十年回忆录》，转引自［美］德里克《后革命氛围》，王宁等译，中国社会科学出版社1999年版，第301页。

西方之镜中看到了自己，西方的中国形象——镜像中国——成为中国人确认自身文化身份的他者，而将镜像中国带回中国的正是"散居海外的中国人"（Diasporic Chineseness）（德里克语）。域外行旅体验使得他们在亲近西方他者的同时，也远离了本土。当他们回望或归抵故国的时候，他们打量故国的目光不免掺杂着他者的疏离与审视。在中与西、自我与他者的比照中，他们深刻地体会到停滞的中国如果继续沉睡，将会面临亡国灭种的悲剧命运。正如费约翰在《唤醒中国》中所说的那样，"当19世纪末的中国民族主义者在阅读和旅行中碰到这些关于'中国佬'的讽刺漫画时，虽然其特征依稀可辨，但他们强烈憎恨这种讽刺漫画目前在欧洲社会中所导致的嘲笑。他们立下誓言，不仅要解放自己的国家，而且要解放欧洲人想象中的'中国佬'"[①]。他们决心重新塑造中国人的形象——新民，将被西方囚禁的中国形象解救出来。现代国民性批判的展开正是解放中国形象的努力尝试。国民性批判关注国民劣根性的揭露与自省，其实践意义是毋庸置疑的。但国民性批判以西方他者之镜为参照，对镜像认同本身虚幻性的忽视，也应引起我们的冷静剖析与反思。

德里克把东方主义当作欧洲人与非欧洲人相遇的"接触区"（contact zone）[②]的产物的理论为我们检讨中国现代国民性批判提供了某种启示。如果将国民性批判看成是中国人与西方人相遇的"接触区"的产物，我们会对国民性批判主体及其批判行为本身有更加清醒

---

① ［澳大利亚］费约翰：《唤醒中国》，李恭忠、李雪风等译，生活·读书·新知三联书店2004年版，第158—159页。

② 德里克提出的"接触区"（contact zone）概念借自玛丽·路易斯·普拉特（Mary Louis Pratt），"她将之形容为'殖民遭遇的空间，在这空间里地理与历史上彼此分离的各民族相遇，建立起持续的关系，但经常又有威胁、极端的不平等和无法控制的冲突等情况出现'。接触区不仅是一个存在着支配的区域，也是一个交流的区域，哪怕这交流是不平等的。普拉特称之为'跨文化性'（transcul-turation），在这一过程中，'从属或边缘的群体在一些由一个处于支配地位的或世界性的文化输送给他们的材料中进行选择和创造。虽然这些处于从属地位的民族无法轻易控制来自占支配地位文化的东西，但他们确实能在不同程度上决定自己要采纳和吸取什么，并将之用作何种用途'"。详见［美］德里克《后革命氛围》，王宁等译，中国社会科学出版社1999年版，第291页。

的把握与认识。德里克采用"接触区"这一观点（及实践）来解释东方主义中的矛盾。他认为接触区并未取消它为之代言的那种权力结构，它仍然是一个支配的区域。但"接触区"同时也意味着一种距离，与自己也与他者的社会相远离。因而，与西方接触的中国知识精英们在知识与感情上进入西方时自己就被"西方化"了，他们逐渐与本土社会相远离。正是这种同不管是主体社会还是客体社会的复杂的日常生活相远离的态度使东方学学者或自我东方化的"东方人"得以作换喻式的文化描述。德里克认为，"中国的民族主义，如同东方主义一样，亦是文化具体化的源头之一，而它是由作为接触区产物的知识分子创造出来的，不管是在中国的中国人、在海外求学的中国学者还是海外华人"①。

在中国最早提出国民性批判的正是德里克所谓"接触区"产物的一批知识分子，即德里克所说的"散居海外的中国人"。多年的域外游历，使得他们在生活方式、精神气质甚至相貌上都被"西方化"。郁达夫《两夜巢》中的那个"头发种种"的少年，"因为来外国住了多年，所以他的外貌竟被外国人同化得一丝不剩"②。但即使他们看上去已经融入异国的生活，但却无法改变因自己的国族身份而受排挤、歧视的命运。"散居海外的中国人"在被异国生活同化的同时，也与本土社会越来越疏离。徘徊在本土与异国之间的他们成了"永远的异乡人"。习惯了西方现代文明生活方式的他们，已经无法适应故国的一切。在外国清净了几年的苏雪林，耳神已经失去了听受喧嚣的习惯。她在返乡的归途中，船上"叉麻将，唱大戏，拉胡琴，和高谈阔论咳嗽吐痰的声音，好像汽锅里沸腾的水"，一阵阵蒸得让人头脑发昏。原本"凡在中国坐火车轮船，和住旅馆，都有应受的义务"，现在对苏雪林来说，简直就是受罪。她甚至追悔当初出洋之失计了。③

---

① ［美］德里克：《后革命氛围》，王宁等译，中国社会科学出版社 1999 年版，第 292 页。
② 郁达夫：《两夜巢（断片）》，《郁达夫全集》（第一卷），浙江大学出版社 2007 年版，第 2 页。
③ 苏雪林：《归途》，《苏雪林文集》（第二卷），安徽文艺出版社 1996 年版，第 163 页。

孤独的异国生活，让海外游子患上了严重的"思乡病"，但回到故国之后，所见所闻，无不让他们感到沮丧和失望。陶晶孙在《到上海去谋事》中讲述的就是一个留学生怀着满腔热情回国，但归国后却处处碰壁，最终理想幻灭，只好再度去国的故事。"久慕着祖国的土地"的留学生，由西洋留学毕业回到上海来。"但一到上海，先看见海关在洋人手中，遍街是英美人的势力，他在头等舱里，美丽和温和起居里培养出来的爱国念头和爱人类的念头，完全被打破了。他以为一到上海便有许多清洁活泼美丽的中国人，不料他一上岸，非但没有人抱着他接吻，祝他回到故国来，他看见许多鹑衣百结的污秽的中国苦力，更看见中国苦力给红头黑汉用木棍打背皮……"，于是，"才由外国回来的留学生就像受了侮辱的处女般，不能努力工作了"①。生活的窘困，工作中处处受到排挤，让主人公感到自己在这个"百鬼夜行的上海"已经找不到立足之地了，烦闷的他只好抛妇别雏，重新踏上了去国的旅途。

世界瞬息万变，但归国后的海外游子却悲哀地发现故国仿佛停滞了一般，一切都未曾改变。《归途》中留法归来的小若，映入她眼帘的恍然是十一年前的情景：巷口一檐破厕，一个粪缸，和地上潴积的污水，"已过了这多年而一丝一毫没有改变"。它们在小若的眼里，简直"不能不算是宇宙间一个奇迹"。她甚至相信"这巷口的破厕，粪缸，污水能保持这个情状一直到世界的末日"。可是在乡人的眼中，人们几乎已经认不出她来了，觉得一身洋装打扮的她"竟变做外国人了"②。

在异国文化的濡染之下，这些"散居海外的中国人"，虽然"就他们在全球经济或文化中的成功说来，成为改变中国的动因。然而，他们自身所处的位置同时也表明他们不再是简单的很容易辨别的'中国人'，而是一个西方东方不再能分辨彼此的'接触区'的产物"③。

---

① 陶晶孙：《到上海去谋事》，丁景唐编选《陶晶孙选集》，人民文学出版社1995年版，第129页。
② 苏雪林：《归途》，《苏雪林文集》（第二卷），安徽文艺出版社1996年版，第166—167页。
③ [美]德里克：《后革命氛围》，王宁等译，中国社会科学出版社1999年版，第295页。

他们身居异国的时候，会情不自禁用一种西方的他者——中国人——的眼光看待异国。归国之后的他们，又会用一种中国的他者——西方人——的眼光来审视故国。正是由于他们拥有了双重甚至多重的视野，所以他们才更容易发现问题，萌发批评意识。

在域外行旅过程中，行旅者不时将所见所闻与故国进行比较。黄庆澄在《东游日记》中，对日本"细察其人情，微勘其风俗"，比较了中日之间的差别之后，指出"为今日中国计，一切大经大法无可更改，亦无能更改；仰望当轴者取泰西格致之学、兵家之学、天文地理之学、理财之学及彼国一切政治之足以矫吾弊者，及早毅然行之"①。梁启超亦是在游历美国之后，比较了中美诸种差异，从而总结出中国人的四大缺点。②储安平在《中国人与英国人》一文的前言中也坦言自己在撰写《英国采风录》时，由于是"以一个中国人叙述英国事"，所以"当他行文之际，他之常常不能自已地将他所属的国家和他所叙述的国家作种种比较，亦为人情之常"③。

显而易见，现代知识分子对中国国民性展开批判的参照物就是西方他者。正如冯骥才说过的那样，"一个民族很难会站在自己的对面看自己，除非有个对方，便在对方的瞳仁中看到了自己的影像"④。精神分析学说和拉康的镜像认同理论都强调了自我认证必须借助于他者的存在。弗洛伊德指出：对于人的自我认证起决定作用的是人从影射物中获取自我映像。人对于自我的认识是通过自己在外界的映像反作用于人的心理。凭借在水中或是其他反射物比如镜子中得到的关于自己的印象，人可以确立自我的形象，把自己与别人区分开来。拉康的镜像理论也指出主体必须借助他者的幻象在一系列异化认同的意象关

---

① 黄庆澄：《东游日记》，《甲午以前日本游记五种》，岳麓书社1985年版，第338—339页。
② 在《新大陆游记》中，梁启超在进行了中美比较之后，总结出中国人之四大缺点：一曰有族民资格而无市民资格；二曰有村落思想而无国家思想；三曰只能受专制不能享自由；四曰无高尚之目的。详见梁启超《新大陆游记》，东方出版社2006年版，第430—435页。
③ 储安平：《英人·法人·中国人》，辽宁教育出版社2005年版，第5页。
④ 冯骥才：《鲁迅的功与"过"》，《收获》2002年第2期。

系中构筑自我。"自我身份的确认来自于镜中的影像,自我成为一种超现实的幻象,这样,人寻求自我,却不知不觉地异化为他者,个人主体在认同自我的同时也在异化自我。"① 精神分析学说和镜像认同理论,启发我们深入思考在现代中国文化主体建构、认同的过程中他者(西方)所扮演的重要角色及其存在意义。

近现代中国人正是借助于从西方这面他者之镜中获取的"自我映像",来进行自我认同与想象的。也就是说,中国的自我认同与想象正是不断从"虚幻的他者镜像中完成自我的身份认同"。由于镜像认同与生俱来的虚幻性本质,因而,中国的"这种自我认同与其说是确认,不如说是误认。自我构建的过程也就成为自我异化的过程"②。从这个意义上来说,镜像中国在成为激发国民性批判生成诱因的同时,也使国民性批判行为本身在逻辑起点上就落入了一个陷阱:所谓的中国自画像背后始终隐藏着西方他者凝视的目光。

西方的中国形象是西方为了确认自身文化身份而建构的他者,并不完全是一种真实的存在。西方的中国形象唤醒了"散居海外的中国人",也在知识与感情上同化了这些觉醒者。周宁认为,加入世界现代化进程的亚洲国家,在被迫接受西方殖民主义帝国主义政治经济秩序之后,也在文化上相继主动接受了西方现代的世界观念秩序。这些国家大都经历了一个"自我东方化"③的过程。从"自我东方化"的

---

① 周宁:《世界之中国:域外中国形象研究·前言》,南京大学出版社 2007 年版,第 1 页。
② 同上。
③ 周宁指出:这个"自我东方化"过程包括三个方面的问题:第一,认同东西方二元对立与西方中心主义的世界观念秩序,认同为此世界观念秩序奠基的进步/停滞、自由/专制、文明/野蛮的二元对立的价值体系与西方现代进步、自由、文明的优越性,认同现代西方文化霸权下自身低劣的他者地位;第二,在西方中心主义世界观念秩序中开始自我批判与文化改造的历程,努力地"去东方化",并出现两种极端倾向:彻底否定自身传统而彻底西方化,并在西方的世界观念秩序中发现所谓"东方传统"。值得注意的是,这两种倾向中都同时包含着认同因素与反抗因素;第三,"去东方化"不仅构筑了一种"东方"国家与西方的关系,还同时构成"东方"国家之间的关系,其过程还包含着"东方"内部的"彼此东方化"的问题,"东方"国家中究竟谁更"东方",谁比较"西方",也是"东方"国家现代性自我认同的根据。详见周宁《世界之中国:域外中国形象研究》,南京大学出版社 2007 年版,第 28 页。

理论视角来全面剖析中国近现代国民性批判母题的生成及其深入展开，我们会发现，中国的"自画像"与"他者像"中的自我与他者形成了"同犯"的关系。①

中国人在努力解救被西方囚禁的中国形象时，却陷入了"自我东方化"的怪圈。近代日本迅速崛起，"脱亚入欧"的发展思路使得日本成为东方主义的主体。② 正如《东方主义》日文译者金泽纪子所说："从西方的角度看，日本无论从地理的、还是文化的角度来说都属于非西方世界，自然属于客体＝被观察方。但是由于近代日本选择了跻身帝国主义列强队伍的道路，在殖民地经营上积极汲取西方思想。……因此，日本同样摄取了西方的视点，将自己置身于东方主义的主体＝观察方一边。"③ 由此，我们似乎可以为日本人为何妖魔化中国形象找到答案。日本人对于中国形象的妖魔化，实际上体现了日本在"东方主义的'想象地理'中表述中国并确认自身现代文明身份"④的政治与文化诉求。"中国"其实是作为日本的参照物而存在的，它的丑陋只是为了证明日本的先进、文明和科学。问题的关键是日本为了摆脱自身被东方化的命运而建构的妖魔化中国形象，却成为留日作家认识自我、想象自我的依据。甲午战争之后，中国人"不得不从战

---

① 刘建辉：《产生自日本的中国"自画像"》，见中国社会科学研究会编《中国与日本的他者认识》，社会科学文献出版社2004年版，第84页。高鸿也曾经指出"东方文化身份的作家，以西方想象自己的方式来想象自己、创造自己，从自己与西方文化的不同或者差异里去肯定自我和确认自我，在跨文化传播中进行'自我再现'，而这种'自我再现'往往与西方论述东方的刻板印象，或固定形象，也就是形象学所说的'套话'发生吻合，形成了与西方口味相同的'共谋'关系"。详见高鸿《跨文化的中国叙事——以赛珍珠、林语堂、汤亭亭为中心的讨论》，上海三联书店2005年版，第109页。

② 1885年，福泽谕吉发表《脱亚论》，提出："国内无论朝野，一切采用西洋近代文明，不仅要脱去日本的陈规旧习，而且还要在整个亚细亚洲中开创出一个新的格局。"东亚古国支那、朝鲜与日本，前二者"不思改进之道"，守旧堕落，愚昧野蛮，日本"与其坐等邻国的开明，共同振兴亚洲，不如脱离其行列，而与西洋文明共进退。对待支那、朝鲜的方法，也不必因其为邻国而特别予以同情，只要模仿西洋人对他们的态度方式即可。与坏朋友亲近的人也难免近墨者黑，我们要从内心谢绝亚细亚东方的坏朋友"。详见周宁《世界之中国：域外中国形象研究》，南京大学出版社2007年版，第18页。

③ ［日］西原大辅：《谷崎润一郎与东方主义——大正日本的中国幻想》，赵怡译，中华书局2005年版，第6页。

④ 周宁：《世界之中国：域外中国形象研究》，南京大学出版社2007年版，第22页。

败的'反省'中来确立自己的民族认同"。"成为其'反省'材料和参照物的只有两种：或是由战胜国日本创造的中国认识及其表象，或是同这一胜利者相比较而显现出的诸种民族'缺点'。""因此，最初只不过是为了'脱亚'而由日本提出的一系列中国表象，正是凭借着战争胜利这一绝对的'依据'，便几乎作为一种不可动摇的'真实'深深地沁入到中国知识分子的心灵身处。"① 现代留日作家对于"支那"之痛的跨文化书写，对留日学界混乱状况的揭露与批判，都显示出他们对近代日本人中国观的认同态度。

对西方中国形象的镜像认同，导致国民性批判陷入了"自我东方化"的怪圈。正如德里克所指出的，在东方主义话语生产中，东方人"不是作为一个欧洲话语的沉默不语的对象，而是作为相当活跃的参与者"②。追溯中国近现代国民性批判的缘起，可以清晰地看出"欧美眼中的亚洲形象是如何逐渐成为亚洲人自己眼中的亚洲形象的一部分的"。

如果只强调国民性批判对于重塑中国人的积极意义，而对国民性批判本身缺乏理性的自省，对于镜像认同的虚幻本质视而不见，我们就永远无法走出"自我东方化"的怪圈。现代中国文化主体的自我认同与想象需要西方这面他者之镜来获取自我认证的映像，但与此同时，我们必须清醒地认识到镜像中国本身并不完全意味着真实，其中暗含着西方为了确认自身文化身份而对他者的建构成分。西方中国形象的生产与消费过程本身，其实隐含着西方的意识形态与文化需要。

在现代文坛上，也有部分作家清醒地意识到了西方话语霸权对中国形象文化表述的操控。他们也积极参与了关于中国形象文化表述权的争夺，试图通过自己的努力将被西方囚禁的中国形象解救出来。

老舍先生在小说《二马》中十分鲜明地表达了自己作为一个中国人"对英国人的中国观的看法"。他既嘲讽了西方对中国形象的妖魔

---

① 刘建辉：《产生自日本的中国"自画像"》，中国社会科学研究会编《中国与日本的他者认识》，社会科学文献出版社 2004 年版，第 84 页。

② [美]德里克：《后革命氛围》，王宁等译，中国社会科学出版社 1999 年版，第 279 页。

化,也对老一辈中国人身上存在的劣根性进行了批判。但身处异域的老舍先生,仍然是用西方他者的眼光来审视他的主人公的,他觉得"最高的理想"就是"一个中国人能像英国人那样作国民"。对于小说中关于英国人的描写,老舍先生究竟也上了"仅就表面的观察而后加以主观的判断"这个当。他在《我怎样写〈二马〉》中自我检讨说:"对于英国人,我连半个有人性的也没写出来。他们的褊狭的爱国主义决定了他们的罪案,他们所表现的都是偏见与讨厌没有别的。自然,猛一看过去,他们确是有这种讨厌而不自觉的地方,可是稍微再细看一看,他们到底还不那么狭小,我专注意了他们与国家的关系,而忽略了他们其他的部分。"[①] 老舍先生试图冲破西方人对中国形象的妖魔化,结果反而陷入了将对方妖魔化的窠臼。《猫城记》中的"猫城"显然是"中国"的隐喻,"猫"的种种缺点暗指现实世界中的国民劣根性。可是,我们不能不遗憾地发现:在老舍先生的笔下,"猫"被塑造成"抽鸦片、残暴、迷信、腐败、自私、不负责任"的形象,而这一形象与英国人眼中的中国形象如出一辙。在《猫城记》中,老舍先生对于先前在《二马》中极力批驳的英国人的中国观采取了认同的态度。老舍先生的矛盾显示了中国民族主义核心之处的一个悖论:新民是"中国佬"的镜像。[②]

这一悖论在沈从文的童话体小说《阿丽思中国游记》中也体现得十分明显。在《阿丽思中国游记》中,沈从文第一次以乡村文明与都市文化二元对立的叙事模式,对现代都市文明进行了冷静的反思,并严肃思考殖民语境下西方对中国的文化表述。《阿丽思中国游记》可谓沈从文作为一个民族主义者的民族自我拯救寓言。他站在一个民族主义者的立场上,言说了自己的理想,开出了一味民族自我拯救的药方:向湘西寻求中华民族的生命之根。在小说第一卷中,作者巧妙运

[①] 老舍:《我怎样写〈二马〉》,《老舍全集》第16卷,人民文学出版社2013年版,第173页。
[②] 参见[澳大利亚]费约翰《唤醒中国》,李恭忠、李雪风等译,生活·读书·新知三联书店2004年版,第156—195页。

用了旅行的叙事策略,向读者展示了中国是如何被外国人进行文化表述的。随着旅行者时空的转换,他们的亲身经历与先验的中国想象构成了鲜明的对照。走在"欧洲人从欧洲运来红木,水泥,铁板,钢柱,建筑成就的大路"上,兔子傩喜先生感到非常失望。因为他看到"商店所陈列的是外国人的货物,房子是欧洲式样,走路的人坐车的人也有一半是欧洲人",怎么"也看不出多少中国来"。他要看的是"那矮房子,脏身上,赤膊赤脚,抽鸦片烟,推牌九过日子"的"纯粹中国地方"①。小姑娘阿丽思想象的中国也充满了东方色彩。她"老记着中国人过年作揖磕头的风俗",担心"凡是一个革命的政府成立时节,总是先要极力来铲除一切习惯的。……一些很怪的风俗也因此要消灭了,还有一切人全成了新时代的人。新时代的人则大概同欧洲人一个模样,穿的衣服是毛呢制的,硬领子雪白,走路腰肩不钩,说话干脆。再没有戴小瓜皮帽子的绅士了,再没有害痨病的美人了,再没有一切东方色彩了,那纵到中国去玩一年两年,也很少趣味"②。阿丽思和傩喜先生带着殖民者猎奇的目光打量着中国这片古老而又神秘的土地。沈从文对西方这种居高临下的猎奇性巡视,表现出明显的抗拒姿态。他在小说中以调侃戏谑的笔调嘲讽了西方殖民者对中国犯下的罪行。可是在抗拒西方文化对中国的妖魔化表述和想象的同时,沈从文不得不严肃地思考一个年轻的英国女孩和一只外国兔子所看到的中国。③ 这种无奈的认同心态与抗拒姿态形成一种张力。一面是对中国失去了文化表述权力而感到悲哀,一面却又不得不承认,由于中国人存在诸如不守时、随地吐痰、虚伪等各种各样的缺陷,所以中国的民族性的确有重建之必要。作者向我们暗示了这样的民族命运:"为了将自己的文化、领土和国家从欧洲人的侵略和压迫中拯救出来,一

---

① 沈从文:《阿丽思中国游记》,《新月》月刊创刊号,1928年版,第34—35页。
② 同上书,第16—17页。
③ 参见〔澳大利亚〕费约翰《唤醒中国》,李恭忠、李雪风等译,生活·读书·新知三联书店2004年版,第197页。

个民族不得不变成欧洲人。"① 虽然那些已变成欧洲人的新民让沈从文感到十分的沮丧和失望。和老舍先生一样，最终沈从文依然没能走出"自我东方化"的怪圈。

透过镜像中国这一视角，我们可以发现，域外行旅体验既给国民性批判的开启者提供了批判的参照标准和理论支撑，同时也使国民性批判在生成伊始就陷入了"自我东方化"的怪圈。其实，所谓的"自我东方化"就是变相的"西方化"，它的存在意味着在西方引领世界现代化进程的历史语境中，中国的现代化，必须先经过一个全面的"失落"阶段，而后才能恢复其主体性和话语权。

自我反思性无疑应该成为中国现代启蒙思想的题中应有之义。但如何反思，如何自省，参照是什么，路径在哪里，如何表述，这些问题仍然有待破解。正如著名的"幻灯片"事件所表明的那样，"读者、叙述者、暴行旁观者之间的交叠与差异，正可以让我们了解鲁迅面对国民性理论时的两难处境"②。批判者本身所处的看与被看的叠加位置也使国民性批判问题变得更为复杂。国民性批判不应该是单向的，其主体也需要对自身进行审视和批判，即需要同时将自身包括批判行为本身置于批判的向度之内，从外部和内部同时展开自我反思与批判，只有如此，才能保证批判本身的反思性和有效性。

---

① ［澳大利亚］费约翰：《唤醒中国》，李恭忠、李雪风等译，生活·读书·新知三联书店2004年版，第206页。

② 刘禾：《语际书写——现代思想史写作批判纲要》，上海三联书店1999年版，第85页。

第四章

建构与消解：
苏俄体验与"苏俄乌托邦"想象

近代以来，日益丰富的域外行旅体验，给中国近现代文学中的乌托邦想象插上了自由飞翔的双翼。作为域外行旅体验的重要载体，域外游记为那些无法走出国门的国人驰骋乌托邦想象提供了知识来源。①

中国文学中的乌托邦书写由来已久。② 传统的乌托邦文学叙事是以孔子的"大同"理想、老子的"小国寡民"观念为核心展开想象的。最为经典的乌托邦原型当属东晋诗人陶渊明《桃花源诗并记》中的"桃花源"；北宋王禹偁《录海人书》中人民各得其所、安居乐业的"孤岛"；清代李汝珍《镜花缘》里充满友爱谦让之风的"君子国"；晚清刘鹗《老残游记》中和谐静穆的"桃花山"；现代京派小说

---

① 自古以来，中国人就有通过旅行来增长知识、扩充见闻的传统。鸦片战争之后，越来越多的中国人开始走向世界，于是，域外行旅就成为中国人获得政治、地理、科学、文学、艺术等知识的重要途径之一。陈平原通过对晚清"新小说"中"飞车"想象的考察，认为晚清文人获得想象灵感最主要的途径并不是翻译小说，而是"晚清刊行的海外游记，以及各种热衷于介绍西学的报刊，对于作家之养成知识、调动兴致、驰骋想象，可能发挥更大的作用"。详见陈平原《从科普读物到科学小说——以"飞车"为中心的考察》，《中国文化》1996 年第 13 期。

② 《诗经》中的《魏风·硕鼠》就已经出现了对于"乐土"的憧憬与渴望。（《魏风·硕鼠》诗云："硕鼠，硕鼠，无食我黍。三岁贯汝，莫我肯顾。誓将去汝，适彼乐土。乐土乐土，爰得我所。"）魏晋时期的《列子》描述了黄帝轩辕氏梦游理想之国——华胥国的情形。东晋陶渊明的《桃花源诗并记》中的"桃花源"已经成为中国乌托邦文学的一个经典原型。参见周黎燕《中国近现代小说的乌托邦书写》，博士学位论文，华中师范大学，2007 年，第 21—25 页。

里的"竹林""边城""桃园"等,均是陶渊明开创的"桃花源"乌托邦原型在现代的延传与再现。①

清末民初,政治时局的变幻让知识分子陷入了对民族国家命运的深度忧虑中,他们积极寻求救国救民的途径与药方,并以文学的方式对中国的未来进行了大胆的设计与想象。晚清对民族国家未来展开的乌托邦想象,开启了近现代文学史上民族国家想象的"大叙述"。1902年,梁启超的《新中国未来记》问世,由此引发了中国近现代小说乌托邦书写的第一个高潮。据周黎燕的统计,《中国通俗小说总目提要》中记录的1901年至1911年白话小说共有529部,其中有关未来想象乌托邦书写的就有50部之多。②众多以"新"或"未来"为题的"新小说",为晚清的民族国家想象形塑了一个政治乌托邦——"新中国"③。

晚清对于民族国家未来展开乌托邦想象的思想来源与精神动力主要来自欧美、日本等国家。"五四"之后,苏俄取代欧美、日本等国,成为现代中国政治乌托邦想象的主要参照。第一次世界大战后,资本主义世界陷入经济危机,生产过剩、工人罢工、食物缺乏……资本主义的各种弊端纷纷呈现。1918年12月到1920年1月,梁启超在游历欧美期间,曾亲身体验过停战之后生活上的"种种艰辛狼狈"④。战后的欧洲社会,"在战败的德、奥等国固然是加倍艰难,就是战胜的英

---

① 参见周黎燕《中国近现代小说的乌托邦书写》,博士学位论文,华中师范大学,2007年,第21—25页。
② 周黎燕:《中国近现代小说的乌托邦书写》,博士学位论文,华中师范大学,2007年,第38页。
③ 晚清的乌托邦文学想象与"桃花源"式的乌托邦原型在时间向度上有所不同。前者指向未来,属于"向前看"的想象模式,而后者则属于"向后看"的想象模式。
④ 梁启超一行游欧期间已是战后,虽未领受战中况味,但即使是"过惯了朴素笨重生活的"他们,仍然切身感受到了战后欧洲的疲敝。梁启超在《欧游心影录》中介绍说"在此一年以来,对于生活必需之品,已经处处觉得缺乏,面包是要量腹而食。糖和奶油看见了便变色而作。因为缺煤,交通机关停摆的过半,甚至电灯也商量隔日一开"。详见梁启超《欧游心影录》,《梁启超全集》(第五册),北京出版社1999年版,第2971页。

法等国还不是一样的荆天棘地"①。他的"科学万能之梦"彻底破灭。俄国十月革命的胜利,吸引了全世界的目光,也给中国人提供了另一种可供选择的道路:苏俄式的社会主义。中国人真正开始关注苏俄是在"五四"时期。确切地说,是在中国代表团在巴黎和会上要求废除不平等条约遭到失败,苏俄主动宣布废除不平等条约的特殊历史语境下,中国人才开始关注苏俄的。虽然早在 1918 年 2 月 15 日的《申报》上就登载了苏俄政府宣布"以前之政府所缔结之一切国际条约,限于一千九百十八年一月末日以后概行作废"的消息,但是,由于北洋军阀政府对于苏俄消息的封锁,这个消息并未引起国人的注意。直至 1919 年,中国政府在巴黎和会上请求废约失败,"那些控制巴黎和会的老头们的决定,使中国人民感到更强烈的失望和惊醒"②。面对事实的真相,中国人觉醒了,"外国人仍然是自私和军国主义的,并且都是大骗子"③。正是在这样的国际环境下,苏俄为了摆脱孤立的外交困境,先后两次向中国发出取消一切不平等条约的对华宣言。④ 此举不但赢得了中国人的好感,而且吸引中国人开始关注苏俄。20 世纪 20 年代的中国,"空气的沉闷,人道的腐败,生命的消残,的确是全世界没有比的"⑤。近邻苏俄革命的成功对于苦苦寻求中国出路的知识

---

① 梁启超:《欧游心影录》,《梁启超全集》(第五册),北京出版社 1999 年版,第 2971 页。

② [美] 周策纵:《五四运动:现代中国的思想革命》,周子平等译,江苏人民出版社 1999 年版,第 97 页。

③ 同上。

④ 1919 年 7 月 25 日,苏俄发表了"第一次对华宣言"——《俄罗斯苏维埃联邦社会主义共和国对中国人民和中国南北政府的宣言》,宣言称"工农政府将废除原帝俄与日本、中国和以前各协约国所缔结的一切秘密条约,放弃沙皇政府从中国攫取的满洲和其他地区,并拒绝接受中国因 1900 年义和团起义所负的赔款,永远结束前俄政府与日本及协约国共同对中国采取的一切暴行和不义行为。以前俄国政府历次同中国订立的一切条约全部无效,放弃以前夺取中国的一切领土和中国境内的租界,并将沙皇政府和俄国资产阶级从中国夺得的一切,都无偿地永久归还中国"。1920 年 9 月 27 日,苏俄政府又发表"第二次对华宣言"——《俄罗斯苏维埃联邦社会主义共和国政府的宣言》,重申废除沙皇时代与中国的一切不平等条约。详见李斌《废约与十月革命道路的选择——兼论苏俄对华宣言的影响》,《湖南社会科学》2007 年第 6 期。

⑤ 徐志摩:《一个态度:及按语》,《晨报副刊》1926 年 9 月 11 日。

分子来说，无疑具有极大诱惑力。中国掀起了研究苏俄、游历考察苏俄的热潮。许多革命青年冲破重重阻挠、历经千难万险奔赴革命圣地苏俄。20世纪20年代末期至30年代，当经济危机再次席卷整个欧美大陆之际，苏俄却提前顺利完成了第一个五年计划，呈现出一派欣欣向荣的景象。相对于欧美的衰颓、疲敝，苏俄所取得的巨大成就格外具有吸引力。于是现代中国的民族国家想象的参照系悄然发生了转移：苏俄成为现代中国自我想象的他者之镜。

在这种特殊的历史语境下，苏俄行旅体验及其现代苏俄游记，就成为激发国人以苏俄为榜样展开民族国家想象的重要知识来源。承载着苏俄行旅体验的现代苏俄游记，延续了晚清政治乌托邦想象的文学书写。① 苏俄之旅，让旅苏者看到了一个现实中的"乌托邦"。他们通过游记形塑了一个"苏俄乌托邦"，而游记又借助其特殊的文体优势影响着国人对于苏俄的社会集体想象。可以说，苏俄游记所建构的"苏俄乌托邦"形象，引导、主宰了20世纪上半叶中国人对于民族国家未来的政治乌托邦想象。

然而，苏俄之旅也让人们发现苏俄并不完全是天堂。有少量的苏俄游记对"苏俄"进行了反乌托邦书写，揭露了苏俄存在的某些黑暗面，在一定程度上对"苏俄乌托邦"想象进行了质疑与消解。但令人遗憾的是，当整个民族都陷入了对苏俄的盲目崇拜与乌托邦冲动中时，这些异质苏俄游记根本无法撼动国人追随苏俄的坚定信念。在日益左倾化的社会政治文化语境中，它们注定了被遮蔽的历史命运。

---

① 与晚清的乌托邦书写方式主要采取小说这一叙事模式不同，现代"苏俄乌托邦"的缔造更多是以游记的形式来进行的。乌托邦文学一般被看作是虚构文本的一种，最常见的叙事模式是小说。实际上，从乌托邦文学发生学的角度来看，乌托邦书写最开始的模式就是游记。无论是莫尔的《乌托邦》还是陶渊明的《桃花源诗并记》，均属于一种旅行书写。基于此，似乎也可以将充满了乌托邦想象色彩的苏俄游记看作是一种独特的乌托邦书写。笔者认为，苏俄游记以其特有的文体方式，延续、丰富了中国文学中的政治乌托邦书写，并对现代中国人展开民族国家的乌托邦想象提供了知识来源与精神动力。

第一节　对苏俄的乌托邦想象与建构

卡尔·曼海姆在《意识形态与乌托邦》一书中指出，"艺术、文化和哲学由于是由当代社会和政治力量所塑造的，所以只不过是那个时代主要乌托邦思想的表达"①。旅苏者借助苏俄游记所传递的"苏俄乌托邦"形象正是现代中国为自己构思的一个理想世界，表达了中国人对未来的一种集体乌托邦想象。20世纪20—40年代（除去因为中东路事件引发了中国民众仇苏、反苏民族情绪的那段时间），无论是知识阶层还是平民百姓，大多都对苏俄怀着一种乌托邦的想象和冲动，充满了同情与向往。对苏俄问题的关注与重视以及对"苏俄乌托邦"的想象与向往，既是中国现代知识分子政治选择的投影，也是民族国家建构过程中焦虑心理的投射。20世纪20年代，同样深受专制与帝国主义压迫的苏俄，通过革命建立起独立自主的民族国家，让中国的知识分子看到了希望的曙光，将苏俄看作中国谋求出路的先导。20世纪30年代，当西方陷入经济危机之际，苏联却提前完成了第一个五年计划。在这样的国际背景下，中国知识界开始热情讴歌创造了世界奇迹的苏俄。② 20世纪40年代，由于"每当中国人民艰苦奋斗以求自由解放的时候，首先给予伟大的同情与援助的就是苏联"③。故

---

①　[德]卡尔·曼海姆：《意识形态与乌托邦》，黎鸣、李书崇译，商务印书馆2007年版，第227页。

②　1933年1月1日的《东方杂志》（第30卷第1号）上发表了一篇署名志远的文章，题为《苏俄第二届五年计划之鸟瞰》，作者对苏俄顺利并提前实现第一个五年计划大加赞赏："第一届五年计划在四年中完成的理想，现在居然实现了。接着就是进一步的实行第二届五年计划。近年来东西各国实业巨擘、学术专家、政界名流以及新闻记者、教育家、文学家和工人代表团等等，前往苏俄考察者，回国后大都对苏俄表示同情之美感，有的甚至替他大事鼓吹，以为苏俄成功之秘诀，在于他的社会经济制度，因为这个制度是有计划的，有组织的，他与制造恐慌、产生失业贫困、酝酿冲突战争的资本主义截然不同。"

③　茅盾：《苏联见闻录·序》，《茅盾全集》（第十三卷），人民文学出版社1986年版，第5页。

而这一时期中国知识界对苏俄更是充满了无限的景仰与憧憬。政治经济日益强大的苏俄，让世人看到了光明的前途与未来。对于积极寻求救国救民之路的中国知识分子来说，苏俄就是现实中的"乌托邦"。诚如纪德所言："苏联过去对于我们的意义究竟是什么呢？它不仅是一个选取的祖国，还是一个向导，一个榜样。我们所梦想的，所敢希望的，我们的意志和力量所倾赴的，在那里实现出来了。总之，那是一个国土，那里乌托邦正在转化为现实。巨大的成就早已充塞了我们的希冀的心。"① 许多中国青年正是在"苏俄乌托邦"的召唤下，踏上了艰难的苏俄之旅。

一　苏俄：正在转化为现实的"乌托邦"

"苏俄热"的激荡鼓动，使旅行者对苏俄持一种"狂热"的文化态度。② 苏俄就是他们心目中的"麦加"。许多旅苏者是怀着朝圣者的虔诚踏上苏俄之旅的。郭沫若称"自己是抱着唐僧取经到西天去的精神到苏联去的"③。瞿秋白去苏俄的目的是"想为大家开辟一条光明的路"，因为苏俄那里有"灿烂庄严，光明鲜艳，向来没有看见的阳光"④。耿济之、郑振铎十分羡慕"走向红光里去"的瞿秋白等人即将受着"新世界的生活"⑤。目睹了苏俄的巨大变化，旅苏者仿佛看到了

---

① ［法］安德烈·纪德：《从苏联归来》，郑超麟译，辽宁教育出版社1999年版，第17页。
② 巴柔教授认为，一国对异国文化的基本态度或象征模式有三种：狂热、憎恶和亲善。当异国的文化现实被作家或集团视为是绝对优越于本土文化时，作家或集团就会对异国文化持一种"狂热"的态度；反之，如果异国文化被视为低下和负面的，就会对它表示"憎恶"。亲善的态度则是唯一真正能实现双向交流的态度。不仅异国现实被看成是正面的，纳入注视者文化，本土文化也被视为是正面的，且是对被注视者文化的补充。详见［法］达尼埃-亨利·巴柔《形象》，孟华译，孟华主编《比较文学形象学》，北京大学出版社2001年版，第175—176页。
③ 郭沫若：《苏联纪行》，上海中外出版社1946年版，第2页。
④ 瞿秋白：《饿乡纪程·绪言》，《瞿秋白文集》（文学编·第一卷），人民文学出版社1985年版，第4—5页。
⑤ 耿济之、郑振铎：《追寄秋白宗武颂华》，《瞿秋白文集》（文学编·第一卷），人民文学出版社1985年版，第33页。

一个正在转化为现实的"乌托邦"。他们怀着极度的兴奋与喜悦,向国内的读者介绍自己所看到的现实中的"乌托邦"——苏俄。

大部分的旅苏者虽然在行旅过程中耳闻目睹了苏俄的困顿现实,但却始终沉浸在对苏俄的憧憬和赞美中,未曾动摇过对"苏俄乌托邦"的坚定信念。早在1920年,瞿秋白就在《饿乡纪程》中描述过"饿乡"的"穷困不堪"。但是,怀着空想社会主义信仰的瞿秋白,始终把苏俄视为"心海中的灯塔",虽然那"赤光一线,依微隐约",但依然让这位来自东方的稚儿辨得出茫无涯际的前程①。即使海道虽不平静,也仍坚定地拨准船舵,前进!前进!②蒋光慈把"红色的俄罗斯"比喻成"是繁殖美丽的花木的新土"③,认为"此邦简直是天上非人间","心灵已染遍人间的痛迹"的诗人,"愿长此逗留此邦而不去"④!"如通天火柱一般"的十月革命,"后面燃烧着过去的残物,前面照耀着将来的新途径"。它让诗人坚信人类的历史不会永远是污秽的,"它总有会变成雪花般漂亮而洁白的一日"⑤。

对于郭沫若来说,苏俄就是他心目中的天堂。他在《苏联纪行》的俄译本序中情不自禁地赞叹说:"五十天的苏联之行是我终生最难忘的一件事。我多年的夙愿实现了,多么令人兴奋。而更加令人兴奋的是,我在苏联亲眼看到我理想中的种种梦幻已经得到真正的实现。没有到过苏联的人是难以想象出苏联人民的善良、勇敢、忠诚和在劳动中,以及在一切事物中的欢乐,难以想象出这些优秀品质的深刻与

---

① 瞿秋白:《饿乡纪程》,《瞿秋白文集》(文学编·第一卷),人民文学出版社1985年版,第109页。
② 同上书,第104页。
③ 蒋光慈:《十月革命的婴儿》,《蒋光慈文集》(第三卷),上海文艺出版社1988年版,第360页。
④ 蒋光慈:《昨夜里梦入天国》,《蒋光慈文集》(第三卷),上海文艺出版社1988年版,第327页。
⑤ 蒋光慈:《莫斯科吟》,《蒋光慈文集》(第三卷),上海文艺出版社1988年版,第333—334页。

强烈的。"① 他在游览基洛夫群岛时,"阳光和蔼,空气清醇","这样开朗,清和,而又闲适的地方",使他"相信了在地上确是有天国"②。他爱慕苏俄的国民"真正了解对于人生的必要的娱乐"。因为"他们的生活有保障,工作有保障,做了好多工便有好多报酬,医疗助产是官费,用不着有了今天愁明天,得到甘肃望西蜀"。在郭沫若看来,苏俄的国民简直就是"葛天氏之民","无怀氏之民","古人的乌托邦式的想象,而在苏联则是现实"③。

苏俄之旅让旅苏者惊喜地发现,传统乌托邦思想库中的大部分内容在苏俄都已经实现或正在实现。如性别平等、宗教自由、强调教育、崇尚美德和正义以及公社制的某些形式等。④

苏俄的人民"个个人是可亲的,坦白的,热情的"。在莫斯科短暂停留了一星期的胡愈之,所看到的苏维埃的生活并非"冷酷的,机械的,反人性的","恰巧是相反"。他在这里遇见的"许多成人,都是大孩子:天真、友爱、活泼、勇敢","莫斯科的朋友们的礼让与善意",既让胡愈之感到"惊奇与愧怍",也让他得出了一个结论:十月革命产生的"最大的奇迹是人性的发现"⑤。

苏俄的儿童是幸福的。"世界上任何一国对于儿童所负责任的程度,没有像苏联的重大。儿童物质上的供给,概由社会保险法定一范围。儿童的训练则可由托儿所学校担任。"⑥ 他们在幼儿园里的卧室有"充足的阳光,新鲜的空气",他们的小铁床都"漆得雪白,整洁非常"⑦。其"玩具之多及有趣",令蒋廷黼很为自己的

---

① 郭沫若:《〈苏联纪行〉俄译本序》,《郭沫若全集》(文学编·第十四卷),人民文学出版社1992年版,第457页。
② 郭沫若:《苏联纪行》,上海中外出版社1946年版,第66页。
③ 同上书,第87页。
④ [英]乔治·格兰:《乌托邦创作》,熊元义译,《文艺研究》1990年第6期。
⑤ 胡愈之:《莫斯科印象记·序》,新生命书局1932年版。
⑥ 克多:《苏联妇女生活的面面观》,《东方杂志》第30卷第7号,1933年4月1日。
⑦ 韬奋:《萍踪寄语》(三集),上海三联书店1987年版,第280页。

子女羡慕。①

苏联的妇女也是令人羡慕的。妇女获得了前所未有的解放。"绝大多数的家庭,都充满了美满的,愉快的家庭生活,夫妻各能独立谋生,智识程度亦相差无几。有了婴儿,可交托儿所,幼稚园代为抚育,吃饭有公共饭厅,洗衣有洗衣公司,这些家庭杂务已渐趋社会化,无需妇女操作了。"②

成功实现了第一个五年计划的苏俄是富庶的。戈公振在游览了乌拉山之后,才真切地了解了"庶联的富",才"知道五年计划的精神所在"③。在旅行者的眼中,苏俄到处充满了生机和活力。在莫斯科,"夜里路灯花盖的回光,焕彩辉煌,如同白昼;雄赳赳的工人,活泼泼的姑娘塞满街道,多如过江之鲫。一出门口就可以看到崭新的电车和汽车。蹒跚不前的马车,现在已经完全淘汰了。醉醺醺酒汉之叫喊,已为乐融融的音乐跳舞团所代替了"④。新的建设正在展开,"随处都可看见仍在继续建造中的道路,仍在继续建筑中的房屋,仍在继续布置中的公园和草地"⑤。"假使跑到莫斯科的近郊,到处可以看见簇新的房屋,桂红色的墙子,嵌着明净的玻璃,非常美观。屋旁种有白杨之类,每当夏日绿荫繁盛之时,夕阳西照,更能使人心旷神怡。"⑥ "在许多林立着的工厂附近,你可以看见一座一座的钢骨水泥新建四五层高的新式住宅——劳动者的住宅——有许多玻璃窗引进充足的阳光和空气,阳台上排着花草,玻璃窗上挂着窗帘。"⑦

旅苏者为读者构筑了一个"苏俄乌托邦"——这是一个充满了自由、民主、平等的理想国度。实际上,旅苏者在游记中形塑的"苏俄

---

① 蒋廷黼:《欧游随笔》(四),《独立评论》第一二八号,第17页。
② 克多:《苏联妇女生活的面面观》,《东方杂志》第30卷第7号,1933年4月1日。
③ 戈公振:《从东北到庶联》,生活书店1935年版,第194页。
④ 冰清:《赤都的新景象》,《东方杂志》第30卷第5号,1933年3月1日。
⑤ 韬奋:《萍踪寄语》(三集),上海三联书店1987年版,第255页。
⑥ 林克多:《苏联闻见录》,上海大光书局1936年版,第10—11页。
⑦ 韬奋:《萍踪寄语》(三集),上海三联书店1987年版,第256页。

乌托邦"只是虚幻的镜影乌托邦,它所蕴含的情感因素远远超过了客观因素。对苏俄的那种"狂热"文化态度,导致大部分旅苏者的行旅体验都或多或少带着几分乌托邦想象与冲动。因此"他们对异国的描述也就更多地隶属于一种'幻象',而非形象"[1]。卢梭曾经说过:"我们描写我感觉到的东西远远超过事实存在的东西一样,为了评断有多少画面是这里或那里的事实,必须懂得写作着的一位游记作者怎样受到感动。""任何一个外国人对一个国家永远也看不到像当地人希望他看到的那样"[2],带着"先入之见"的旅行者,只会在异国寻找印证符合自己想象的那个异国。虽然瞿秋白清楚地知道,"饿乡"——苏维埃俄国,"怎样没有吃,没有穿……饥,寒……"但他却抛开这一切,"暂且不管"。因为他心目中的俄国,"始终是世界第一个社会革命的国家,世界革命的中心点,东西文化的接触地"[3]。那里有希望、光明,是指引他前行的灯塔。对此,瞿秋白也有清醒的认识。他在《赤都心史》序中引用镜与钟的比喻,来说明他的苏俄游记是"心影心响的史诗","心弦上乐谱的记录"[4]。他深有感触地说:"所以有生活,有生活的现象,有生活现象之历史的过程。生活现象之历史的过程既为实质之差异的印显,就必定附丽于一定的'镜面钟身'。……镜面之大小,钟身之厚薄,于是都为差异之前因。镜与钟的来处,锻炼时的经过,又为其大小厚薄之前因。历史的过程因此乃得成就。"[5] 作为一个处于"第三文化的地位"的"东方古国的稚儿",来到俄罗斯文化和西欧文化结晶的焦点地带,便"不由他不发第二次的反映,第二次的回声"。因此,我们所看到的瞿秋白

---

[1] [法]达尼埃尔-亨利·巴柔:《从文化形象到集体想象物》,孟华译,孟华主编《比较文学形象学》,北京大学出版社2001年版,第141页。
[2] [法]布吕奈尔:《形象与人民心理学》,张联奎译,孟华主编《比较文学形象学》,北京大学出版社2001年版,第111页。
[3] 瞿秋白:《瞿秋白文集》(文学编·第一卷),人民文学出版社1985年版,第31页。
[4] 瞿秋白:《赤都心史·序》,《瞿秋白文集》(文学编·第一卷),人民文学出版社1985年版,第114页。
[5] 同上书,第113页。

写作的苏俄游记,并非对其苏俄行旅体验的完全再现,而是"此钟此镜之于此境此界"的回射,当然还有作者"个人人生经过作最后的底稿"①。

乌托邦正在苏俄转化为一种现实,这一发现极大地鼓舞了旅苏者。他们渴望未来的中国能像今天的苏俄一样欣欣向荣。他们向读者介绍的充满乌托邦色彩的苏俄,实际上代表着他们自己对民族国家未来的美好期待与想象。"苏俄乌托邦"形象对现实中国社会具有明显的颠覆意义。姜智芹在《文学想象与文化利用》一书中指出:一国文学中塑造的异国形象并不是对现实的客观呈现,一般都带有意识形态或乌托邦色彩。所谓意识形态化的异国形象,是指形象塑造者按照本社会的模式,使用本社会的话语所塑造的异国形象。乌托邦化的异国形象则是指用离心的、反形象塑造者社会模式及异于其社会话语的语言塑造的异国形象。"意识形态的功能在于维护和保存现实及现存秩序","而乌托邦本质上是质疑现存秩序的,具有质疑自我、构建社会的功能"②。旅苏者在游记中传递的"苏俄乌托邦"形象,实质上是对中国现实社会的质疑与否定。以20世纪30年代的苏俄游记为例。几乎所有的游记都关注苏俄第一个五年计划的实施。这主要是因为一方面欧美出现的严重经济危机暴露出资本主义的弊端;另一方面是由于中国国内经济的残破。20世纪30年代的中国,军阀混战、灾害频仍,农村经济破产,整个中国陷入了一片黑暗。正是在这种历史语境中,传来了苏俄提前完成第一个五年计划的消息。这让中国的知识界看到了希望的曙光。他们不但在游记中大力介绍苏俄所取得的巨大成就,还渴望苏俄式的道路能改变中国贫穷落后的面貌。丁文江在结束他的苏俄之旅后开始鼓吹"新式的独裁",并建议政府应实行苏俄式的计划经济。曹谷冰在《苏俄视察记》中,表达了"深深的盼望国人效法

---

① 瞿秋白:《赤都心史·序》,《瞿秋白文集》(文学编·第一卷),人民文学出版社1985年版,第114页。
② 姜智芹:《文学想象与文化利用——英国文学中的中国形象》,中国社会科学出版社2005年版,第14页。

俄国，不用外货"，"盼望政府及早确立经济建设的方案，快把基本工业建设起来"①的热烈期盼。由此可见，"苏俄乌托邦"形象并不是对现实苏俄行旅体验的真实呈现，而是一座"海市蜃楼"。它散发着令人无法抗拒的诱惑力，"唤醒和激起我们不受冷静的理性控制的好感"，引导着现代中国政治乌托邦想象的方向。归根结底，"苏俄乌托邦"形象"只不过是我们自己的梦幻和欲望的喷射"，它是中国知识界透过苏俄这面他者之镜所想象、建构出来的一个"强国梦"。

二 "苏俄乌托邦"形象的建构与传播

苏俄之旅，让旅苏者透过苏俄看到了中国的希望。他们纷纷撰文介绍苏俄正在发生的日新月异的变化。于是苏俄游记大量出现。综观近现代苏俄游记所形塑的苏俄形象，大致呈现出一种乌托邦化的趋势。晚清使俄日记中的俄国还只是一个军事强国，20世纪20年代的苏俄形象"是一个理论上令人向往实际上却魅影幢幢的形象"②，20世纪30年代的苏俄在中国人心目中是一个政治经济强国，到了20世纪的四五十年代，苏俄形象已经成为中国人顶礼膜拜的革命圣地。基亚认为形象学应该"不再追求抽象的总括性影响，而设法深入了解一些伟大民族传说是如何在个人或群体的意识中形成和存在下去的"③。透过苏俄游记，可以清晰地看到"苏俄乌托邦"这一神话的建构轨迹与过程。苏俄游记借助其特殊的文体特征，深度介入了现代中国的政治乌托邦想象与文学书写。

如上文所述，"苏俄乌托邦"形象并非对现实苏俄的客观呈现，而是一个被建构出来的充满乌托邦想象的社会集体想象物。异国形象的形成是由各种语境因素共同作用的结果，域外游记只是众多合力中

---

① 曹谷冰：《苏俄视察记》，湖南人民出版社1984年版，第218页。
② 陈晓兰：《徘徊于理论与现实之间——20世纪20年代中国旅苏游记中的苏联形象》，《兰州大学学报》（社会科学版）2008年第5期。
③ ［法］马·法·基亚：《比较文学》，颜保译，北京大学出版社1983年版，第106页。

的一个小小因子。"苏俄乌托邦"形象就是在各种文学和非文学因素构成的"形象场"(孟华语)中逐渐形成的。参与、推动"苏俄热"的除了游记之外,还有大量的"研究论文、评论、人物传记"和其他文学作品。"据不完全统计,五四时期出版发行的有一定影响的 153 种期刊中",有 65 种期刊刊载过有关苏维埃俄国的各种文章,"总计达 835 篇。""其中有关政治的 348 篇,所占比重最大;经济的 52 篇;法学的 42 篇;社会问题的 53 篇;人物传记和游记的 65 篇;对外关系 60 篇;涉及教育的 24 篇;文学评论和文学作品 167 篇。研究的题材十分广泛,从人物、思潮、政党、体制、财金、农业、法律到妇女、儿童、教育、民族、宗教、文学等。几乎无所不包。"① 由此可见,对"苏俄乌托邦"形象的建构起决定性作用的并不是游记,而是伴随着中苏两国综合国力的变化以及中国对苏俄政策的调整,各个领域对苏俄共同关注、研究、宣传的结果。但在"苏俄乌托邦"的"形象场"中,游记因为具有特殊的文体优势,从而更容易影响苏俄这一异国形象的散布与传播。苏俄游记正是凭借其独特的互文性和亲历性文体特征,借助批量的文化叙述制造出了一种权威话语,建构出一个"苏俄乌托邦",并进而影响了现代中国人对于苏俄的社会集体想象。与此同时,"苏俄乌托邦"也成为国人心目中高悬的理想,左右着中国人对于自己民族国家未来的想象。

　　伴随"苏俄热"出现的大量苏俄游记,以互文的方式建构了一个充满乌托邦色彩的苏俄形象。"互文性写作乃游记文类的普遍特征,古今中外皆然。"② 所谓游记中的互文性写作是指文本中的"旅行"重叠现象,即后人在游记中总是追随前人的足迹,重写前人的描述。后来者与前人的游记构成一种相互阐释的互文关系。苏俄游记中的"互文性"特征是非常明显的。

---

　　① 朱家明:《五四时期中国对十月革命和苏俄的介绍及研究》,《俄罗斯中亚东欧研究》1987 年 5 月。

　　② 孟华:《从艾儒略到朱自清:游记与"浪漫法兰西"形象的生成》,《中国文学中的西方人形象》,安徽教育出版社 2006 年版,第 375 页。

苏俄游记中存在的互文性特征是由多种原因造成的。首先，受社会集体想象的影响，游记作者在赴苏之前，通过阅读前人的苏俄游记或其他认知途径已经在脑海中形成了一个想象中的苏俄。如前文所述，特殊历史语境下形成的"苏俄热"激发了中国人对苏俄的乌托邦想象。怀着同样期待视野的旅行者所关注的对象也是相同的。比如，20世纪20年代的苏俄游记普遍关注苏俄十月革命胜利之后的新气象。20世纪30年代的苏俄游记则多关注第一个五年计划的实施情况。

其次，苏俄官方对旅行的严格控制也是导致苏俄游记呈现出明显互文性特征的重要原因之一。由于苏俄的特殊国情，外国旅行者是无法随心所欲到处游览参观的。在20世纪的二三十年代，在苏俄境内的一切旅行事务是由苏俄"外客旅行社"（Intourist）全程安排负责的。外国人想要参观访问的地方必须要跟苏俄"对外文化协会"（VOKS）申请，获得许可方可前往。邹韬奋在《萍踪寄语》三集中曾介绍说："在寻常的旅行社，它的职务大概不外替你买火车票或轮船票，替你接送行李，有人送你到码头，或在码头上接你，替你兑换银钱，等等。除此以外，你到了一地，便可脱离他们的照料。苏联旅行社对于以上的职务当然也照样执行，不过不仅乎此，自从你由某地动身入境，一直到你出境达到你的出发点的某地，乘几点钟的火车或乘哪班轮船，住何旅馆，如何游览参观，一切都继续地在它照料之中；用'包办'这个名词来形容它的职务，似很恰当，由它把你从某地接到境里来，一直照料到把你送出境，送到你所从来的某地为止。"① 这种全程"包办"式的旅行服务，决定了旅行者的所见所闻。旅行者所看到的一切都是预先设定好的。仲揆（李四光）在他的旅苏游记中抱怨说："科学院两百周年纪念会开完了。我们在俄国没有特别事可干。苏俄当局也不愿许多外国人到处看见一些不应该看见的东西，所以我们只好大家收拾行装，承他们的种种照应，快快的去出苏

---

① 韬奋：《萍踪寄语》（三集），上海三联书店1987年版，第251页。

俄的国境。"①

正是这种"包办"式的旅行方式导致了旅行路线的一致、参观景点的雷同，游记内容的相似。红场、克里姆林宫、列宁墓、博物馆、教堂……这些代表着苏俄的地标性建筑，几乎无一例外地出现在所有的苏俄游记中。相似的场景在苏俄游记中不停回放、重播：运动大检阅见证了苏俄人民朝气蓬勃、乐观向上的民族精神；军队大检阅向世界展示了苏俄军事的强大；中央文化休养公园、托儿所、妓女治疗院、堕胎院、工人休养胜地、电影和戏剧、罪犯创造的新村……象征着生活在民主、平等国度里的苏俄人民是多么幸福；集体农庄、水电厂、"真理报"的最新设施、电城、油城、碱城、铁城、社会城、谷城、机械制造厂，等等，代表着苏俄所取得的巨大成就。将创作于20世纪30年代同一时期的苏俄游记对照来读，就会发现上述的场景、画面在不同作家的苏俄游记中以各种方式重复出现。在游记文本的互文性生产过程中，在各种主、客观因素的左右下，苏俄最终被建构成为一种具有单义性的交往特征的文化符号——"苏俄乌托邦"，进入了中国的社会集体想象，潜移默化地影响着中国人的苏俄观。

游记的亲历性常常遮蔽了它所具有的想象性和虚构性的文学特征。阅读游记时，读者和作者之间仿佛达成了一种默契，读者相信作者所描述的都来自他的亲身体验，是所见所闻的真实再现，故而游记中的想象与虚构因素常被读者所忽略。"游记的欺骗性导致经作者文化选择后想象与现实参半的异国形象通行无阻，被当作真实的存在而广为传播，游记因而往往成为新形象的生发点。"② 从形象学的角度来说，异国形象是按照先存于描述的一种思想、一个模式、一个价值体系建立起来的形象。③ 它"是对一种文化现实的描述，通过这一描述，

---

① 仲揆（李四光）：《一个月在苏俄的所见所闻》，《现代评论》第二卷第四十五期，1925年10月17日。

② 孟华：《从艾儒略到朱自清：游记与"浪漫法兰西"形象的生成》，《中国文学中的西方人形象》，安徽教育出版社2006年版，第377页。

③ [法]达尼埃尔-亨利·巴柔：《从文化形象到集体想象物》，孟华译，孟华编《比较文学形象学》，北京大学出版社2001年版，第125页。

制作了(或赞成了,宣传了)它的个人或群体揭示出和说明了他们置身于其间的文化和意识形态的空间"①。现代苏俄游记中所呈现的"苏俄乌托邦"形象很显然经过了作者自身文化选择的过滤,与"现实"的苏俄大为不同。实际上,任何游记也不可能展示对象的全貌,片面与失真自然在所难免。但问题在于,尽管游记所传递的"苏俄乌托邦"形象带着鲜明的个人色彩和为意识形态所左右的痕迹,但这种影响常常被游记的亲历性所遮蔽。读者完全相信游记中描写的就是真正的苏俄,因此毫无保留地全盘接受了游记所建构出来的"苏俄乌托邦"形象。其实游记所建构、传递的苏俄形象只不过是一个文本的镜像,它固然是主体的反映,却是一种歪曲、变形的反映。

异国形象的形塑与游记作者观看异国的方式(如时间、距离、频次、身份、视角、成见等)有着直接的关联。②旅行者的身份、旅行时间长短、参观路线、个人的"先入之见"、消息来源的渠道、语言乃至于在目的国居住的舒适程度等都会影响游记作者对目的国的观感、态度、评价以及最终的书写。③茅盾是应苏联官方邀请赴俄的,他们夫妇在苏俄受到了隆重的礼遇与接待。VOKS(苏联对外文化协会)会长凯美诺夫先生,为他们"计划了极周到的参观节目"。VOKS东方部主任叶洛菲也夫先生,帮助他们实现参观计划而且差不多天天来照料他们的日常生活④,正如纪德先生在苏俄曾经受过的热情接待一样。但不同的是,茅盾却没有发现在规定的参观节目之外,真正的苏俄到底是什么情形。他在自己的游记中热烈讴歌中苏两国人民的伟大友谊,惊叹苏俄所取得的伟大成就。纪德在他的旅苏游记中

---

① [法]达尼埃尔-亨利·巴柔:《从文化形象到集体想象物》,孟华译,孟华编《比较文学形象学》,北京大学出版社2001年版,第121页。

② 张月:《观看与想象——关于形象学和异国形象》,《郑州大学学报》(哲学社会科学版)2002年第5期。

③ 陈晓兰:《徘徊于理论与现实之间——20世纪20年代中国旅苏游记中的苏联形象》,《兰州大学学报》(社会科学版)2008年第5期。

④ 茅盾:《苏联见闻录·序》,《茅盾全集》(第十三卷),人民文学出版社1986年版,第6页。

对苏联的猛烈抨击,在茅盾的游记中是找不到一点痕迹的。无论是作者的身份,还是赴俄之前的先见,都不允许茅盾对苏俄做出一点点负面描写。

旅行时间的短暂、语言不通等诸种因素也是造成游记形塑异国形象片面、失真的因素之一。郭沫若在《苏联纪行》的前记中表达了自己由于时间太短、语言不通而无法从苏俄多学点东西回来的遗憾:"这样好的游览机会,应该多学了一些东西回来,但我却同样的抱憾。苏联值得学习的东西太多了,时期毕竟太短。自己的准备也太不够,尤其是语言不通,要靠朋友翻译,耳朵又聋,连译词也听不完备。我真有点'如入宝山空手回'的形象。十分抱歉,把朋友们的期待辜负了,尤其是苏联人民的厚谊。"① 有的旅行者行程仓促,凭借着对苏俄惊鸿一瞥所获得的肤浅表面印象,或根据苏俄报纸杂志上的宣传报道,回国后就以旅行者的身份撰写游记。这样的苏俄游记所传递的苏俄形象当然就更为失真。抱朴在《赤俄游记》的自序中深有感慨地说:"俄国面积辽远与语言困难,也是不易调查的重要原因。有许多游历苏俄的朋友们,对于苏俄并没有深刻的研究,但他们在俄国逗留数星期以后,就要归国做几万字的报告。有些人甚至随便检些布党的宣传材料,作为自己的实地调查。如美国某新闻记者游俄的结果,以为赤俄地狱的生活,也是人类的理想社会,日本驻波兰公使村上俊彦,在新经济政策后经过莫斯科时,还没知道赤俄的娼妓。"②

苏俄对于宣传材料、报道的严格审查制度以及种种限制,也使得许多游记作品无法向读者传递一个真实的苏俄。曾经两次旅俄的抱朴对此深有体会。据他在《赤俄游记》中的描述可以得知,"苏联政府对于非布党员的调查者,曾设法破坏或拘留过,如加入第三国际的江亢虎,在莫斯科调查半年的结果,均被'欠夹'没收了。瞿秋白是北京晨报的通讯员,同时又是第三国际的翻译员,但他做的通讯文稿,

---

① 郭沫若:《苏联纪行·前记》,上海中外出版社1946年版,第2—3页。
② 抱朴:《自序》,《赤俄游记》,北新书局1926年版。

有一次被邮局检查到，几乎被他们监禁起来。平民大学教授林可彝，是共产青年团的团员，但他的笔记与书信，竟被'格别乌'没收了！"①江亢虎在《新俄游记》中也提及自己在苏俄的调查报告以及收集的资料在出境时将资料封交特别机关代递，最终却"消息杳然"的亲身经历。由于苏俄方面"沿途检查綦严"，仅有零星琐屑汉文通信得以怀挟而通过。而这些通信"时当忌讳，地处嫌疑，书不尽言，言不尽意，隐约而已"。江亢虎发回国内的通信四十余次，"而得达者仅十一次，余均误于洪乔"②。

上述诸多因素的存在，都说明游记所传递的苏俄形象必然是片面、失真的。但游记的亲历性却让读者忽略了镜像"苏俄"的虚幻性。现代苏俄游记借着真实的名义，以互文的方式，使一个虚幻的"苏俄乌托邦"形象畅通无阻地进入中国的社会集体想象。中国读者是将异化的幻象当成了真实的主体，并据此对苏俄进行跨文化想象。

诺曼·费尔克拉夫（Norman Fairclough）在《话语与社会变迁》一书中指出"互文性和霸权之间的关系是至关重要的"③。游记的互文性与亲历性以共谋的形式建立了一套权威性的霸权话语，操纵着异国形象的生成。面对游记文体传递的"真实性"和互文写作形成的权威性，缺乏亲身体验的大多数读者只能充当忠实的接受者，不可能做出全面理性的评价。他们对于异国的想象与态度，实际上是这种权威性的霸权话语影响、支配的结果。

当游记的欺骗性带着亲历性的假面畅通无阻时，作家的知名度及其游记的大量刊行，都会推动失真片面的异国形象更加深入读者心中。当时参与苏俄游记写作的作者很多都是社会各界名流，如胡适、徐志摩、丁文江、江亢虎、邵力子、胡蝶、邹韬奋等。其中很多人是

---

① 抱朴：《自序》，《赤俄游记》，北新书局1926年版。
② 江亢虎：《新俄游记·自叙》，商务印书馆1923年版。
③ ［英］诺曼·费尔克拉夫：《话语与社会变迁》，殷晓蓉译，华夏出版社2003年版，第94页。

作为当时在中国极有影响的报刊驻苏俄的特派记者，赴苏采访旅行并撰写旅苏游记的。他们的苏俄游记多刊发在那些发行量比较大的报刊上。如瞿秋白、俞颂华、李宗武等人的游记就刊登在北京《晨报》上。曹谷冰的《苏俄视察记》刊登在天津《大公报》上。戈公振的苏俄游记及图片陆续发表在《大公报》《国闻周报》《生活周刊》《世界知识》《申报月刊》《时代画报》《良友画报》等报刊上。① 苏俄游记的大受欢迎，使得出版界敏锐地发现了在"苏俄热"社会背景下，苏俄游记潜藏着巨大的商机。许多在报刊上连载的苏俄游记先后结集出版并十分畅销。1932年2月13日，天津《大公报》第一版上登出了这样一份声明："爱读《苏俄视察记》者注意：市面发现伪翻版，奉告诸君勿上当。本书为本报记者曹谷冰先生于二十年（1931年）三月奉社命赴俄考察，历时五月，所撰对于苏俄五年计划过程中之工业生产、国防军备以视察之所得，忠实记述。……初版一万部，未经出书即已售罄，预约当即，赶印再版一万五千部亦经售完，当经翻印三版。因销数畅旺，近来北平等处忽发现伪翻版，书本印刷恶劣，错误滋多，图画漏略，纸张极坏，除究查外特此广告。"这份声明说明当时中国读者对于苏俄的关注热情远远超过我们的想象。胡愈之的《莫斯科印象记》在不到半年的时间内，就翻印了六版之多。据他在《莫斯科印象记》（湖南人民出版社1984年版）后记中云："当时国民党反动派不许出版关于苏联和社会主义的书刊。我这本书是侥幸出版的。物以稀为贵，出版后就遭到禁止，但在海外翻印的很多。"② 作者响亮的知名度，配合巨大的发行量，在批量生产的文化表述中，游记所形塑的"苏俄乌托邦"形象传播的范围之广，影响之深，让人无法忽视苏俄游记在现代中国人进行民族国家想象过程中的巨大影响力。

苏俄游记所构建的"苏俄乌托邦"形象，置换了缺席的原型——苏俄，带着浓厚个人色彩、意识形态的苏俄形象在跨文化传播的过程

---

① 详见戈宝权《写在〈从东北到庶联〉新版的卷首》，《从东北到庶联》，湖南人民出版社1984年版，第11页。
② 胡愈之：《莫斯科印象记·后记》，湖南人民出版社1984年版，第121页。

中被一再误读、改写,并最终进入社会集体想象,影响着现代中国人对苏俄的认知、想象与态度。游记作者在跨文化传播中扮演着双重的角色:"他们既是社会集体想象物的构建者和鼓吹者、始作俑者,又在一定程度上受到了集体想象的制约,因而他们笔下的异国形象也就成了集体想象的投射物。"① 现代苏俄游记就是通过构建异国形象的方式,潜移默化地影响着中国人对苏俄的社会集体想象。"由于游记的某些特性",它"一旦进入阅读领域,便会导致新形象(意义)的扩散和传播;这种传播的速度和广度都是别的文类难以企及的:打着'亲见'、'亲历'的旗号,故最易获得读者的信任"②。从这个意义上说,较之其他的文类,游记在形塑异国形象方面确实具有某种优势。但同时需要指出的是,我们对苏俄游记产生的社会作用要有一个客观理性的评价,既不能无视其影响,也不该过分夸大。游记在构建中国社会集体想象物的过程中,只是发挥了自己独特的文体优势,对于社会集体想象起到了某种潜移默化的作用,而不是根本性的颠覆与重建。因此,苏俄游记只是借助特殊的文体优势,扩大、加深了国人对于苏俄的乌托邦想象,为现代中国的政治乌托邦想象提供了现实依据和精神动力。

第二节 对"苏俄乌托邦"的质疑与消解

当人们对被建构出来的"苏俄乌托邦"充满了无限憧憬与神往之际,一些从苏俄旅行归来的人们却对"苏俄乌托邦"进行了反思与叩问。他们通过反乌托邦书写,给我们展示了另一个陌生的苏俄。反乌托邦"作为一种关于人类如果坚持扩大他们的一些社会实践就会隐隐出现危险的警告的传达媒介"③,其实"是对乌托邦的某种迁延与反

---

① 孟华:《比较文学形象学》,北京大学出版社2001年版,第16页。
② 孟华:《试论游记在建构异国形象中的特殊功能》,《中华读书报》2002年9月8日。
③ [英]乔治·格兰:《乌托邦创作》,熊元义译,《文艺研究》1990年第6期。

抗。乌托邦着重对理想社会的整体规划，从而突出一种整体的和谐与平静；而反乌托邦凸现所谓的理想秩序中个体人的遭遇，即个体独立性如何在极权主义社会或强权的意识形态的压迫下逐步消亡的过程"①。徐志摩、抱朴等人在游记中对苏俄"军事共产主义""狄克推多"②的揭露，其出发点正是在于对苏俄极权主义的批判，这与反乌托邦的旨归是一致的。③这些对苏俄进行了反乌托邦书写的游记作品，对于还沉浸在对"苏俄乌托邦"的狂热想象与盲目追随中的国人来说，不啻是一记棒喝。可是，在日益"左"倾化的社会政治历史语境中，这些异质的苏俄游记无法逃脱被遮蔽的历史命运。重新检视这些被尘封在历史深处的苏俄游记，我们会发现，正是这些异质文本的存在，对"苏俄乌托邦"构成了质疑与消解，给中国人狂热的"苏俄乌托邦"想象与革命冲动注射了一剂清醒剂。

一　从苏俄旅行归来

怀着对苏俄的美好乌托邦想象踏上朝圣之旅的旅人，却在归来后陷入极度的失望。苏俄之旅让他们零距离接触了一个"实实在在"的而非"口中"或"纸上"的苏俄，亲眼所见的苏俄促使他们的苏俄观发生了一些微妙的变化。

从苏俄旅行归来，江亢虎在《回国宣言》（1922年8月8日）中直言："游俄归来，颇觉失望。或疑余社会主义之信仰已动摇矣。"④"急急想知道'无产阶级专政'的内幕"的抱朴，历经千难万险才到达了莫斯科。但他在苏俄"所见的，往往与理想中的俄罗斯相背"⑤。回国后，抱朴先后在《学灯》《晨报副镌》等刊物上发表了一些对苏

---

① 周黎燕：《中国近现代小说的乌托邦书写》，博士学位论文，华中师范大学，2007年，第84页。
② 语出徐志摩《欧游漫录》，"狄克推多"为英文 dictate 的音译，意为"专制，独裁"。
③ 乔治·格兰指出"二十世纪上半叶，最重要的反乌托邦的主题是完美的国家机器对人的威胁"。详见［英］乔治·格兰《乌托邦创作》，熊元义译，《文艺研究》1990年第6期。
④ 江亢虎：《新俄游记·附录》，商务印书馆1924年版，第55页。
⑤ 抱朴：《赤俄游记》（二），《晨报副镌》1924年8月26日。

俄进行了负面评价的文章和游记。① 此举引起了同在莫斯科东方大学学习过的"革命诗人"蒋光慈的反感与愤怒。两人分别在《民国日报》的《觉悟》副刊和《时事新报》的《学灯》副刊上发表公开信进行辩论。蒋光慈指责抱朴"一回国后，就大做文章，大做起反对苏俄及共产党的宣传"，"专以攻击苏俄及共产党为事"，其实是在"造些毫无意识的谣言"②。在看到抱朴刊登在《学灯》上的复信时，蒋光慈大失所望，于是在《觉悟》上发表《抱朴与反革命》一文，直接将抱朴的思想行动定性为"反革命"。

1925年3月，徐志摩取道西伯利亚赴欧洲。途中在苏俄停留了几天。就在这短暂的数天里，这位"政治意识非常浓烈"的"诗人"③近距离观察、感受到了一个与想象反差极大的苏俄。也正是这几天的"亲密接触"，使徐志摩反思、修正了自己之前的苏俄观。记录此行的游记陆续发表在《晨报副刊》（1925年4月2日—8月25日）上，总题为《欧游漫录》。早在1920年前后，他曾经撰文批评罗素"信共产主义而赴俄"，但"一朝脚踏实地"，"亲临"苏俄，却"遽尔尽汗前言"，"不复信共产主义"④。这无疑与他在苏俄问题讨论中表现出的姿态和立场大相径庭。在赴俄之前的1924年，徐志摩在北京师范大学的演讲中还热情洋溢地赞美俄国革命精神。"那红色是一个伟大的象征，代表人类史里最伟大的一个时期；不仅标示俄国民族流血的成绩，却也为人类立下了一个勇敢尝试的榜样。"⑤但是游历了苏俄之后，徐志摩的苏俄观发生了很大的转变。

1925年10月1日，欧游归国后不久，徐志摩正式主持《晨报副

---

① 抱朴的《赤俄游记》陆续刊登在1924年8月23日至9月8日的《晨报副镌》上。
② 蒋光慈：《一封公开的信》，《蒋光慈文集》（第四卷），上海文艺出版社1988年版，第305—307页。
③ 茅盾：《徐志摩论》，《现代》第2卷第4期，1933年2月。
④ 徐志摩：《罗素游俄记书后》，韩石山编《徐志摩全集》（第一卷），天津人民出版社2005年版，第59—64页。
⑤ 徐志摩：《落叶》，韩石山编《徐志摩全集》（第一卷），天津人民出版社2005年版，第461页。

刊》（每周星期一、三、四、六）的编辑工作。10月6日，《晨报副刊》社会栏发表了陈启修①赞美苏俄的文章《帝国主义有白色和赤色之别吗？》。10月8日，《晨报副刊》在头条位置刊登了张奚若《苏俄究竟是不是我们的朋友？》一文反驳陈启修的观点。由此引发一场声势浩大的苏俄"仇友赤白"讨论。10月15日、22日，副刊文艺栏设立了"关于苏俄仇友问题的讨论"和"仇友赤白的仇友赤白"专栏。社会栏也分别在10月27日、11月3日、11月17日开设了三期"对俄问题讨论专号"。副刊动用这么多的版面来讨论苏俄问题，足见编辑对这一问题的重视程度。作为这场讨论的主要发起人，徐志摩何以偏偏选择苏俄问题作为讨论的焦点？在"记者的声明"中他坦言："先前曾有人告诉他办副刊的一个秘诀就是引起问题的争论，问题越浅薄，告奋勇的人就越多，加上编辑在一旁煽风点火，就不愁没有稿源。""也真巧"，徐志摩刚接手副刊，"问题就跟着到"②。10月6日社会栏发表陈启修亲善苏俄的文章后，徐志摩敏锐地感觉到这是一个能够引起社会反响的重大话题。因为在他看来，苏俄的问题，"说狭一点，是中俄邦交问题；说大一点，是中国将来国运的问题，包括国民生活全部可能的变态的"③。关于苏俄问题的讨论先后持续了近两个月，包括社会栏在内，《晨报副刊》共发表讨论文章近三十篇，文章作者囊括了张奚若、刘勉己、徐志摩、梁启超、张慰慈、刘侃元、陶孟和、丁文江、抱朴等社会、文化名流。④

这场讨论与徐志摩个人对苏俄的态度息息相关。作为发起人和主持人，徐志摩一再声明自己是"无成见的"，"问这时代要的只是忠实

---

① 1925年11月29日，为了争取关税自主、民众自由，在天安门聚集了约2万人的示威游行队伍。"示威游行队，在先农坛的广场中，决议袭击晨报馆，俟预备完全后即实行。"陈启修恰恰担任本次集会的主席，并报告了开会宗旨。晨报馆即"被示威团之一部所捣毁焚毁"。详见1925年11月29日、12月1日上海《民国日报》。
② 徐志摩：《记者的声明——"仇友赤白的仇友赤白"讨论的前言》，《晨报副刊》1925年10月22日。
③ 同上。
④ 参见宋炳辉《新月下的夜莺：徐志摩传》，上海文艺出版社1993年版，第216页。

的思想，不问它是任何的倾向"①。而且他也的确编发了几篇亲俄的文章，如陈翰笙《联苏联的理由》、陈启修《中国对苏联政策应如何》、张慰慈《阿玛那——一个试验共产制度的社会》等。但实际的效果却出乎徐志摩的意料。10月7日，徐志摩在副刊上发表了《从小说讲到大事》。在这篇文章里，徐志摩为自己遭受的误解鸣不平。他说："这次我碰着了不少体面人……他们一听我批评共产，他们就拍手叫好，这班人真该死，真该打，成心胡闹。"②虽然徐志摩一直声称自己是无个人偏见的，但《晨报副刊》上刊登的反对苏俄的文章远远超过了亲近苏俄的文章数量。数量上的悬殊对比，暴露了徐志摩"无成见"背后的"成见"。身为编辑的他也积极参与了讨论，多次在前言、声明、按语中表达自己对苏俄的立场和态度。不论是《晨报副刊》择取稿件的倾向，还是徐志摩本人发表的言论，都鲜明地表现出徐志摩对苏俄所持的态度是否定和质疑的。读者的"误解"恰恰说明了徐志摩个人苏俄观的真实流露。

　　1925年11月29日下午五时，数十位学生和民众高举"打倒晨报及舆论之蟊贼"的旗帜，手持铁锤、木棒、长矛冲入位于宣武门外大街的晨报馆，"将所有报纸小说部等放火"烧毁，并捣毁了印刷器及家具，致使晨报"房舍之大半，业成焦烬"，不得不停刊一周。据路透社消息称"闻拟捣毁晨报，以其反对共产党也"③。这场大火的直接导火索就是当时副刊上论争异常激烈的苏俄问题讨论。可以说，正是由于徐志摩苏俄观的影响，《晨报副刊》在讨论中所表现出的反苏立场才会激怒一部分亲善苏俄的学生和群众，并进而导致纵火事件的发生。火烧晨报馆事件的爆发，暗示了以徐志摩为代表的知识分子所秉

---

　　① 徐志摩：《记者的声明——"仇友赤白的仇友赤白"讨论的前言》，《晨报副刊》1925年10月22日。
　　② 这是徐志摩为自己的翻译小说《生命的报酬》（英国马莱尼作）所写的附记。见《晨报副刊》1925年10月7日。
　　③ 关于火烧晨报馆事件详见1925年11月29日的《申报》；1925年11月30日、12月1日、12月8日的上海《民国日报》；1925年12月7日的《晨报》。晨报在复刊当日的第六版发表了《本报被难始末记》。

持的苏俄观和政治理念,在当时激进情绪鼓胀的政治文化语境中注定了"无地自由"的尴尬命运。同时,也意味着那些对苏俄的阴暗面进行了揭露与批判的游记作品,只能在一定程度上消解、削弱当时弥漫在整个中国社会的狂热乌托邦想象与革命冲动,但却无法彻底颠覆与重构已经成为一种集体霸权话语和思维方式的"苏俄乌托邦"形象。

那些走向揭露和批判的苏俄之旅发现了什么?究竟是什么促使这些作家改变了他们的苏俄观?翻看一下这些异质的苏俄游记,或许会帮助我们找到问题的答案。

二 "饿乡":令人失望的"苏俄乌托邦"

在苏俄之旅中,苏俄的困顿现实是旅苏者有目共睹的。但是大部分行旅者基于"时间进程式的乌托邦主义"的信仰,认为现在苏俄所面临的困难只是暂时的,随着时间的流逝,一切问题都将会得到圆满的解决。然而,对于像徐志摩、抱朴这样的旅苏者来说,亲临苏俄的他们,仿佛是"从最光明走到最黑暗,突如其来地,使人仓皇失措"①。眼前的苏俄使想象中的"苏俄乌托邦"轰然坍塌,强烈的反差逼迫他们不得不重新反思、修正自己的苏俄观。

"在沉寂的,半殖民地的古邦里,一切活动都停止了,人们的生命也几成无意味了。""那共产化的俄罗斯",却吹来了"异乡的和风","报告我们更好的消息"。于是"往俄罗斯去"的口号,就成为当时青年学生的呼声了。②1921年的春天,抱朴踏上了艰难的苏俄之旅。初到伊尔库次克时,由于当时抱朴是"布尔雪维克主义的狂热的信徒,诚信俄罗斯已是共产主义的国家,很想利用这些事实,向国内宣传"③。所以他时常向旅馆的招待员询问一些苏俄的情况。当他听说

---

① [法]安德烈·纪德:《从苏联归来》,郑超麟译,辽宁教育出版社1999年版,第16页。
② 抱朴:《赤俄游记》(一),《晨报副镌》1924年8月23日。
③ 抱朴:《赤俄游记》(二),《晨报副镌》1924年8月26日。

在苏俄委员的生活与工人一样,女人不仅受到尊重,同时还拥有和男人一样的工作机会时,情不自禁"喜得手舞足蹈,立刻写信回国,向朋友宣传"。可是,随着旅行的深入,抱朴开始怀疑自己"是否到了想望的俄罗斯呢"?因为他"所看见的俄罗斯",完全不像他之前听到的一样。触目所及,"处处都遇到悲惨的印象,街上坐满憔悴的乞丐,花园中站着卖淫妇"。车站上的乞丐,常常向抱朴他们乞怜,甚至争夺他们扔下的黑面包皮。[①]抱朴十分关注苏俄的教育情况,可是在参观了几所小学和幼稚园之后,他大失所望。在幼稚园里,"小孩的被褥都很单薄,饮食也很坏,每天仅有面包一磅,中午两餐的马铃薯,都是腐烂的"。他所参观的小学,孩子们脸色憔悴,失却了孩子应有的活泼。仅容二十余人的教室坐了三四十人,由于缺乏书籍、纸笔的缘故,三四个学生合读一本书。教学"设备都非常坏,满架都是尘埃"。因为没有纸笔,"教务都无形停止了"[②]。

虽然抱朴到莫斯科的时候,苏俄已经颁布了新经济政策,但到处都残留着"军事共产主义"的痕迹。街道上非常冷清,行人很少,大家的脸上都表现出饥饿的样子。抱朴认为苏俄的"集产主义"是完全建筑在沙土上面。国家将私人工厂收归国有,但却"完全不能去管理他,徒任其锈废而已"。抱朴在莫斯科所参观的工厂,常"因缺乏原料之故,致不能开工,或则机械锈废,无法修理","工人亦寥寥无几",他们的工资和工作时间,也是"毫无定章"。另一方面,"用武力去夺取农民的余粮,有时连他们最后的种子也拿走了",致使愤激的农民以"怠耕"作消极抵抗。于是"供给全欧面包的俄罗斯,顿陷于饥馑的状态"[③]。

最让抱朴失望的是"那资产阶级国家里的事实,统统攒到布尔雪维克的俄国来了"。苏俄人民生活困苦,可是那些委员们却享有许多特权。在"军事共产主义时代,一般人仅领到半磅黑面包,而委员们

---

① 抱朴:《赤俄游记》(二),《晨报副镌》1924年8月26日。
② 抱朴:《赤俄游记》(八),《晨报副镌》1924年9月3日。
③ 抱朴:《赤俄游记》(四),《晨报副镌》1924年8月29日。

却得到丰裕的面包"①。国家虽然有禁止委员经商的规定,但跟抱朴同车的委员们并没遵守这种信条,他们在渥姆斯克购盐并在沿途兜售。"路上的检查虽严,但我们却并没遇见什么困难。委员们的几大捆行李也安然透过重关。"② 从前一贫如洗的工人,做了委员之后却"有马车或汽车,拥有一所很好的房屋","骤然变成富翁"③ 了。莫斯科附近的许多避暑处,"从前是贵族资本家的夏间消遣地,现在却一变而为红色军官,苏维埃官吏,新资产阶级的娱乐之所了"④。相比之下,劳动者的生活状况就显得格外可怜。"困于物质"的他们,"对于革命的理想",当然也就慢慢"冷淡"⑤ 了下来。

在东方大学学习期间,抱朴"不但感受物质上的困苦,就是在精神上也非常困难的"。每天一磅的黑面包根本无法维持正常的学习生活,饥饿让学生们连上四层楼都觉得困难,大家做梦都想着吃,根本无心学习。⑥ 抱朴"在那里并不能好好儿念书,每天可贵的光阴都被排队占去了。而上课的情形尤为可笑,教师因为生活困难,每天兼了十小时以上的功课,所以他们都不能按时来校授课,常迟至一小时之多。有时简直无故缺席,后来学生也染了这种习气,都不愿去上课"⑦。"赤色的教育并不能满足"抱朴的愿望,所以他决定回国。但是他的申请却遭到了学校的拒绝。理由是"抱朴原为无政府主义者,现在尚未将信仰完全消除,仍留校读书"⑧。后来抱朴写了请愿书方才获得了离校归国的许可。回国途中,抱朴与同伴也是历尽千难万险才得以踏上祖国的土地。两年多的苏俄之旅,亲身经历的苏俄生活体验改变了抱朴的苏俄观。"他从前怀想俄罗斯如天堂一般,可是现在已

---

① 抱朴:《赤俄游记》(四),《晨报副镌》1924 年 8 月 29 日。
② 抱朴:《赤俄游记》(二),《晨报副镌》1924 年 8 月 26 日。
③ 抱朴:《赤俄游记》(四),《晨报副镌》1924 年 8 月 29 日。
④ 抱朴:《赤俄游记》(十),《晨报副镌》1924 年 9 月 5 日。
⑤ 抱朴:《赤俄游记》(四),《晨报副镌》1924 年 8 月 29 日。
⑥ 抱朴:《赤俄游记》(三),《晨报副镌》1924 年 8 月 27 日。
⑦ 抱朴:《赤俄游记》(九),《晨报副镌》1924 年 9 月 4 日。
⑧ 抱朴:《赤俄游记》(十一),《晨报副镌》1924 年 9 月 7 日。

经是灰心绝意。"① 他在《赤俄游记》自序中说:"我自信这篇游记是公正的记载,我欢迎一切事实上的批评,并愿平心静气地去答复他们!"② 游俄归来,抱朴发表的苏俄游记因为涉及许多关于苏俄阴暗面的描写,立即遭到了友人蒋光慈的猛烈批判。

江亢虎的《新俄游记》为我们描绘了一个困顿残破的苏俄。在赴莫斯科途中,沿途时见"断壁圮桥废车,如历古战场"。"居民生活大都寒俭",衣衫褴褛,食物粗粝,"儿童乞丐时来扰人"③。江亢虎下榻的旅馆虽是莫斯科的模范公寓,"专备上等党人之下榻",但外表尚"崇闳盛丽"的旅馆,内部的"装修陈设非复旧观"。"帘幕氍毹,污秽狼藉,水火电机,功用全失。且玻璃破裂,灯光稀微,居者尤觉不便。"④ 江亢虎的夫人是著名教育家蒙台梭利的亲传弟子,因而特别注意幼稚园的情况。但是照章申请到参观允许状后,却"屡订期而屡爽约"。费尽周折,他们才总算参观了莫斯科唯一的一所蒙台梭利幼稚园,可惜由于"政府数月不发食料,儿童因饥辍学,教职员亦他去觅食"。到处"蛛网尘封,凌乱无次","此园荒废久矣"。江亢虎等人均深感"大失所望"⑤。在向导的极力推荐下,江亢虎等人参观了"足以代表新教育之精神的"莫城中心苏越特第一幼稚园。"至其处,则见危楼耸入云表"。江亢虎等人迟疑不敢进,后审视一番才确认"标识无讹"。"入门即漆黑无所见。电梯早已废不能用",只能暗中摸索。幼稚园仅有两教室一食堂,空间狭窄,"回旋几无隙地"。教室里玩具笔墨图画书本散布满地,儿童欢笑哀啼,抢夺玩具,笔墨遥掷,乱成一团。⑥ 当向导邀请江亢虎等人参观第二幼稚园时,他们早已心生"观止之叹"。

江亢虎在游记中根据亲身经历揭露了苏俄有些机构弄虚作假、夸

---

① 抱朴:《赤俄游记》(六),《晨报副镌》1924年8月31日。
② 抱朴:《自序》,《赤俄游记》,北新书局1927年版。
③ 江亢虎:《新俄游记》,商务印书馆1924年版,第22—23页。
④ 同上书,第36—37页。
⑤ 同上书,第79—80页。
⑥ 同上书,第80页。

大事实的真相。① 游俄期间，适逢江亢虎的夫人"行将分娩"。对于苏俄的母子养育院，江亢虎"历读新闻杂志所载，规划之大，成绩之良，心焉向往久矣"。于是将夫人送往"非得共产党要人先容"的莫城第一养育院。参观时所见之养育院，"床榻皆蒙白布，整洁如程"。对于孕妇产妇婴儿的照顾也称得上是无微不至。可是后来听了几位会英文的孕妇产妇的谈话后，江亢虎得知，原本"院中衾席污秽狼藉，经月不易"。江亢虎"约期参观之日，乃内外洗濯一新"。至此他才恍然大悟入院当日为何他请求参观时"执事者不许，以预订后期为言"②的原因。

　　徐志摩在苏俄之旅中发现了一个"狄克推多"的苏俄。他是怀着美好的期待开始苏俄之旅的。甚至在进入西伯利亚时，他仍然坚信：由于"谣传，附会，外国存心诬蔑苏俄的报告"，才使得"在一般人的心目中这条平坦的通道竟变了不可测的畏途。其实这是没有根据的"③。但是，随着旅程的深入，呈现在诗人眼前的景象让他喑哑了赞歌的吟唱。在亲历苏俄之前，徐志摩曾对罗素游历苏俄后信仰发生改变感到不可思议。但是这回"自己也到那空气里去呼吸了几天"，他才"的确比先前明白了些，为什罗素不能不向后转"④。西伯利亚尖锐的冷气，让诗人的思想"经受一番有力的洗刷"，给他的神经"一种新奇的戟刺"⑤；当徐志摩站在自由主义者的立场来打量苏俄时，人民

---

①　仲揆（李四光）在他的苏俄游记中也谈及在苏俄所看到的粉饰现实、弄虚作假的情况以及普通苏俄人民在专制极权的高压下不敢说真话的严酷现实。当李四光应邀参加俄国科学院成立二百周年的纪念大会到达莫斯科时，还有很多人在洗刷大街上的房屋，莫斯科大学校舍的外面只刷洗了一半，许多民房内部的清理更来不及了。私下跟俄国人谈话时，他们"不知不觉有时叫苦连天，比如说出生活程度太高，凡属精神劳动者现在每月只有五六十元的薪水连大学教授的子女不准入大学受教育等等苦痛的话，然而一想起听话的是外国人，又恐怕有 G.P.U.（总监察机关）在旁，立时论调说现在破坏的时期已经过去，政府和人民都已着手建设"。详见仲揆《一个月在苏俄的所见所闻》，《现代评论》第二卷第四十五期，1925 年 10 月 17 日。
②　江亢虎：《新俄游记》，商务印书馆 1924 年版，第 77—79 页。
③　徐志摩：《欧游漫录（四）——西伯利亚游记》，《晨报副刊》1925 年 6 月 18 日。
④　徐志摩：《血——莫斯科游记之一》，《晨报副刊》1925 年 8 月 6 日。
⑤　徐志摩：《欧游漫录（七）——莫斯科》，《晨报副刊》1925 年 7 月 6 日。

生活的困顿、窘迫，精神上的木讷、呆板，目睹的现实苏俄让他感到震惊。徐志摩不得不深刻反思"血色革命"究竟给苏俄带来了什么。

徐志摩曾经认为罗素、韦尔思游记中对贫困苏俄的渲染有"蔑以加矣"[1]的成分。亲临莫斯科，徐志摩才切身体会到"莫斯科本身就是一个怖梦制造厂"[2]，"丹德假如到此地来过，他的地狱里一定另添一番色彩"[3]。眼前的苏俄，其贫困程度大大超乎徐志摩的想象，他开始理解罗素和韦尔思游俄记中的负面描述。在为《自剖》所写的广告语中，徐志摩曾特别提醒读者：第三辑"游俄"是两年前经过俄国时的观察，这辑里至少末了一篇标题叫《血》的似乎值得"有心人"[4]们的一瞥。血色莫斯科的发现打破了徐志摩对苏俄的美好期待。诗人在西伯利亚白雪掩盖下发现了人类的暴迹。暴力革命虽然推翻了沙皇的统治，可却并未带领人民到达彼岸的"天堂"。

在苍老的莫斯科城内，徐志摩寻觅着新生命的消息。映入眼帘的莫斯科让他感到非常失望：这里既没有光荣的古迹、繁华的幻景，也缺少和暖的阳光和人道的喜色。有的只是血污的近迹、坏死斑驳的寺院、泥泞的市街和伟大的恐怖、黑暗、惨酷以及虚无的暗示。[5] 抬头仰望，这天"是一个愁容的，服丧的天"；低头看地，街道泥泞得应该诅咒；街上的铺子，价格贵得可怕；行人的穿着，"要寻一身勉强整洁的就少"。即使是大学教授，也一样极不体面。他的衬衣大概就是他的寝衣，外套好像就是他的被窝。头发是一团茅草，看不出爬梳

---

[1] 徐志摩：《评韦尔思之游俄记》，韩石山编《徐志摩全集》（第一卷），天津人民出版社2005年版，第66页。

[2] 徐志摩：《欧游漫录（十二）（莫斯科游记续）——犹太人的怖梦》，《晨报副刊》1925年8月2日。

[3] 徐志摩：《欧游漫录（六）——西伯利亚（续六月十九日）》，《晨报副刊》1925年7月3日。

[4] 徐志摩：《〈自剖〉广告语》，韩石山编《徐志摩全集》（第三卷），天津人民出版社2005年版，第265页。

[5] 徐志摩：《欧游漫录（七）——莫斯科》，《晨报副刊》1925年7月6日。

的痕迹,满面满腮的须毛任其自由滋长。① 生活的苦难已经压垮了人们的精神。他们目光呆顿,"样子晦塞而且阴沉",仿佛根本不知道什么是自然的喜悦的笑容。② 望着眼前的一切,徐志摩不得不承认,韦尔思先生在四五年前形容莫斯科科学馆的一群科学先生们,说是活像监牢里的犯人或是地狱里的饿鬼的比况,着实一点也不过分。③

血色莫斯科肩负着神圣的使命,它让人民"相信天堂是有的,可以实现的,但现在世界与那天堂的中间隔着一座海,一座血污海,人类得泅过这血海,才能登彼岸,他们决定先实现那血海"④。苏俄革命成功了,但许诺却不曾实现。徐志摩在血色莫斯科并没有见到"天堂",泅过了"血污海"的苏俄,依然是贫困、阴暗、凄惨的人间世。徐志摩开始质疑苏俄的乌托邦理想"在学理上有无充分的根据,在事实上有无实现的可能""他们的方法对不对""这种办法有无普遍性""难道就没有比较平和,比较牺牲小些的路径不成"⑤。冷静地反思之后,徐志摩得出了这样的结论:将来会让人类遭大劫的执刑使者不是安琪儿,也不是魔鬼,而是人类自己!⑥

徐志摩质疑"苏俄乌托邦"的起点固然是由于他亲眼见证了苏俄革命带来的不是"天堂",而是物资匮乏,人民生活水平低下。可真正促使他"向后转"的决定性因素却是他在血色莫斯科的背后发现了一个"狄克推多"的苏俄。

在苏俄,言论自由、行动自由、出版自由的丧失,让同是文学家的徐志摩非常不安。他觉得这样的苏俄就仿佛"是中世纪政治的一个返(反)响"。在参观托尔斯泰的旧居,访问托氏的女儿时,徐志摩

---

① 徐志摩:《欧游漫录(八)——莫斯科(续)》,《晨报副刊》1925年7月7日。
② 徐志摩:《欧游漫录(六)——西伯利亚(续六月十九日)》,《晨报副刊》1925年7月3日。
③ 徐志摩:《欧游漫录(八)——莫斯科(续)》,《晨报副刊》1925年7月7日。
④ 徐志摩:《血——莫斯科游记之一》,《晨报副刊》1925年8月6日。
⑤ 胡适:《欧游道中寄书》,《胡适全集》(第三卷),安徽教育出版社2003年版,第55页。
⑥ 徐志摩:《血——莫斯科游记之一》,《晨报副刊》1925年8月6日。

特意问起苏俄是否真的销毁了托氏的著作。托氏的大小姐并没有直接答复他,只是说现代书铺里,不但托尔斯泰,就是屠格涅夫、陀思妥耶夫斯基等一班作者的书都快灭迹了。莫斯科重要的文学家全跑了,剩下的全是不相干的。① 俄国的政治,包括目的和手段是宗教性的,"正如在中世纪的教皇治下,你也得到不少的自由;但你的唯一的自由——思想的自由——不再是你的了"。苏俄对付反革命的手段让徐志摩感到"这是一个'不容时期'的复活","因为不敢信任人类的理性",所以"觉得怕"②。作为一个自由主义知识分子,没有什么比自由更为重要。可徐志摩恰恰在苏俄看到革命绝对压倒了思想的自由。他一针见血地指出:"一党的狄克推多,尤其是一阶级的狄克推多,的确是改造社会最有捷效的一个路子,但单只开辟这条路!我怕再没有更血腥的工作了。我的意思是除了你用绝对的强力压在人的思想的脖子上,它是不会帖伏的。"③

　　文化上的专制所推行的一体化,使得苏俄人民生活在一种高度集中的国家机器之中,失去了多元的面孔和优裕的心态。在戏院看戏时,徐志摩非常注意观众的服装。因为在他这位绅士看来,换好衣服看戏是不论中西的通例。英国的工人们上戏院至少也得换上一个领结,拂去肩膀上的灰渍。可是在莫斯科的剧院里,观众的衣着是"十三分的落拓"。"不但一件整齐的褂子不容易看见,简直连一个像样的结子都难得。你竟可以疑心他们晚上就那样子溜进被窝里去。早上也就那样子钻出被窝来"④。男人们大半是歪戴着便帽或黑呢帽;女同志们则是一致的名士派,只有她们头上的红头巾是唯一的一点喜色。徐志摩不得不大大修正自己原先脑海里关于"鲍尔雪微克的小影"。在

---

　　① 徐志摩:《欧游漫录(十一)莫斯科游记续——托尔斯泰》,《晨报副刊》1925年8月1日。

　　② 徐志摩:《关于党化教育的讨论——答张象鼎先生》,《徐志摩全集》(第三卷),天津人民出版社2005年版,第161页。

　　③ 同上书,第162页。

　　④ 徐志摩:《欧游漫录(十二)(莫斯科游记续)——犹太人的怖梦》,《晨报副刊》1925年8月2日。

英国时，道上的男女老少都像是裁缝店衣服铺里的模特，让徐志摩和同伴深感满身风尘的自己仿佛是叫花子一般；而在莫斯科，他的发窘是因为感到自己穿得太阔。"在那样的街市上，那样的人从中，晦气是本色，褴褛是应分。"① 透过苏俄的贫困、人民精神的迟滞、服饰言行的一致，徐志摩看到了现象背后所掩盖的政治、文化上的专制。苏俄专制对人类思想尊严和自由的凌虐，完全与自由主义者所坚守的原则背道而驰。

"狄克推多"苏俄的发现，让徐志摩开始深刻反省自己对苏俄革命的认识和态度。他试图纠正两种同样是非逻辑的感情作用的苏俄态度，那就是："（一）因为崇拜俄国革命精神而立即跳到中国亦应得跟他们走路的结论，（二）因为不赞成中国行共产制而至于抹煞俄国革命不可磨灭的精神与教训。"② 徐志摩在那篇他极为看重的《血》中，告诫还不曾大规模尝过血海滋味的青年，对于革命应得准备的代价要认清楚。他呼吁怀着一腔热血的青年，不要盲从，不要"贪图现成"，不要"躲懒"，我们要救度自己，也许不免流血，那就自己发明一个流自己血的方法。③ 是坚持自由，从理性方面设法社会的改造，还是抵拼最大限度的牺牲，完全倾心苏俄式的革命④，徐志摩坚定地选择了前者。经过了血色莫斯科的洗礼，此时的徐志摩虽然对俄国革命仍然持敬佩的态度，但他对苏俄以"血污海"的代价来完成革命，用"无形的国家威权"将"个人自由""取缔到零度以下"的做法进行了质疑和否定。

苏俄之旅，使得徐志摩们心中的"苏俄乌托邦"彻底幻灭。他们在游记中记录了自己在苏俄的所见所闻，那些关于苏俄阴暗面的揭露与描写，为读者传递了一个与"苏俄乌托邦"迥然不同的苏俄形象。

---

① 徐志摩：《欧游漫录（八）——莫斯科（续）》，《晨报副刊》1925 年 7 月 7 日。
② 徐志摩：《一个态度：及按语》，《晨报副刊》1926 年 9 月 11 日。
③ 徐志摩：《血——莫斯科游记之一》，《晨报副刊》1925 年 8 月 6 日。
④ 徐志摩：《关于党化教育的讨论——答张象鼎先生》，《徐志摩全集》（第三卷），天津人民出版社 2005 年版，第 162 页。

这个异质的苏俄不但是一个充满了困苦、饥馑的"饿乡",还是一个弥漫着"狄克推多"气氛的国家。这些另类苏俄游记的反乌托邦书写,使得关于苏俄的乌托邦想象出现了某些矛盾与裂缝,在一定程度上消解了中国人对"苏俄乌托邦"的狂热想象,有助于人们更理性、客观地进行民族国家想象。但是,无论是从数量上,还是从社会影响力来说,这些"生不逢时"的异质苏俄游记,在日益激进的左倾化政治文化语境中,注定了只能游走在历史的边缘,逐渐被人们所淡忘。

三 异质苏俄游记的存在价值与历史命运

当"苏俄乌托邦"想象成为整个民族的一种霸权话语和思维方式时,任何对"苏俄乌托邦"进行解构、质疑的行为必然遭到猛烈的攻击。如蒋光慈对抱朴的批判,火烧晨报馆事件的发生等。这种遭遇本身既凸显了这些异质苏俄游记的存在价值,又昭示着它们注定被遮蔽封杀的历史命运。

苏俄之行所获得的深刻旅行体验,完全颠覆了徐志摩等人对苏俄所怀有的浪漫乌托邦想象。在整个中国社会都沉浸在对"苏俄乌托邦"狂热崇拜的社会氛围里时,徐志摩等人在游记中对"苏俄乌托邦"的质疑与消解,不但彰显了他们强烈的社会责任感和坚守思想自由、秉笔直书的勇气,而且也折射出一代知识分子对国家命运的深切关注与严肃思考。

在现代中国,对苏俄的乌托邦想象成为几代中国人浪漫的革命冲动。梁启超在欧游归来之后,认为社会主义才是欧美的"救时良药"。他深有感慨地说:"社会革命恐怕是 20 世纪史唯一的特色,没有一国能免。"[①] 孙中山钦佩苏俄革命的成功,制定了"联俄,联共,扶助农工"的政治方针。即使是一向高举自由主义旗帜的胡适,也曾在时代浪潮的裹挟下迷失了方向。

---

① 梁启超:《饮冰室合集》(专集之二十三),中华书局 1989 年版,第 8 页。

1926年7月中旬，胡适为了赴英国参加中英庚款会议，乘火车取道苏俄西行。途中在莫斯科停留了三天。虽然苏俄之旅极为短暂匆忙，但却使胡适的英美自由主义向苏俄社会主义发生了倾斜。[①] 胡适在给友人张慰慈的信中热情洋溢地赞叹苏俄正在进行的政治大试验。他说：

> 我的感想与志摩不同。此间的人正是我日前信中所说的有理想与理想主义的政治家；他们的理想也许有我们爱自由的人不能完全赞同的，但他们的意志的专笃（Seriousness of purpose），却是我们不能不十分顶礼佩服的。他们在此作一个空前的伟大政治新试验；他们有理想，有计划，有绝对的信心，只此三项已足使我们愧死。
>
> 我们这个醉生梦死的民族怎么配批评苏俄！……[②]

作为一个实验主义者，胡适对于苏俄问题是极为慎重的。即使是在苏俄问题讨论得如火如荼之际，因为没有看见苏俄的情形，为了避免以主观的见解判断一切事实，胡适对于这个问题也从未发表过一句议论。在亲自参观了苏俄的革命博物馆和"第一监狱"并阅读了大量苏俄的统计材料之后，胡适感到"很满意"，"很受感动"[③]。他在给朋友的公开信中表示："我这回不能久住俄国，不能细细观察调查，甚

[①] 胡适的这次思想出轨并不突然，赴俄之前，他的思想已经发生变化。在1926年6月《我们对于西洋文明的态度》一文中，胡适认为："十八世纪的新宗教是自由、平等、博爱。十九世纪中叶以后的新宗教信条是社会主义。这是西洋近代的精神文明，这是东方民族不曾有过的精神文明。"很显然，胡适把"社会主义"看成是"自由主义"的更高一级的进化形态，把自由主义的"社会化"与苏俄式的"社会主义"相混淆。因此，当他在莫斯科看到了苏俄取得的建设成就，尤其是苏俄"遍地是公民教育，遍地是职业教育"之后，开始对苏俄的大规模政治试验表示佩服。胡适对苏俄态度的矛盾迟疑，正好说明了其自由主义的含混与不成熟。参见邵建《一次奇异的思想合辙——胡适鲁迅对苏俄的态度》，《社会科学论坛·学术评论卷》2006年第8期。

[②] 胡适：《欧游道中寄书》，《胡适全集》（第三卷），安徽教育出版社2003年版，第50—51页。

[③] 同上书，第50页。

是恨事。但我所见已足使我心悦诚服地承认这是一个有理想,有计画,有方法的大政治试验。""在世界政治史上,从不曾有过这样大规模的'乌托邦'计画居然可以有实地试验的机会。""对于苏俄之大规模的政治试验,不能不表示佩服。"① 对苏俄的景仰甚至使信奉自由主义的胡适对苏俄的"狄克推多"采取了极大的容忍。② 胡适的苏俄态度,无疑偏离了他所信仰的英美自由主义对个人自由绝对尊重的价值立场。其矛盾之处体现了中国自由主义的悖论命运。"自由主义的精义在于尊重个人权利而不是集体的安全,置身于急迫时局中的中国自由主义者的现实关怀,不能不赋予自由主义难以承担的救世功能。"在强烈的救亡图存意识的支配下,"作为救国工具的自由主义,其核心价值被时代性的民族主义夙求所遮蔽"③。胡适因苏俄之行导致的思想出轨,正是出于救国建国的急迫,才对苏俄实行"只求材料可以应用,不管他来自何方"的拿来主义。与徐志摩相比,胡适在"苏俄认知"上缺少了一种批判的清醒,多了几分急于将苏俄经验中国化的冲动。虽然在这次欧游结束之后,"经过美国的再度洗礼,回国后的胡适,从'半苏俄'重返英美自由主义"④。但他的"苏俄乌托邦"梦想

---

① 胡适:《欧游道中寄书》,《胡适全集》(第三卷),安徽教育出版社 2003 年版,第 51—52 页。

② 此时信奉自由主义的胡适仍对苏俄的"狄克推多"心存怀疑,于是他向美国芝加哥大学教授 Merriam 请教,Merriam 认为,"狄克推多向来是不肯放弃自己已得之权力的,故其下的政体总是趋向愚民政策。苏俄虽是狄克推多,但他们确真是用力办新教育,努力想造成一个社会主义的新时代。依此趋势认真做去,将来可以由狄克推多过渡到社会主义的民治制度"。胡适觉得他的判断"甚公允"。详见胡适《欧游道中寄书》,《胡适全集》(第三卷),安徽教育出版社 2003 年版,第 50—51 页。

③ 陈橹、杨勇:《近代中国自由主义的思想偏差及其原因分析》,《南京社会科学》2003 年第 8 期,第 46—47 页。

④ 邵建:《一次奇异的思想合辙——胡适鲁迅对苏俄的态度》,《社会科学论坛·学术评论卷》2006 年 8 月,第 137 页。

却持续了长达二十年之久!①

对苏俄乌托邦的狂热向往甚至衍生成一种浓浓的苏俄情结,影响了人们对苏俄的理性判断。虽然瞿秋白在苏俄时常会发现真实"饿乡"与自己信仰之间有着巨大的落差,但他仍然坚信"和我的原则相背然而别有一饿乡的'实际'在我这一叶扁舟的舷下——罗针指定,总有一日环行宇宙心海而返,返于真实的'故乡'"②。旅俄之前,瞿秋白认为,"俄罗斯现在是'共产主义的实验室',仿佛是他们'布尔塞维克的化学家'依着'社会主义理论的公式',用'俄罗斯民族的原素',在'苏维埃的玻璃管里',颠之倒之试验两下,就即刻可以显出'社会主义的化合物'"。但是苏俄旅行的教训,才使他知道"大谬

---

① 到了美国之后,美国在税制和生产所有制等方面的变革举措让胡适感到美国无须社会革命就可以"人人都做有产阶级"。这对于反对阶级斗争的胡适来说,美国无疑是"西方精神文明"和"新道德"的避难所。美之行又将胡适拉回了英美自由主义。然而,20世纪30年代的胡适,虽然不认同苏俄的无产阶级斗争和专政,但仍对苏俄抱着一种同情的理解。他坚持认为苏俄有权进行政治试验,"总希望革命后的新俄国继续维持他早年宣布的反对帝国主义、反对侵略主义的立场"。这种希望促使胡适"梦想的俄国是一个爱好和平的国家,爱好和平到不恤任何代价的程度(peace at any price)"。胡适的苏俄梦想一直持续了20年之久。1937年,胡适看到"这几天苏俄国内清党清军的惊人消息又占据了世界报纸的首页地位",他开始感到"不能不重新估计这个新国家的巨大试验究竟有多大的稳固性"。1939年9月以后,波兰被瓜分,芬兰被侵略,这些事件促使胡适对苏俄开始怀疑。但他总还不愿意从坏的方面去想,因为他的思想里总还不愿意有一个侵略国家做中国的北邻。1941年年底,胡适在美国政治学会年会发表演说时还表示:"我梦想中苏两国的边界,能仿照美国与加拿大之间的边界的好榜样,不用一个士兵防守!"但是雅尔达秘密协定的消息,中苏条约的逼订,整个东三省的被拆洗,这许多事件逼人而来。铁幕笼罩住了外蒙古、北朝鲜、旅顺、大连。我们且不谈中欧与巴尔干。单看我们中国这两三年之中从苏联手里吃的亏,受的侵害",胡适"不能不承认这一大堆冷酷的事实,不能不抛弃自己二十多年对'新俄'的么梦想,不能不说苏俄已经变成了一个很可怕的侵略势力"。1941年夏天,胡适应邀在美国密西根大学做了一次题为"民主与极权的冲突"的讲演。在这个讲演中胡适"对自己以往的'苏俄认知'做了彻底的清算"。自此,"胡适一系列的讲演和政论,都是在批判斯大林式的苏俄极权。1954年,胡适在《自由中国》杂志社的一次讲演中对自己早年的苏俄倾向做了'公开忏悔',这时的他,不仅早已彻底回向自由主义,而且逐渐从自由主义转到它的右边"。(参见邵建《一次奇异的思想合辙——胡适鲁迅对苏俄的态度》,《社会科学论坛·学术评论卷》2006年8月;胡适1948年1月21日致周甦生的书信见《胡适全集》(第二十五卷),安徽教育出版社2003年版,第318—319页;胡适《我们对于西洋近代文明的态度》见《胡适全集》(第三卷),安徽教育出版社2003年版,第10页;罗志田《再造文明之梦——胡适传》,四川人民出版社1995年版,第338页)

② 瞿秋白:《饿乡纪程·跋》,《瞿秋白文集》(文学编·第一卷),人民文学出版社1985年版,第109页。

不然"①。正如张历君所言："瞿秋白在他的苏联之旅中不断遭遇事物本身所提供的无言的见证，他不断变换自己理解和观看事物的视角，力求寻觅一种语言解释自己所看到的一切景象，但却一次又一次地无功而返。"② 在"危苦窘迫，饥寒战疫的赤都"，瞿秋白亲眼所见的各种丑恶现象让他陷入了"失语"的状态。《赤都心史》中"充斥着即兴的、碎片式的段落，隐晦的象征和比喻，无缘由的伤感和抒情，不完整的叙述与句法结构，作者立场的隐含，自相矛盾的表达，暧昧的词句"等正是"失语"③症状的表现。尽管亲眼所见的苏俄是一个充满着苦难和丑恶的"饿乡"，但是，基于"时间进程式的乌托邦主义"信仰，瞿秋白——"这位前往饿乡的虔诚朝圣者不断提醒自己：虽然这些人（指当时的哈尔滨平民）在个人生活方面非常令人讨厌，但是他们构成了群众，他非热爱不可——对于这些，他感官上觉得厌恶，但理性上必须喜爱，无论在哈尔滨或以后在莫斯科，他亲身所见的丑恶事物，他必须都一一加以掩饰，以使自己能继续信仰从书本理论所得来的真理"④。瞿秋白在他的游记中所形塑的苏俄，与其说是他所见所闻的苏俄，不如说是一个可以令他"静待灿烂庄严的将来"的苏俄。

这股对"苏俄乌托邦"想象的革命冲动，其力量之大，影响之广，远远超乎我们的想象。就连被称为我们民族大脑的鲁迅先生（邵建语）也被席卷了进来。"在苏俄情结的作用下，鲁迅不但为宣传苏联尽一厢情愿的义务，而且对苏俄的赞颂与捍卫也到了不加保留的地

---

① 瞿秋白：《饿乡纪程·跋》，《瞿秋白文集》（文学编·第一卷），人民文学出版社1985年版，第93页。
② 张历君：《镜影乌托邦的短暂航程》，王德威、季进主编《文学行旅与世界想象》，江苏教育出版社2007年版，第149页。
③ 陈晓兰：《徘徊于理论与现实之间——20世纪20年代中国旅苏游记中的苏联形象》，《兰州大学学报》（社会科学版）2008年第3期。
④ 夏济安：《黑暗的闸门》，转引自张历君《镜影乌托邦的短暂航程》，王德威、季进主编《文学行旅与世界想象》，江苏教育出版社2007年版，第148页。

步。"① 在为林克多的《苏联闻见录》所作的序中,鲁迅对自己所看到的一幅讽刺画进行了批判。"一幅讽刺画,是英文的,画着用纸版剪成的工厂,学校,育儿院等,竖在道路的两边,使参观者坐着摩托车,从中间驶过。"② 鲁迅先生虽然准确地解读出这幅讽刺画"是针对着做旅行记说苏联好处的作者们而发的,犹言参观的时候,受了他们的欺骗"。但他却坚持认为"那些讽刺画是无耻的欺骗"。因为在鲁迅看来,"说过苏联怎么不行怎么无望的所谓文明国人","他们是大骗子,他们说苏联坏,要进攻苏联,就可见苏联是好的"③。这种故意唱反调的思维逻辑显示出鲁迅对于苏俄的批判标准已经丧失了最起码的理性尺度。实际的情况是,鲁迅认为是在进行"无耻的欺骗"的讽刺画,反映的正是苏俄游记写作中存在的事实,真正被欺骗的是鲁迅先生自己。虽然鲁迅知道苏俄正在建设的途中,"许多物品,当然不能充足",但他依然认为那些"总是说苏联怎么穷下去,怎么凶恶,怎么破坏文化"的"帝国主义及其侍从们",都是"极无耻而且巧妙的"谣言家,他们对苏联的同情就是"恶鬼的眼泪"④。高喊着"我们不再受骗了"的鲁迅先生又一次被虚幻的"苏俄乌托邦"想象所蒙蔽了。

　　胡适、鲁迅、瞿秋白等人的苏俄梦想,恰恰说明了那个时代"苏俄乌托邦"的社会集体想象对中国的强大影响力。他们对于苏俄的歌颂与维护,亦彰显出徐志摩等人在当时语境中执着坚守个人立场的不易。亲身经历的苏俄行旅体验,击破了他们心中对"苏俄乌托邦"的浪漫想象,促使他们对"苏俄乌托邦"进行了反思、消解与重构,对所谓"苏俄式社会主义""军事共产主义"政治制度重新给予了严肃的审视与批判。但在中俄两国政治深入合作的政治语境中,在灾难深

---

① 邵建:《一次奇异的思想合辙——胡适鲁迅对苏俄的态度》,《社会科学论坛·学术评论卷》2006年8月,第122—123页。
② 鲁迅:《林克多〈苏联闻见录〉序》,林克多《苏联闻见录》,上海大光书局1936年版,第1—2页。
③ 同上书,第5页。
④ 鲁迅:《我们不再受骗了》,《鲁迅全集》(第四卷),人民文学出版社2005年版,第439—440页。

重的中国寻求强国之路、建立民族国家的热切期待中，在对苏俄的完美想象中，这种声音是多么的不合时宜！

亲身游历改变了抱朴、徐志摩等人的苏俄观，促使他们开始重新思考苏俄对于中国的意义。在游记里，他们质疑了苏俄所悬的那个"乌托邦理想"的真实性与合理性。他们所描绘的苏俄形象既不是蒋光慈讴歌的"繁殖美丽的花木的新土"，亦不是瞿秋白所谓的"红艳艳光明鲜丽的所在"，而是一个消解了乌托邦色彩的苏俄。以徐志摩的《欧游漫录》为代表的这些异质苏俄游记，犹如"一帖兴奋剂"和"防瞌睡的强性注射"，携着西伯利亚的强劲寒风，质疑和消解了中国人关于苏俄的乌托邦式想象。

对苏俄的乌托邦式想象遮蔽了人们的眼睛，对未来的美好向往让人们忽略了眼前的苦难、血腥和残酷。徐志摩为此感到非常焦虑与担忧。在《又从苏俄回讲到副刊——勉己先生来稿的书后》一文中，他大声呼吁人们要理性地对待苏俄问题。他说："中国对苏俄问题……到今天为止，始终是不曾开刀或破口的一个大疽，里面的脓水已经痈聚到一个无可再淤的地步，同时各地显著与隐伏着的乱象已经不容我们须臾的忽视。假如在这时候，少数有独立见解的人再不应用理智这把快刀，直剖这些急迫问题的中心，我怕多吃一碗饭多抽一支烟的耽误就可以使我们追悔来不及。理智是一把解决纠纷的快刀，我信。"[①]1925年，继在《晨报副刊》上发表了自己的旅苏游记之后，徐志摩又发动了苏俄问题大讨论，这都是徐志摩试图用"理智的快刀"来"直剖"苏俄问题的勇敢尝试。

徐志摩发起这场讨论的初衷是出于对国家命运前途的忧虑和对当时国人将苏俄乌托邦化的警醒。他试图通过讨论，消解人们对苏俄的盲目认同和乌托邦想象，唤起民众对国家民族出路的理性思考。可以说，关于苏俄问题的讨论，是徐志摩莫斯科之旅的一个延续。在这场

---

① 徐志摩：《又从苏俄回讲到副刊——勉己先生来稿的书后》，《晨报副刊》1925年10月10日。

讨论中，徐志摩继续坚持"思想的自由与独立性"，主张对苏俄不盲从，思想上不"躲懒"、苟且。他想让"各个人凭他自己的力量，给现在提倡革命的人们的议论一个彻底的研究，给他们最有力量的口号一个严格的审查，给他们最叫响的主张一个不含糊的评判"①。徐志摩为此所付出的努力，在一定程度上消解了中国现代文坛关于苏俄革命叙述的乌托邦色彩，还原了苏俄的真实面貌，给中国人对于自身的革命想象注入了不盲从的理性元素。但是，这场讨论最后以火灾的方式结束，是过于天真和理想化的诗人徐志摩所始料未及的。那场大火不仅中断了关于中俄问题的继续深入思考，也宣告了徐志摩苏俄观的不合时宜。

1925年12月7日，在《晨报副刊》灾后重新复刊时，徐志摩发表了"灾后小言"。他说"火烧得了木头盖的房子，可烧不了我心头无形的信仰，我生平经验虽则不深，可是人事肤浅的变异轻易也骇不了我，吓不倒我……本副刊以后选稿的标准还是原先的标准：思想的独立与忠实，不迎合照旧不迎合，不谀附照旧不谀附，不合时宜照旧不合时宜。世上不少明白的人，不少纯洁的心，不愁没有同情的感召，不愁没有价值的认识，迟早间——凭着这点子信心，我今天再来继续我的摇笔杆儿的生活"②。不管是对苏俄，抑或是副刊，徐志摩都始终如一地坚守着"思想的独立与忠实"。诚如纪德所言："一个大作家，一个大艺术家，本质上是反对附和主义的。他逆潮流前进。"③ 在那个对苏俄充满了乌托邦幻想和冲动的革命年代，徐志摩能激浊扬清，力排众议，理性思考苏俄模式对于中国的意义，充分展示了一个知识分子站在人类立场上独立思考、秉笔直书的勇气。

毋庸讳言，现代中国的客观情势根本没有为徐志摩等人的反乌托邦书写提供生存空间。徐志摩所遭受的挫折，预示了以徐志摩为代表

---

① 徐志摩：《列宁忌日——谈革命》，《晨报副刊》1926年1月21日。
② 徐志摩：《灾后小言》，《晨报副刊》1925年12月7日。
③ [法]安德烈·纪德：《从苏联归来》，郑超麟译，辽宁教育出版社1999年版，第51页。

的知识分子所秉持的苏俄观和政治理念,在当时激进情绪鼓胀的政治文化语境中"无地自由"的尴尬命运;徐志摩等人希望唤起国人对苏俄革命理性反思的想法,最终也只能消失在激进的革命洪流中,成为历史深处遥远而微弱的回响。

可伟大的灵魂总是相通的。在徐志摩游俄十年后,"热烈的苏联之友"法国文学家纪德走进了苏俄,归国后写了一本《从苏联归来》的游记,揭露了苏俄的种种阴暗面,在全世界掀起了一场轩然大波。苏联在人的思想方面消灭个性的做法让纪德感到愤怒:"在苏联,预先规定,对于无论什么事情,都不许有一种以上的意见。而且那里的人,精神也被调练成这个样子……以致人们每次同一个俄国人谈话,恰像同所有俄国人谈话一般。并非每个人都严谨遵从一个口号,而是一切都安排得使他不能离众独异。"① 纪德义愤填膺所声讨的,正是先行者徐志摩等人早在十年之前就向世人发出的警告。当人们还沉浸在对苏俄的乌托邦想象中时,徐志摩已经给国人敲响了警钟。他劝告那些已被苏俄点燃革命激情的年轻人,"不要轻易讴歌俄国革命,要知道俄国革命是人类史上最残酷苦痛的一件事实,有俄国人的英雄性才能忍耐到今天这日子的"②。

面对"如何描述苏俄"这一问题,两个高贵的灵魂跨越了时空的阻隔而遥相呼应。他们选择站在人类文化立场上坚守思想的独立与尊严,用文字践行了自己"我恨作伪,恨愚,恨懦怯,恨下流,恨威吓与诬陷。我爱真理,爱真实,爱勇敢,爱坦白,爱一切忠实的思想"③的宣言。假如徐志摩没有过早地"随风而逝",假如他地下有知,他会感到欣慰的。

在苏俄游记中,"时常有这类事情,即是:旅行家根据先定的判

---

① [法]安德烈·纪德:《从苏联归来》,郑超麟译,辽宁教育出版社1999年版,第34页。
② 徐志摩:《列宁忌日——谈革命》,《晨报副刊》1926年1月21日。
③ 徐志摩:《记者的声明——"仇友赤白的仇友赤白"讨论的前言》,《晨报副刊》1925年10月22日。

断，或者只见到这一方面，或者只见到那一方面。苏联的朋友往往拒绝看那坏的地方，至少拒绝承认这一方面；以致关于苏联的实话往往被人带着恨说出来，而谎言则被人带着爱说出来"①。1995年，上海人民出版社出版了罗曼·罗兰的《莫斯科日记》。②曾经声讨、攻击、指责过纪德的罗曼·罗兰③，在他这本封存了五十年之久的旅苏日记中也含蓄地记录了自己在苏联所看到的各种丑恶现象。贾植芳在看过了罗曼·罗兰的《莫斯科日记》之后，深有感慨地说："至90年代又读了罗曼·罗兰的《莫斯科日记》等之后，我才真正读懂了纪德的《访苏联归来》和《〈访苏联归来〉之补充》，并对这位坚持自己的良知和社会责任感的作家，和他敢于顶住当时的政治风浪的人格力量，表示衷心的尊敬。"④ 在"苏联"已经成为历史的今天，重新翻看这些异质苏俄游记，我们不能不敬佩作者执着坚守个人立场、追求思想自由、不附和、爱真实的勇气和姿态。但令人遗憾的是，当整个民族都陷入对"苏俄乌托邦"的狂热想象时，这些逆潮流而动的异质苏俄游记对于苏俄的反乌托邦书写，只是激起了几朵小小的浪花，旋即就被滚滚的历史洪流所吞噬，淹没在历史的深处。

总而言之，现代苏俄游记对"苏俄乌托邦"的建构与消解，揭示了乌托邦这一概念本身所蕴含的一个悖论。刘易斯·芒福德曾经指出："'乌托邦'一词既可以用来指人类的顶峰，又可以用来指人类愚

---

① [法] 安德烈·纪德：《从苏联归来》，郑超麟译，辽宁教育出版社1999年版，第16页。
② 罗曼·罗兰在《我和妻子的苏联之行》（1935年6—7月）（中译本译为《莫斯科日记》）原稿的标题页上有这样的说明："未经我特别允许，在自1935年10月1日起的50年期限满期之前，不能发表这个本子——无论是全文，还是摘录。我本人不发表这个本子，也不允许出版任何片段。"详见夏伯铭《译者前记》，[法] 罗曼·罗兰《莫斯科日记》，上海人民出版社1995年版，第4页。
③ 纪德的《从苏联归来》出版后，招来许多辱骂。其中最令纪德难过的是来自罗曼·罗兰的辱骂。因为纪德一直十分尊敬罗曼·罗兰的精神人格。纪德在《为我的〈从苏联归来〉答客难》中犀利地指出，罗曼·罗兰"这个老鹰已经筑好了它的巢，它在那里休息"。详见[法] 安德烈·纪德《从苏联归来》，郑超麟译，辽宁教育出版社1999年版，第81页。
④ 贾植芳：《纪德〈访苏联归来〉新译本序》，[法] 安德烈·纪德《访苏联归来》，朱静、黄蓓译，花城出版社1999年版，第9页。

蠢的顶峰。"① 最早被托马斯·莫尔引入现代政治论述的"乌托邦"一词，其实有"两种截然不同的希腊来源：eutopia 的意思是'福地乐土'，而 outopia 的意思是'乌有之乡'"。"乌托邦"既表示努力追求"福地乐土"的崇高，同时又表示寻找"乌有之乡"的徒劳。这种含糊的词意反映了乌托邦思维方式固有的含混性及它同历史的含糊不清的关系，也赋予乌托邦思想以道德感伤的意义及其历史的含糊性。"在道德上，乌托邦或许是'福地乐土'，而在历史上，它却可能是'乌有之乡'。"② 正因为如此，乌托邦幻想才会使人类对未来充满美好的希望。当"乌托邦已被摒弃时，人便可能丧失其塑造历史的意志，从而丧失其理解历史的能力"③。从这个意义来说，"苏俄乌托邦"的建构有它积极的一面。苏俄游记中所建构的"苏俄乌托邦"形象对于当时的现存黑暗社会秩序具有某种颠覆与否定的意义。对"苏俄乌托邦"的奋力追求成为中国历史的前进动力。苏俄的乌托邦形象与当时中国社会的现实需要之间产生了共鸣，给在"黑甜乡"里昏昏酣睡的中国人带来了光明和希望，提供了一个更加美好的关于未来社会的积极图景，激发起人们按照"苏俄乌托邦"的理想来改造现状的冲动与欲望。然而，乌托邦在内涵上是指永远也无法企及的"乌有之乡"。一旦追求乌托邦的行为衍变成为一种宗教式的全民族的狂热，那么丧失了理性判断的集体行为是极其危险的。以徐志摩的《欧游漫录》为代表的少量苏俄游记，因为对"苏俄乌托邦"进行了质疑与消解，就招致了语言暴力或行为暴力的攻击。正是在乌托邦的悖论之中，我们看到了对"苏俄乌托邦"进行了质疑与消解的这些异质苏俄游记作品的存在价值与意义。

---

① 转引自［美］莫里斯·迈斯纳《马克思主义、毛泽东主义与乌托邦主义》，张宁、陈铭康译，中国人民大学出版社 2005 年版，第 1 页。
② 本处关于乌托邦的论述详见［美］莫里斯·迈斯纳《马克思主义、毛泽东主义与乌托邦主义》，张宁、陈铭康译，中国人民大学出版社 2005 年版，第 1 页。
③ ［德］卡尔·曼海姆：《意识形态与乌托邦》，黎鸣、李书崇译，商务印书馆 2007 年版，第 268 页。

结　语

走向世界的艰难

梁启超在《五十年中国进化概论》中讲述了这样一段故事：

> 记得光绪二年有位出使英国大臣郭嵩焘，做了一部游记。里头一段，大概说："现在的夷狄，和从前不同，他们也有二千年的文明。"嗳哟！可了不得！这部书传到北京，把满朝士大夫的公愤都激动起来了，人人唾骂日日奏参，闹到奉旨毁板，才算完事。①

梁启超所说的游记就是郭嵩焘刻板印行的《使西纪程》。这本两万来字的小册子刚一问世，就激起了"满朝文武的公愤"。奉旨毁板之后不到一年，郭嵩焘就被从公使任上撤回，从此未再起用。在他去世十年之后，仍有京官上书，"请戮郭嵩焘、丁日昌之尸以谢天下"②。中国第一任驻英国大使郭嵩焘因《使西纪程》而断送了仕途的悲剧命运，说明域外游记对于近代以来的中国社会具有重要的影响力。郭嵩焘个人"走向世界的挫折"，预示着整个中国走向世界的艰难。

近现代域外游记记录了开始睁眼看世界的中国人遭遇现代西方文

---

① 梁启超：《五十年中国进化概论》，原载《申报五十周年纪念文集》，《梁启超文集》（第七册），北京出版社 1999 年版，第 4030 页。
② 详见钟叔河《从东方到西方——走向世界丛书叙论集》，岳麓书社 2002 年版，第 229—231 页。

明时的复杂文化心态。一向拥有优势文化心态的国人走出国门才猛然发现,昔日的夷狄已经强大到令自己望尘莫及的地步,强烈的文化危机感油然而生。根深蒂固的传统文化观念、行旅者个人的知识结构、行旅目的及方式等诸多因素既左右着行旅者所关注的目标,也束缚着游记作者对异国形象的塑造。域外游记不论是游记内容的择取还是文学表达方式的转变都鲜明地表现了走向世界的中国人在传统与现代之间的徘徊与游移及面对强大西方的失语与无措。

在跨文化交流过程中,时常会出现文化失语现象。晚清中国是在西方列强坚船利炮的进攻下被迫打开国门的,中西文化冲突更为激烈,文化失语现象也就更加突出。早期域外游记见证了晚清中国人走向世界的步履维艰,记录了睁眼看世界的中国人在时空的转移中,是如何重新认识并解释自我与世界的关系,如何应对出现的文化认同危机的。

在跨文化交流过程中,当传统的认知格局无法解释眼前的新鲜事物时,人们便会按照自身的文化传统和思维方式来进行解读。这种应对策略时常会导致文化误读现象的发生。[①] 早期域外游记中的文化误读现象比比皆是。作为清朝政府首次正式派往西方的使团成员之一的志刚,"老成谨饬、公事明白、品行醇正",但是在解释跟自己反差甚大的欧洲人为何是"白皮肤、红头发"时,却表现出了异乎寻常的想象力。志刚认为欧洲人"大率血燥,故心急皮白、发赤而性多疑"。也正因为如此,所以欧洲人"虽不赴海澡,亦必每日冷水沐浴而后快。得海潮而弄之,乐可知也"。看到西方人"不止海澡之一事","聚跳、冰嬉、观剧,皆不拘于男女",志刚只能归之于"中国重理而轻情,泰西重情而轻理"。[②]

[①] 乐黛云在为《独角兽与龙》一书所作的序言中指出:"所谓'误读'是指人们与他种文化接触时,很难摆脱自身的文化传统、思维方式,往往只能按照自己所熟悉的一切来理解别人。……人在理解他种文化时,首先自然按照自己习惯的思维模式来对之加以选择、切割,然后是解读。这就产生了难以避免的文化之间的误读。"见乐黛云、勒·比松主编《独角兽与龙——在寻找中西文化普遍性中的误读》,北京大学出版社1995年版,第1页。

[②] (清)志刚:《初使泰西纪要》,岳麓书社1985年版,第325页。

严守"男女授受不亲"清规戒律的晚清使臣们,由于中西男女观念的差异而导致"胡妇多情"的误读现象在早期域外游记中也经常出现。1847年春,林鍼"受外国花旗聘舌耕海外",期间为救助被英人诱骗到美国纽约的二十六名华人,不幸遭人诬陷。后来幸亏得到美国一雷姓女子的帮助才化险为夷。林鍼在游记中提及此事时,仍低徊不已。以"刘阮天台、陈王梦里"自况的王韬,在《扶桑游记》中也有大量的诗文表现了作者自认为风流倜傥,引得"胡妇多情"的文化误读现象。其实,真实生活中的王韬"并不似我们想象中的'金马玉堂'中的风流人物"。"他(指王氏)的体态臃肿,貌亦不扬;复因屡受环境的刺激,致成早衰。三十五岁以后,便已目眊齿腐,面皱发稀。"[①] 王韬等人会出现这样的误读,跟中西文化的巨大差异有关。与中国以"三从四德"对女子严加管束不同,西方女性经常有机会出入各种社交场合。这些女性对来自遥远而又神秘的东方的客人充满了好奇。早期域外游记中,有很多作者描述了西方人对中国的陌生和好奇。张德彝等人游历法国时,"街市男女见明等系中国人,皆追随恐后,左右围观,致难动履"[②]。甚至有人将"无须而风姿韶秀"的张德彝等几位年轻人误认成"巾帼"[③]。正是出于强烈的好奇心,西方女性常常会主动接近远道而来的中国客人。其实,西方女性与林鍼等人的交往不过是非常普通的日常交际而已,他们在游记中所谓的"胡妇多情"不过是自作多情罢了。

文化误读现象也是中西文化碰撞中出现的文化失语现象的表征之一,是处于弱势的自我在强大他者面前克服自卑感的一种本能反应。自我正是通过误读来确认自身的文化优势地位,尽管在现实世界中这种优势并不真实。

在早期域外游记中,经常可以看到以附会的思维方式来理解、接

[①] 陈振国:《"长毛状元"王韬》,《逸经》1937年7月。转引自钟叔河《走向世界:近代知识分子考察西方的历史》,中华书局1985年版,第159页。
[②] (清)张德彝:《航海述奇》,岳麓书社1985年版,第480页。
[③] 同上书,第481页。

受西方现代事物的记述。"所谓'附会'的逻辑是指将外来的事物与中国固有的事物联结起来,以此使输入外来事物正当化的逻辑。"① 附会逻辑是长期持有优势文化心态的中国人化解文化认同危机的一种调适手段。

"中学西源"说就是晚清游历者试图用"附会"逻辑来解读异域新体验的典型例证。同时赴欧洲游历的斌椿和张德彝,在他们的游记中都提到了第一次看到自行车的感受:

> 肆售各物率奇创。有木马,行长三尺许,两耳有转轴。人跨马,手转其耳,机关自动,即驰行不已。殆亦木牛流马之遗意欤?(斌椿《乘槎笔记》)②

> 又见一铺,出售一种木马,身长二尺许,高亦二尺,耳有转轴,蹄有小轮。小儿跨之,以手转其机关,自然急走,曲直随意。想武乡侯木牛流马之法,贻传西土耶?(张德彝《航海述奇》)③

有意思的是,年过花甲的斌椿和弱冠少年张德彝看到自行车的时候,不约而同地想到了三国的"木牛流马"。参观监狱时,张德彝看到那里"刑书不必铸,酷吏不可为",便赞叹"饶有唐虞三代之风焉"④。志刚在初使泰西观看马戏时,见到"是马行能应鼓节",便联想到"中国于一千七百年前已有之矣"⑤。王韬认为"法国之法郎机,安知不由中国而传入者哉"⑥?瑞典国王宴请志刚等中国使臣,志刚见"其迎门设几,覆杯酹酒而仍覆之者",便认为这是中国古礼,"为两君之好,有反坫也"。特别是看到宴会上"作乐侑食,皆近古礼",不

---

① [日]佐藤慎一:《近代中国的知识分子与文明》,刘岳兵译,江苏人民出版社2006年版,第10页。
② (清)斌椿:《乘槎笔记》,岳麓书社1985年版,第108页。
③ (清)张德彝:《航海述奇》,岳麓书社1985年版,第531—532页。
④ 同上书,第520页。
⑤ (清)志刚:《初使泰西纪要》,岳麓书社1985年版,第280页。
⑥ (清)王韬:《漫游随录图记》,山东画报出版社2004年版,第72页。

由得生出"礼失求诸野,不其然欤"①的感慨。斌椿在游览埃及时,将洞口横石上的刻字看作是"古钟鼎文"去辨认,自认为"可辨者十之二三"。他并不知道自己所见到的"佛头"即是著名的人面狮身的斯芬克司像,竟将其附会成"浙江西湖大佛寺像"②。晚清的中国旅行者,在解读超越了传统认知结构的西方现代体验时,会不自觉地从本土思想资源中寻找某种参照。"对本土思想资源的强调,往往只是对于中国古代思想的'回忆'。这种倾向带来的另一个问题,就是强调古代观念的超前性和对于现实问题的针对性,出现类似于晚清的'西学中源'说的问题。"③

实际上,文化误读现象和"附会"逻辑的存在,都与晚晴海外游历者所携带的"背景书籍"有关。晚清海外游历者随身携带"背景书籍"的思想精髓就是"士大夫的精神构造"(佐藤慎一语)。

首先我们需要关注早期域外游记作者的特殊群体构成及其知识结构,二者是影响游记创作主体内在精神构造的重要因素。

在晚清,以个人身份出洋十分不易。自雍正皇帝下令禁止外国传教士在中国传教始,一直到后来继位的乾隆皇帝,中国实行闭关锁国长达七十年之久。李善兰在为斌椿的《乘槎笔记》所作的序中感叹说:"即曰不畏风涛,视险若夷;而中外限隔,例禁綦严,苟无使命,虽怀壮志,徒劳梦想耳。"④由于清朝长期实行的闭关锁国政策,中国人即使想踏出国门也只能望洋兴叹。当时有机会赴海外游历的人员大致有使臣、留学生(如容闳)、商人(如李圭)、教徒(如樊守义)、翻译(如王韬、林铖)等几种。其中占绝大多数的还是朝廷派出的使臣。"甲午战前的驻外公使群体以科举正途出身者与非科举正途出身但通洋务者为主体,而受过近代教育的知识分子很少,只有汪凤藻一

---

① (清)志刚:《初使泰西记》,岳麓书社1985年版,第327页。
② (清)斌椿:《乘槎笔记》,岳麓书社1985年版,第105页。
③ 赵剑英、干春松:《现代性与近代以来中国人的文化认同危机及重构》,《学术月刊》2005年第1期。
④ (清)斌椿:《乘槎笔记·诗二种》,岳麓书社1985年版,第87页。

人（毕业于京师同文馆），且还兼有翰林身份。"① 由此可以看出早期的海外游历者接受的是正统科举知识体系的严格训练。这种训练决定了这些使臣们的知识结构。获得科名的前提就是要精通四书五经并具有出色的写诗作文的能力。因而接受过科举训练的使臣们都具有深厚的国学素养。如：黎庶昌与薛福成自幼致力于科举，传统文学功底深厚，二人皆以散文见长，被时人誉为"南黎北薛"。早期域外游记作者大都具有良好的古典文学素养，并拥有出色的作文能力。薛福成描写"观西洋油画"的片断就因为文笔生动，形象逼真，曾被选入中学课本。常年浸淫在传统文学里的海外游历者们，虽然他们手握一支生花妙笔，但是却无法准确描述出所看到的现代异域世界。陷入无法表述但又必须表述悖论中的他们，无奈之下只好借助传统话语系统来表述，于是早期域外游记中就呈现出异域体验的中国化书写倾向。如前所述，传统文学词汇的大量挪用，很容易出现域外书写流于程式化的弊端。与此同时，掺杂着中国审美观照和审美情趣的异域形象，很难给读者提供一个可靠的想象异国的依据。在交通不便、通信极不发达的晚清，域外游记是那些无法走出国门的人们了解域外的重要信息来源。遗憾的是，早期域外游记在文学表述上出现的失语，削弱了游记对于晚清中国人建构异国形象的影响力。

为了通过科举考试，就必须把四书五经烂熟于心。体系庞大的儒家经典规训出一个恪守儒家伦理纲常的士人阶层。儒家礼教是早期域外游记作者随身携带的最沉重的一套"背景书籍"。它不但牵绊着中国人走向海外的脚步，同时也成为评判西方的一种道德标准，限制着作者对游记内容的取舍、剪切。张德彝在海外游历时不慎坠马，他深为自己"双亲在堂"，可自己却"不保身体"② 的疏忽自责。在法国看到"虽极倒凤颠鸾而一雏不卵"的避孕套，他马上联想到孟子"不孝

---

① 根据任云仙的统计，甲午战争前，清廷正式任命的 20 位公使中。其中 12 位为科举正途出身，8 位非科举正途出身公使中，除龚照瑗外，也均有科名。详见任云仙《晚清驻外使臣的群体构成与知识结构》，《贵州社会科学》2005 年第 5 期。
② （清）张德彝：《欧美环游记》，岳麓书社 1985 年版，第 799 页。

有三，无后为大"的训诫，认为"倡兴此法，使人斩嗣，其人也罪不容诛矣"①。

"父母在，不远游，游必有方"的儒家纲常威胁着晚清游历者"远游"的合法性。林鍼为了使自己的远游符合传统道德规范的要求，在《西海纪游草自序》中用了相当的篇幅来抒发自己的思亲之情以及远游的艰辛：

> 嚅蓼集茶，苦中之苦；披星戴月，天外重天。父母倚闾而望，星霜即父母之星霜；家人筹数愆期，冷暖殆家人之冷暖。腹如悬磬，晨夕不计饔飧；身似簸箕，日夜漂流风雨。千金一饭，王孙容易豪雄；百结愁肠，绝域难堪腥臭。②

如此解释，林鍼似乎觉得理由还不够充分，又在游记的后面附上"记先祖妣节孝事略"。从《西海纪游草》前面的"序五首"来看，时人关注的并不是林鍼的海外见闻，而是他的孝行。③ 他们一致认为，林鍼虽然远行海外，但是"不久即归"，而且是"非得已者"。"景周家贫，上有祖母，无以为养"④，无奈之下才"乘风破浪，孤剑长征，将以博菽水资而为二老欢也"⑤。在林鍼苦心孤诣的安排下，其"远游"与"父母在"的两难选择，在游记中得到了完美的结合。

晚清的海外游历者常常会情不自禁地用一种儒家伦理道德规范衡量西方。他们在游记中强调自己面对多情的胡女，仍坚守"非礼勿视"的礼教规范。林鍼自述自己虽"恒与洋女并肩把臂于月下花前，

---

① （清）张德彝：《欧美环游记》，岳麓书社1985年版，第744页。
② （清）林鍼：《西海纪游草》，岳麓书社1985年版，第35页。
③ 英桂序："留轩远在异域时，犹不忘祖母之训，犹述祖母苦节，表扬当世，孝足称也。""爰志数言。以表其孝义云尔。"周揆源序中将林鍼与徐霞客的"每岁三时出游，秋冬觐省"的孝行相提并论，认为"至事亲之孝，两人遥遥相符"。详见（清）林鍼《西海纪游草》，岳麓书社1985年版，第29—31页。
④ （清）王广业：《西海纪游草》序，林鍼《西海纪游草》序五首，岳麓书社1985年版，第32页。
⑤ （清）王道徵：《西海纪游草》序，林鍼《西海纪游草》序五首，岳麓书社1985年版，第33页。

未尝及乱"，与西洋"恬不为怪"的"归舟之出海，主事者每抱妇在怀，丑态难状"相比，林铖的道德优越感不言自明。

科举制度的学术训练不但影响了晚清海外游历者的知识结构，而且还影响着他们人生观的价值取向。晚清士人将通过严格的科举考试获得功名看成是实现人生价值的正途。张德彝虽然在1901—1906年出任了英、义、比国的大使，但他一直对于自己"同文馆英文学生的出身"感到自卑。他告诫自己的儿孙说："国家以读书能文（按指科举考试制度）为正途。……余不学无术，未入正途，愧与正途为伍，而正途亦间藐与为伍。人之子孙，或聪明，或愚鲁，必以读书（按指科举考试）为要务。……"① 确如张德彝所言，出身正途的官员多不屑于涉足洋务。与"后来一公使奉命后，荐条多至千余哉"② 的情况迥然有别，在19世纪的六七十年代，"近世士大夫非无才识闳通、学问淹博之人，而限于方域，囿于见闻，语及环球各国交际之通例，富强之本计，或鄙夷而不屑道，所谓少见多怪，其势然也！"对科举制度的服膺，限制了晚清文人的知识视野。他们虽然拥有渊博深厚的古典知识，但是却排斥学习西学。因为在他们看来，古典知识体系是一个博大精深的自足体系，已经包含了"关于人与社会各种问题的解答"③。晚清有资格出洋的游历者大多具有这样的文化体认和文化自信。所以，当他们遭遇陌生的现代域外体验时，他们会首先从已有的知识体系中去寻求答案。可事实上，"经过产业革命与政治革命而成长起来的西方诸国的力量——政治力、经济力与军事力——在人类历史上本身就是前所未有的，如何翻阅中国的古典也不可能找出确切的解答来"④。如果承认从传统正典中找不到解答，就等于是对士大夫自

---

① （清）张德彝：《宝藏集序》，转引自钟叔河《航海述奇的同文馆学生》，张德彝《航海述奇》，岳麓书社1985年版，第412页。
② 钱锺书：《汉译第一首英语诗〈人生颂〉及有关二三事》，《七缀集》，生活·读书·新知三联书店2002年版，第153页。
③ 详见［日］佐藤慎一《近代中国的知识分子与文明》，刘岳兵译，江苏人民出版社2006年版，第9—13页。
④ 同上书，第13页。

己安身立命之所在——整套价值体系——的全盘否定。于是"附会"逻辑的存在成为化解文化认同危机的灵丹妙药。将西方先进的科学技术附会成中国很早就已拥有的东西,"中学西源说"为承认西方自然科学与机械技术发达的事实提供了正当化的依据。早期域外游记中的"附会"逻辑的存在,即是晚清中国在现代化进程中出现文化认同危机的表征。

除了对儒家经典知识体系自足性的体认,延续了几千年的"中华世界观"是晚清"士大夫的精神构造"的另一重要思想根源。即使晚清中国在西方的坚船利炮面前节节败退,但是"中国文明仍然一贯持续,也没有使士大夫对中国文明的确信——贝塚茂树称之为'中华世界观'——发生根本性的动摇"[1]。长期实行闭关锁国政策的晚清中国,对于外界相当隔膜。即使世界已经是日新月异,他们还在做着中华帝国的迷梦。在中国人的想象中,异域只是一个未曾施及教化的蛮荒之地。"中华世界观"对于被迫走向世界的晚清中国成功实现现代化具有强大的负面牵制作用。最有代表性的洋务运动关注的只是西方先进的科学技术(尤其是军事方面),对于西方的政治体制、文化艺术表现出相当的漠视。其背后隐含的就是根深蒂固的"中华世界观"。洋务运动在体用意义上的这一抉择取舍,实则是晚清中国在走向现代化的进程中陷入困境时文化心理上的应激反应。

杨国枢认为,近代中国人常常将精神文化与物质文化视为截然不同的范畴,一方面承认西方的物质化较优,另一方面则坚持中国的精神文明较佳。通过这样一种区格化,消除面对西方文化所产生的矛盾感和不快情绪。[2] 这种"区格化"的产生与科技文化、物质文化自身的特征有关。与具有鲜明民族特征的人文文化相比,科技文化是一种带有普遍性的文化,它具有语言共同性和理论的可通约性。更重要的

---

[1] 详见[日]佐藤慎一《近代中国的知识分子与文明》,刘岳兵译,江苏人民出版社2006年版,第13页。

[2] 杨国枢:《中国人的心理与行为:本土化研究》,中国人民大学出版社2004年版,第330—331页。

是，科技文化和物质文化本身无法触及文化深层的意识形态，至少是不能直接触及和改变意识形态。① 因而，一方面承认西方自然科学与机械技术发达的事实，一方面坚持华夏中心主义，这种"区格化"策略缓解了士大夫们的文化认同危机感。

在当时致力于改革的晚清官僚看来，中国落后于西方的只是非文明本质的科学技术而已，尊奉传统儒家伦理纲常的中国文明才具有普世教化意义。"用夏变夷""师夷之长技以制夷""中学为体，西学为用"等一系列口号的提出，标志着晚清中国在西方列强的步步紧逼下，为了富国强兵而被迫做出的改变。但这些口号本身却暗示了改变只局限在器物层面，延续了几千年的优势文化心态却没有丝毫的撼动。盲目的夜郎自大导致晚清中国对西方政治制度与文化艺术采取了漠不关心的态度。这种状况一直持续到19世纪90年代。中国在甲午战争中的惨败，打破了中国人的天朝观念。同时也宣告了洋务运动的失败。"中学为体，西学为用"的折中策略，显然并不能帮助中国顺利完成由传统向现代的过渡。晚清现代化发生的挫折促使士大夫们（尤其是在通商口岸出现的"新型知识分子"）开始反思科举制度和洋务运动的弊病之所在，西方的人文文化才开始进入他们的视野。

"士大夫的精神构造"就是被传统文化观念和儒家知识体系规训出来的世界观和价值观。佐藤慎一在《近代中国的知识分子与文明》一书中指出：中国与日本在近代化变革中的差异主要表现为两个方面：一是与日本在"文明开化"的口号下大胆输入西方制度的明治日本的指导者不同，"中国士大夫们对西方长处的认可只有机械技术和自然科学"；二是中国具有日本欠缺的"附会"逻辑。在"附会"逻辑的引导下，中国引进西方的自然科学或机械技术，就不再是模仿西方，而是重新拿回属于自己的东西而已。通过比较，佐藤慎一认为在中国"'文明开化'口号之缺失与'附会'逻辑的存在，这两者具有

---

① 周宪：《文化表征与文化研究》，北京大学出版社2007年版，第218—219页。

紧密的关系。这种关系可谓同一张牌的表里关系。上面烙印的都是士大夫的精神构造"①。早期走向世界的游历者们正是携带着"士大夫的精神构造"这样的"背景书籍"来观看域外。尽管他们自认为在游记中对游历见闻认真作了"秉笔直书",但实际上他们所传递的异国形象从未摆脱"士大夫的精神构造"的束缚。游记作者虽然对西方的奇技淫巧津津乐道,但他们依然认为西方发达的只是科学技术,有资格施与教化的还是中国文化。晚清的海外游历者依然持有一种文化优越感。斌椿游历归来,意气风发吟诗一首:

……藩王知敬客,处处延睇视;询问大中华,何如外邦侈?答以我圣教,所重在书礼;纲常天地经,五伦首孝悌;义利辨最严,贪残众所鄙;今上圣且仁,不尚奇巧技;圣堂媲唐虞,俭勤戒奢靡;承平二百年,康衢乐耕耘;巍巍德同天,胞与无远迩;采风至列邦,见闻广图史。②

斌椿的诗中到处可见"中华世界观"的影子。面对藩王询问大中华是否跟外邦一样富庶时,斌椿强调说中华看中的是人伦秩序和礼之秩序,鄙视见利忘义之徒。中国的皇帝因为厉行节俭,所以不崇尚西方的奇技淫巧。固守着华夏中心主义的斌椿,即使是亲眼看到了西方科学技术的发达,体验到了人民生活的舒适便利,惊羡西方现代都市的繁华富丽,但是他仍自欺欺人地将自己的海外游历比附成"致君尧舜上,再使风俗淳"的"采风"。在他的眼里,异邦的富庶并没什么可值得炫耀的。因为崇尚奇技淫巧、追逐钱利的列邦,根本没办法与"承平二百年,康衢乐耕耘;巍巍德同天,胞与无远迩"的大清帝国相提并论。

---

① 详见［日］佐藤慎一《近代中国的知识分子与文明》,刘岳兵译,江苏人民出版社2006年版,第9—13页。
② (清)斌椿:《天外归帆草》,岳麓书社1985年版,第202—203页。

在域外行旅中，每一个人都携带着属于自己的"背景书籍"①。"背景书籍"决定了行旅者在行旅过程中看什么以及如何看。当行旅者试图用文字将域外行旅体验记录下来时，"背景书籍"又会制约着作者表述什么以及如何表述。换言之，域外行旅体验的发生始终无法摆脱"背景书籍"的束缚与左右。因此，我们阅读的域外游记，也是经由"背景书籍"过滤之后的文字表述。

域外行旅，是在中西文化的激烈碰撞中展开的。行旅者在中与西、新与旧、传统与现代、异域与本土等一系列的矛盾冲突中进行自我观照、抉择和想象。全新的异域行旅体验为中国近现代的文学以及社会变革带来了活力与生机。域外游记中"新词语"的出现，旧体纪游诗在"以新材料入旧格律"方面的探索、域外游记散文由实用走向审美、近现代文学中"国民性"母题的生成、现代中国对于民族国家未来的乌托邦想象等，正是由于域外行旅体验"开拓、刷新了我们中国作家的视野，激活了我们的创造力"，所以才"带来文学面貌的重大改变"②。

然而，在域外行旅过程中，"背景书籍"总是显示出强大的历史惰性，它牵绊着中国人走向世界、走向现代的脚步，影响着文学与社会的现代化进程。

对于晚清的海外游历者来说，"天朝型世界观"和"士大夫的精

---

① "背景书籍"是翁贝托·埃科（Umberto Eco）在《他们寻找独角兽》一文中提出的一个概念。他认为"我们（人类可以是欧洲人、中国人，也可以是印度人）周游探索世界的同时，总是携带着不少'背景书籍'，它们并非体力意义上的携带，而是说，我们周游世界之前，就有了一个关于这个世界的先入为主的观念，它们来之于我们自身的文化传统。即使在十分奇特的情况下，我们仍然知道我们将发现什么，因为先前读过的书已经告诉了我们。这些'背景书籍'的影响如此之大，以至于它可以无视旅行者实际所见所闻，而将每件事物用他自己的语言加以介绍和解释"。详见乐黛云、勒·比松主编《独角兽与龙——在寻找中西文化普遍性中的误读》，北京大学出版社1995年版，第2页。

② 李怡：《日本体验与中国现代文学的发生》，博士学位论文，北京师范大学，2003年，第9页。

神构造"① 是他们携带的最沉重的一套"背景书籍"。晚清域外游记中对西方奇技淫巧的关注,对文学艺术的漠视,域外游记输入的"新词语"背后隐含的"旧意境",对异域体验的中国化书写、旧体纪游诗在现代文坛的大量存在等现象都是"背景书籍"在文学上的一种投影。当现代行旅者在域外遭受侮辱与歧视时,他们也时常会不由自主地逃到"天朝型世界观"里寻找安慰。现代域外游记中丑化西方、女性化西方等文学表述折射出的正是延续了几千年的"背景书籍"对现代中国人的影响痕迹。

虽然携带的"背景书籍"过于沉重,迈出国门的每一步都是步履维艰,但却阻挡不住中国人走向世界的决心。域外行旅带来了中国人世界观的根本性变化,这一变化使中国人重塑国族形象,再造文化心理,打破了中国人心目中根深蒂固的传统文化观念。由封闭、保守、以自我为中心,走向多元、开放、包容,是中国及中国人在迈向世界的过程中所必然经历的巨大变化。反映在文学领域,域外行旅体验打破了中国文学的边界,开拓了它的疆域,丰富了它的内容。诸如"异国情调"的出现,域外小说的繁荣,都与域外行旅体验的推动密不可分。

域外行旅体验的意义还在于给中国人重塑自我形象提供了一面借镜。近代以来,在社会文化和文学领域展开的一系列对于中国文化、对于国民性的反思和批判运动,以及对民族国家未来宏伟蓝图的设计与想象,大多是从域外行旅体验中获得了启示和动力。中国的"走向

---

① "士大夫的精神构造"这一概念是由佐藤慎一提出的。所谓"士大夫的精神构造"是指被传统文化观念和儒家知识体系规训出来的世界观和价值观。佐藤慎一在《近代中国的知识分子与文明》一书中指出:中国与日本在近代化变革中的差异主要表现为两个方面:一是与日本在"文明开化"的口号下大胆输入西方制度的明治日本的指导者不同,"中国士大夫们对西方长处的认可只有机械技术和自然科学"。二是中国具有日本欠缺的"附会"逻辑。在"附会"逻辑的引导下,中国引进西方的自然科学或机械技术,就不再是模仿西方,而是重新拿回属于自己的东西而已。通过比较,佐藤慎一认为在中国"'文明开化'口号之缺失与'附会'逻辑的存在,这两者具有紧密的关系。这种关系可谓同一张牌的表里关系。上面烙印的都是士大夫的精神构造"。详见[日]佐藤慎一《近代中国的知识分子与文明》,刘岳兵译,江苏人民出版社 2006 年版,第 9—13 页。

世界"经历了"以夏变夷""中学为体、西学为用""自我东方化"、照搬苏俄模式等各种曲折变化,其中的成败得失应该引起我们的深刻反思。的确,"背景书籍"中某些陈旧的东西已经成为阻碍中国人成功走向世界、走向现代的牵绊,但是近现代国民性批判的两难处境、国人对于苏俄的盲目崇拜与景仰,都提醒我们思考在走向世界的过程中,如何才能在保持自我文化主体性的前提下,吸收域外的现代文明元素?传统的并不都意味着糟粕,西方的也并不都表示先进,如何"取其精华,去其糟粕",在两者之间取得一种平衡,是今天的我们要深思的问题。

近现代域外游记为我们留下了一个多世纪以来中国人走向世界的足迹。在全球化的今天,沿着这些足迹往历史深处追溯,总结其中的经验与教训,可以让我们在走向世界的现代化进程中,走得更顺、更远。

附录一

《日本杂事诗》："新词语"背后的旧意境

如前文所述，早在19世纪五六十年代，林𬭎、斌椿等人就在他们撰写的域外游记中引入了新名词。① 这些新名词的出现比黄遵宪的"新体诗"文学实践至少早了三十年。虽然这时出现的新名词只有零星几个，但这些新名词的出现，却证明了现代域外行旅体验对于中国文学变革具有不容忽视的影响力。从这个意义上来说，域外游记对异域体验的书写就成为我们考察追溯文学变革轨迹的重要线索。比如，梁启超于1899年写作的《夏威夷游记》（旧题《汗漫录》，又名《半九十录》），就是晚清"诗界革命"的纲领性文献。梁启超就是在这篇游记中正式举起"诗界革命"大旗的。从域外游记的角度来探讨域外行旅与晚清文学变革之间的互动，或许会给我们带来新发现，引发我们对某些文学现象的重新思考。

在文学实践中真正大规模输入新名词的还是晚清"诗界革命"的中坚黄遵宪。据刘冰冰统计，"在黄遵宪1128首诗歌当中，有'新语句'的约有147首，占13%"，"共有'新名词'201个"。其中社会科学类74个，自然科学类5个，人、物专名122个。② 这些新名词大

---

① 详见斌椿《海国胜游草》第二十六首："不食人间烟火气，淡巴菰味莫教闻（西人最敬妇人，吸烟者远避）。"第三十二首："弥思（译言女儿也）小字是安拿，明慧堪称解语花。"第四十八首："昨发丹麻尔，今日至瑞颠；扬帆出海口，百里如游仙。"

② 详见刘冰冰《试论黄遵宪诗歌中新名词的运用》，《齐鲁学刊》2006年第5期。

多集中出现在《人境庐诗草》的三至八卷和《日本杂事诗》中,使用了新名词的诗歌多是表现域外风土人情、社会现实的诗篇。① 正是凭借着得天独厚的频繁出使海外的难得机会,黄遵宪才有可能成为倍受时人推崇的"时彦中能为诗人之诗而锐意造新国者"②。如他所著《日本杂事诗》,亦是由于他"于丁丑之冬,奉使随槎。既居东二年,稍与其士大夫游,读其书,习其事",所以才有了此书的问世。

刘冰冰曾对黄遵宪使用过的"新名词"做了词频统计。统计结果表明,使用频率最高的"新名词"是:地球、黄种、五洲、世界、地狱、维新、共和、合众、平等、国家、西方、总统等。③ 这些"新名词"在诗歌中的频繁出现,言说着晚清中国自身的政治隐喻。它们能得以进入汉语系统,并逐渐被大众接纳认可,显然经过了一个词汇选择的过程。最终选择的结果,即意味着中国对于自身与世界关系的重新认识,对国家民族未来走向的设计与想象。如使用频率最高的地球、黄种、五洲、世界这四个词,就反映出开眼看世界的中国人时空观的转变。开始走向世界的中国人感触最深的就是延续了几千年的"天朝型"时空观的轰毁崩塌。斌椿在游历的过程中不断将亲眼看到的异域对照《瀛寰志略》中的介绍详加比较加以考证。经过亲身实践,游历者们了解到"四洲之内,计大小三百余国",与"地舆之辽

---

① 《人境庐诗草》卷三:光绪三年至七年,先生在日使参赞任时作。共古今体诗十八首。卷四:光绪八年至十一年八月,先生奉命为美使至卸任期间作。共古今体诗三十二首。卷五:光绪十一年八月至十三年,先生由美返华至奉命为英使前期间作。共古今体诗二十七首。卷六:光绪十三年至十六年,先生赴英使任至卸任返华期间作。共古今体诗六十九首。卷七:光绪十八年至二十年,先生为新加坡总领事期间作。共古今体诗五十首。卷八:光绪二十三年至二十四年,先生由新加坡返华后至解湖南按察使任期间作。共古今体诗五十七首。(详见《人境庐诗草·书目》,文化学社 1930 年版),《日本杂事诗》乃黄遵宪在日使参赞任上作。"光绪五年己卯(1879),上之译署,译署以同文馆聚珍板行之。继而香港循环报馆、日本凤文书坊又复印行。"[详见(清)黄遵宪著,钱仲联笺注《人境庐诗草笺注》(下),上海古籍出版社 1981 年版,第 1159 页]

② 梁启超:《夏威夷游记》,《梁启超全集》(第二册),北京出版社 1999 年版,第 1219 页。

③ 详见刘冰冰《试论黄遵宪诗歌中新名词的运用》,《齐鲁学刊》2006 年第 5 期。

阔"的世界相比，中国只不过是其中的一部分而已。"天圆地方"、中国位于世界中心的时空观被证明只是中国人关起门来的自我想象而已。志刚在出洋之后方才领悟到："若其所称大瀛海所环之九州，既称'人民禽兽莫能相通'，邹衍又奚从而闻知邪？是真所谓闳大不经者矣。"① 张德彝在《航海述奇》开篇特设"地球说"，并手绘全张地球图，用科学的语言说明了地球的形状、大小、自转、公转、陆地与海洋的分布等。李圭亦是在亲身游历之后，才开始相信"地形如球，环日而行，日不动而地动"。他在《环游地球新录》中附有"地球图说"云："我中华明此理者固不乏其人，而不信此说者十常八九，圭初亦颇疑之。今奉差出洋，得环球而游焉，乃信。……使地形或方，日动而地不动，安能自上海东行，行尽而仍回上海，水陆共八万二千三百五十一里，不向西行半步欤？……知地形如球，日不动而地动，无或疑矣。"② 正是在域外行旅的时空位移中，人们逐渐摒弃了无知的陈旧观念，建立起科学现代的时空观。走向世界的中国人开始知道，地球上有五大洲，黄种的中国人只是这个世界的一部分而已。有着丰富海外游历体验的黄遵宪，毕竟是晚清引领风气的风云人物，从他用来书写域外体验的新名词使用频率的高低，就可以证明那个时代的风起云涌。

"言语者，思想之代表也，故新思想之输入，即新语言输入之意味也。"③ 晚清风行一时的新名词说明人们对于介绍西学的热衷。然而，输入"新名词"难道就一定意味着输入的是新思想、新精神、新观念么？仔细翻阅一下黄遵宪的《日本杂事诗》，我们恐怕就没办法那么乐观了。

梁启超十分推重黄遵宪，将其创作看作是"诗界革命"在文学实践上的成功典范。在《饮冰室诗话》中，梁启超品评最多的就是黄遵

---

① （清）志刚：《初使泰西记》，岳麓书社1985年版，第380页。
② （清）李圭：《环游地球新录》，岳麓书社1985年版，第312—313页。
③ （清）王国维：《论新学语之输入》，《中国近代文学大系》（文学理论集2），上海书店出版社1995年版，第721页。

宪。他认为"公度之诗，独辟境界，卓然自立于二十世纪诗界中，群推为大家，公论不容诬也"①。丘逢甲更是将黄遵宪誉为"诗人中嘉富洱""诗人中俾思麦"②。从当时文坛名流为《人境庐诗草》所作的序跋可以看出，黄遵宪的作品受到新旧文人的共同追捧。正如钱锺书所说："凡新学而稍知存古，与夫旧学而强欲趋时者，皆好公度。"③ 研究界在论及黄遵宪的时候，也大多肯定他在文学创作上为"诗界革命"做出的贡献。但是黄遵宪在游历海外初期所创作的作品，虽然"新名词"不少，但是"新词语"背后折射出的却是陈旧的文化心态。钱锺书在论及黄遵宪的诗时，在与严复、王国维进行比较之后，极富洞见地指出："（黄遵宪）差能说西洋制度名物，椅摭声光化电诸学，以为点缀，而于西人风雅之妙，性理之微，实少解会。故其诗有新事物，而无新理致。"④ 钱锺书认为像《蕃客篇》《以莲菊桃杂供一瓶作歌》等篇章所表达的情思内容，其实早已在前人胡稚威的《海贾诗》和查初白的《菊瓶插梅》中出现过，黄遵宪只是在前人的基础上稍微加上几分时代色彩而已。⑤ 在如何评价黄诗这个问题上，梁启超与钱锺书的观点常常截然相反。梁启超认为："《人境庐集》中有一诗，题为《以莲菊桃杂供一瓶作歌》，半取佛理，又参以西人植物学、化学、生理学说，实足为诗界开一新壁垒。"⑥ 梁、钱二人之所以会在对黄遵宪的诗歌评价上出现这么大的分歧，关键在于梁启超用来评价黄诗的标准尚未脱离他倡导的新语句、新意境与旧风格相融合的"诗界革命"主张。而钱锺书却敏锐地发现了新名词传递的可能并不是"新意境"，暗含着的反而是束缚着作者如何接受西学的根深蒂固的

---

① 梁启超：《梁启超全集》（第九册），北京出版社1999年版，第5310页。
② （清）黄遵宪著，钱仲联笺注：《人境庐诗草笺注》（下），上海古籍出版社1981年版，第1088页。
③ 钱锺书：《谈艺录》（补订本），中华书局1984年版，第24页。
④ 同上书，第23—24页。
⑤ 参见周振甫、冀勤编著《钱锺书〈谈艺录〉读本》，上海教育出版社1992年版，第291页。
⑥ 梁启超：《梁启超全集》（第九册），北京出版社1999年版，第5314页。

民族文化心理。

这里值得一提的是，黄遵宪《人境庐诗草》中前半部分跟后半部分的观念、心态已经发生了很大的不同，丘逢甲也认为黄遵宪的《人境庐诗草》"四卷以前为旧世界诗，四卷以后乃为新世界诗"①。黄遵宪的这种变化缘于他海外游历经验的日益拓展与丰富。钱锺书认为黄遵宪"其诗有新事物，而无新理致"的观点，比较契合黄遵宪早期作品。随着海外游历见闻的增长，黄遵宪的眼光也在不断发生变化，他后期的创作还是富有"新理致"的。如收在《人境庐诗草》卷六中的《伦敦大雾行》《今别离》四章、《登巴黎铁塔》等诗篇，就极为生动地传达了异域体验带给诗人的强烈现代感受。现代科技给旅行者带来了崭新的行旅体验。"一刻既万周"的现代交通工具，改变了传统文学中"十里长亭""十八里相送"式的，一唱三叹、婉转反复的书写离愁别绪的文学模式。无论两人是如何难舍难分、惜别依依，但是只要"钟声一及时，顷刻不少留"，须臾间，"送者未及返"，就已是"君在天尽头"，"望影倏不见"，只剩下"烟波杳悠悠"。望眼欲穿盼君早日归来的留守者，怔忡惆怅中只能寄希望于"所愿君归时，快乘轻气球"。受惠于现代科学技术的发达，"驰书迅如电"的电报可以使海外游子"朝寄平安语，暮寄相思字"，让守候在家的女子不由得生出"安得如光电，一闪至君旁"的梦想。收到远方亲人寄来的照片时，虽然觉得"如与君相逢"，但毕竟"对面不解语，若隔山万重"。即使照片每日"长相从"，依然感到有一种"别恨终无穷""密意何由通"的遗憾。而"相去三万里，昼夜相背驰。眠起不同时，魂梦难相依"的现代行旅体验，使得传统的"但愿人长久，千里共婵娟""明月千里寄相思"的文学表达毫无用武之地，只好用"海枯终不移"②来比拟自己的相思有多么绵长。可以说，黄遵宪后期描写域外行旅体验的诗作，新词语表达出来的是具有现代气息的"新意境"，而非钱

---

① 详见钱仲联《人境庐诗草笺注》（下），上海古籍出版社 1981 年版，第 1088 页。
② 详见黄遵宪《人境庐诗草》，文化学社 1930 年版，第 140—142 页。

钟书先生所说的"有新事物，而无新理致"。但是，毋庸讳言的是，黄遵宪早期诗作中的新词语的确给人一种"点缀"之感。在新名词背后，我们看到的还是被迫走向世界的中国人借助附会来面对现代体验的窘困与无奈。下面就以《日本杂事诗》为例，来说明黄遵宪早期作品中新词语的"不新"究竟表现在何处。

黄遵宪的《日本杂事诗》二卷，写成于清光绪五年（1879），当时他正在驻日使馆参赞任上。黄遵宪原本"拟草《日本国志》一书，网罗旧闻，参考新政"，后来"辄取其杂事，衍为小注，弗之以诗，即今之所行《杂事诗》是也"①。《日本杂事诗》原稿本共有诗一百五十四首（定本有诗二百首，下文会述及增删的原因），每首诗都有自注。周作人在《日本杂事诗》一文中说："定稿编成至今已四十六年，记日本杂事的似乎还没有第二个，此是黄君的不可及处，岂真是今人不及古人欤。"②的确，在介绍日本事务方面，黄遵宪的《日本杂事诗》可谓前无古人的创举。据黄遵宪在《日本杂事诗》卷二中的自注可知"日本与我仅隔衣带水，彼述我事，积屋充栋，而我所记载彼"，却少得可怜。"宋濂集有《日东曲》十首，昭代丛书有沙起云《日本杂咏》十六首，宋诗自言问之海东僧，僧不能答，亦可知也矣。起云诗仅言长崎民风，文又甚陋。至尤西堂外国竹枝词，日本止二首。然述丰太阁事，已谬不可言。"③ 在这种情况下，黄遵宪的《日本杂事诗》能对日本"上自神代，下及近世，其间时世沿革，政体殊异，山川风土，服饰技艺之微，悉网罗无疑"④，进行全方位的详细介绍，实在是难能可贵。虽然是采取诗歌方式来介绍日本，但实则是重在纪事。诚如周作人所说："《杂事诗》一编，当作诗看是第二着，我觉

---

① （清）黄遵宪：《日本杂事诗自序》，《人境庐诗草笺注》（下），上海古籍出版社1981年版，第1095页。
② 周作人：《日本杂事诗》，《风雨谈》，河北教育出版社2002年版，第104页。
③ （清）黄遵宪：《日本杂事诗自序》，《人境庐诗草笺注》（下），上海古籍出版社1981年版，第1095页。
④ ［日］三河石川英：《日本杂事诗·跋》，黄遵宪《日本杂事诗》（广注），岳麓书社1985年版，第794页。

得最重要的还是看作者的思想，其次是日本事务的纪录。"①

《日本杂事诗》主要从国势、天文、地理、政治、文学、风俗、服饰、技艺、物产等几个方面来介绍日本，尤其关注日本明治维新之后的新气象。当清廷上下"群未知日本之可畏"的时候，黄遵宪就"已言日本维新之效成且霸，而首先受其冲者为吾中国"②。遗憾的是，直至甲午战争惨败之后，《日本国志》和《日本杂事诗》二书才引起了国人的注意。袁昶痛惜地对黄遵宪说："你的书如果早一点让大家看到，价值可以抵得二万万两银子。"（当时中国向日本赔款二万万两白银）。③ 考虑到晚清的具体文化语境，我们无法抹杀《日本杂事诗》的确具有一定超前性和现代意识的事实。如《日本杂事诗》开篇第一首就体现了诗人的现代地理空间意识。"立国扶桑近日边，外称帝国内称天，纵横八十三州地，上下二千五百年。"诗中的日本不再是想象中的"东夷"，而是一个强大的"帝国"形象。日本形象的改变，缘于诗人自身地理空间意识发生了变化。目睹明治维新后日本的日新月异，黄遵宪不得不重新调整自我与世界的"关系"，最终国家民族的平等观念逐渐取代了"天朝型"④ 的世界观。

黄遵宪在《日本杂事诗》中也使用了不少具有现代意识的新名词。除了共和、联盟、议员、维新、新闻等具有明显革新意味的词语之外，还直接移用日语中的当用汉字或日语中的音译词，如芝居、落语、檀那、奥姑等。这些新名词的介入，似乎并未破坏诗律，反而给

---

① 周作人：《日本杂事诗》，《风雨谈》，河北教育出版社 2002 年版，第 104 页。
② 梁启超：《嘉应黄先生墓志铭》，《人境庐诗草笺注》（下），上海古籍出版社 1981 年版，第 1164 页。
③ 钟叔河：《黄遵宪及其日本研究》，黄遵宪《日本杂事诗》（广注），岳麓书社 1985 年版，第 548 页。
④ 参阅李怡《日本体验与中国现代文学的发生》，博士学位论文，北京师范大学，2003 年。

人带来一种阅读上的新鲜感。① 可是，即便是具有前瞻意识的黄遵宪，还是无法摆脱传统文化的羁绊。新名词的点缀下面散发的还是陈旧气息。无论是形式或思想内容都存在着亦新亦旧的矛盾。"近人论诗界维新，必推黄公度。"黄遵宪开创的"新体诗"在晚清文坛颇引人注目。钱锺书先生却在"新"中发现了"旧"的痕迹。他认为"盖若辈之言诗界维新，仅指驱使西故，亦犹参军蛮语作诗，仍是用佛典梵语之结习而已"。黄遵宪的早期域外纪游诗，的确如钱先生所说：表面看来很有新意，其实内里还是因袭着传统的精神。他在《日本杂事诗》中"假吾国典实，述东瀛风土"就是典型的例证。钱先生以《日本杂事诗》第五十九首咏女学生为例，将其与宋芷湾《红杏山房诗草》卷三中的《忆少年》第二首进行了比较，指出了"公度似隐师其意，扯凑完篇"② 的事实。

黄遵宪不仅在形式、典故上沿袭了前人的传统，他用来理解日本新事物的思维方式也与斌椿、志刚等前辈几乎如出一辙。钱锺书先生曾以黄遵宪在由日本赴美国的海船上作的一首绝句为例，来讽刺黄遵宪虽然"提倡洋务和西学，然而他作诗时也忍不住利用传统说法"③。在这首绝句中，黄遵宪以"鸟语"来指代外语，联想到斌

---

① 如《日本杂事诗》第四十四首《刑讼》："棠阴比事费参稽，新律初颁法未齐；多少判官共吟味，按情难准法兰西。"刘冰冰对《人境庐诗草》中使用新名词的诗作的平仄押韵情况作过考察，她认为虽然运用了新名词，但是"丝毫没有破坏古典诗歌的格律韵味"。（详见刘冰冰《试论黄遵宪诗歌中的新名词的运用》，《齐鲁学刊》2006 年第 5 期）李开军在对夏曾佑、谭嗣同、梁启超三人共 25 首"新学之诗"的平仄押韵情况进行标识考察之后，指出"如此大密度的'新名词'的出现，几乎没有破坏近体诗的格律法则，它们都中规中矩（25 首中仄不协的'新名词'仅有 5 处）"。（详见李开军《诗界革命创作中的新名词及其对古典诗歌创作的影响》，《甘肃社会科学》2001 年第 1 期）由此可见，"新名词"的出现似乎并未与旧体诗的"旧风格"产生很大的背驰。

② （清）黄遵宪《日本杂事诗》第五十九首《女学生》："捧书长跪藉红毹，吟罢拈针弄绣襦。归向爷娘索花果，偷闲钩出地球图。"宋芷湾《红杏山房诗草》卷三《忆少年》第二首："世间何物是文章，提笔直书五六行。偷见先生嘻一笑，娘前索果索衣裳。"详见钱锺书《谈艺录》（补订本），中华书局 1984 年版，第 347—348 页。

③ （清）黄遵宪《海行杂感》之十三："拍拍群鸥逐我飞，不曾相识会天涯；欲凭鸟语时通讯，又恐华言汝未知。"详见钱锺书《汉译第一首英语诗〈人生颂〉及有关二三事》，《七缀集》（修订本），上海古籍出版社 1985 年版，第 143 页。

椿等人用"嘁啾"等拟声词来形容洋人的语言,不能不承认黄遵宪和斌椿等人之间的不谋而合并非偶然,毕竟他们背负的"背景书籍"① 是一致的。

黄遵宪的《日本杂事诗》第五十四首介绍的是"西学",但是在新名词的下面我们看到的是延续了几千年的"士大夫的精神构造"。

西　学

削木能飞诩鹊灵,备梯坚守习羊坽。

不知尽是东来法,欲废儒书读墨经。

黄遵宪在诗后自注云:

> 学校甚盛,唯专以西学教人。余考泰西之学,墨翟之学也。尚同、兼爱、明鬼、事天,即耶稣十诫所谓"敬事天主"、"爱人知己"。……《墨子》又有《备攻》《备突》《备梯》诸篇。《韩非子》《吕氏春秋》备言墨翟之技,削鸢能飞,非机器攻战所自来乎? 古以墨儒并称,或称孔、墨,孟子且言天下之言归于墨,其纵横可知。后传于泰西,泰西之贤智者衍其绪馀,今遂盛行其道矣。②

---

① "背景书籍"是翁贝尔托·埃科(Umberto Eco)在《他们寻找独角兽》一文中提出的一个概念。他认为"我们(人类可以是欧洲人、中国人,也可以是印度人)周游、探索世界的同时,总是携带着不少'背景书籍',它们并非是体力意义上的携带,而是说,我们周游世界之前,就有了一个关于这个世界的先入为主的观念,它们来之于我们自身的文化传统。即使在十分奇特的情况下,我们仍然知道我们将发现什么,因为先前读过的书已经告诉了我们。这些'背景书籍'的影响如此之大,以至于它可以无视旅行者实际所见所闻,而将每件事物用它自己的语言加以介绍和解释"。埃科认为跨文化交流中出现的"错误认同"(Falseidentification)与旅行者所携带的"背景书籍"密切相关。埃科的理论为我们剖析早期域外游记中何以出现文化误读现象提供了一个非常好的理论支点。详见[意大利]翁贝尔托·埃科《他们寻找独角兽》,乐黛云、勒·比松主编《独角兽与龙——在寻找中西文化普遍性中的误读》,北京大学出版社1995年版,第2页。

② (清)黄遵宪:《日本杂事诗》(广注),岳麓书社1985年版,第643—644页。

诗后所附的这段自注,是黄氏有感于当时出现的"今东方慕西,学者乃欲舍己从之,竟或言汉学无用"的言论,才不厌其烦"详引之,以塞蚍蜉撼树之口"①。可这段自注却暴露出在如何看待"西学"的问题上,黄遵宪抱守的依然是"第我引其端,彼竟其委"的"西学中源"说。在他看来,虽然西学先进,"正可师其长技",但"凡彼之精微,皆不能出吾书"②。他对新名词的解释,却在不经意间流露出由于中西文化激烈碰撞所导致的文化认同危机产生的焦虑感。新名词的输入并不一定就意味着"新意境"的出现,"士大夫的精神构造"③ 这一沉重的"背景书籍",使得开眼看世界的中国人迈出国门的每一步都如此步履维艰!早期域外游记中的新词语就是这样一副亦新亦旧的模样,一方面见证着先行者的勇气,另一方面又暴露出他们由于无法摆脱强大文化惯习的牵绊而存在的思想局限。

新词语不新的问题,也引起了梁启超的反思。他曾在1899年的《夏威夷游记》中提出过有名的"三长论":"欲为诗界之哥伦布马赛郎,不可不备三长,第一要新意境,第二要新语句,而又必须以古人之风格人之,然后成其为诗。不然,如移木星、金星之动物以实美洲,瑰伟则瑰伟矣,其如不类何。若三者具备,则可以为二十世纪支那之诗王矣。"④ 此时的梁启超坚持新意境、新语句、旧风格三者缺一不可,方可实现诗界革命。但是后来梁启超却舍弃了他之前大力倡导

---

① (清)黄遵宪:《日本杂事诗》(广注),岳麓书社1985年版,第645页。
② 同上。
③ "士大夫的精神构造"就是指被传统文化观念和儒家知识体系规训来的道德观、世界观和价值观。佐藤慎一在《近代中国的知识分子与文明》一书中指出:中国与日本在近代化变革中的差异主要表现在两个方面:一是与日本在"文明开化"的口号下大胆输入西方制度的明治日本的指导者不同,"中国士大夫们对西方长处的认可只有机械技术和自然科学"。二是中国具有日本欠缺的"附会"逻辑。在"附会"逻辑的引导下,中国引进西方的自然科学或机械技术,就不再是模仿西方,而是重新拿回属于自己的东西而已。通过比较,佐藤慎一认为在中国"'文明开化'口号之缺失与'附会'逻辑的存在,这两者具有紧密的关系。这种关系可谓同一张牌的表里关系。上面烙印的都是士大夫的精神构造"。详见[日]佐藤慎一《近代中国的知识分子与文明》,刘岳兵译,江苏人民出版社2006年版,第9—13页。
④ 梁启超:《夏威夷游记》,《梁启超全集》(第二册),北京出版社1999年版,第1219页。

的新语句，主张"能以旧风格含新意境，斯可以举革命之实矣。苟能尔尔，则虽间杂一二新名词，亦不为病。不尔，则徒示人以俭而已"①。与新名词的间杂相比，梁启超更强调旧风格中蕴含新精神的重要。梁启超"诗界革命"理论思路的变化，缘于他对新名词不新一面的深刻体认。他在《饮冰室诗话》中说："过渡时代，必有革命。然革命者，当革其精神，非革其形式。吾党近好言诗界革命。虽然，若以堆积满纸新名词为革命，是又满洲政府变法维新之类也。"②显然，梁启超看到了单纯输入新名词并不表示精神上的革新，光是强调新名词，而不注重内在精神层面的更新，很可能就如晚清的变法维新一样换汤不换药，重蹈变法维新失败的覆辙。晚清对新名词的认识，由大力提倡到冷静反思，经历了一个曲折的过程。尽管新名词不新的一面限制了人们对西学的理解和接受，但是在西学东渐的风潮中，新名词还是起到了传递新知、启蒙民众的作用。

随着海外游历见闻的增长，黄遵宪也开始发现自己《日本杂事诗》中的思想局限。他在《日本杂事诗》自序中说：

> 时值明治维新之始，百度草创，规模尚未大定。……余所交多旧学家，微言刺讥，咨嗟太息，充溢于吾耳。虽自守居国不非大夫之义，而新旧异同之见，时露于诗中。及阅历日深，闻见日拓，颇悉穷变通久理，乃信其改从西法，革故取新，卓然能自树立，故所作日本国志序论，往往与诗意相乖背。……中国士夫，闻见狭陋，于外事向不措意。今既闻之矣，既见之矣，犹复缘饰古义，足己自封，且疑且信；逮穷年累月，深稽博考，然后乃晓然于是非得失之宜，长短取舍之要，余滋愧矣！③

---

① 梁启超：《饮冰室诗话》，《梁启超全集》（第九册），北京出版社 1999 年版，第 5327 页。
② 同上。
③ （清）黄遵宪著，钱仲联笺注：《人境庐诗草笺注》（下），上海古籍出版社 1981 年版，第 1096 页。

在游历了美洲，出使英伦之后，黄遵宪看到欧洲"其政治学术，觉与日本无大异"，思想也发生了很大变化。由于"使事多暇"，他"偶翻旧编，颇悔少作"，于是，黄遵宪决定修订此前写作的《日本杂事诗》。经过"点窜增损，时有改正，共得诗数十首"①，根据周作人先生的考证，《日本杂事诗》原本上卷七十三首，下卷八十一首，共百五十四首。定本中上卷删二增八，下卷删七增四十七，计共有诗二百首。② 增删之后的定本，显示出黄遵宪的思想较之几年前已经有了很大的发展。通过对黄遵宪《日本杂事诗》中新名词不新这一个案的研究，我们不但可以看到中国走向世界的现代化进程是如何的艰难，同时，也可以看出域外行旅对作者思想、创作以及文学变革所产生的潜移默化的影响。

域外游记中新词语的出现，是传统话语系统为了摆脱异域行旅体验跨文化书写过程中出现的表述困境所进行的主动变革。这些亦新亦旧的新词语带着鲜明的由传统向现代过渡的痕迹。它们在介绍西学，传递新知，开启民众现代意识的同时，也对传统文化、思维方式构成了极大的考验和挑战。这些新词语之所以能出现在现代汉语系统里并保留至今，显然经过了传统文化、思维方式的层层过滤和选择。这些新词语不仅寄托着晚清文人谋求民族复兴的梦想，烙印着那一代中国人站在古今中西交汇点上抉择何去何从的痛苦与彷徨，而且还铭刻着一代中国人的集体记忆。它们陌生的面孔，对中国读者的接受能力构成了挑战，同时，也要求文学表达方式与之相匹配。这样一来，新词语的出现，就不仅仅只是语言的问题，还牵涉到文学样式的变化，触及文学变革的问题。早期域外游记中新词语的出现只是文学变革的初露端倪，但是却向人们发出了强烈的文学革命信号。正如郑家栋在《列文森与〈儒教中国及其现代命运〉》代译序中所言："外来思想传播的效果如何，它影响原有思想环境的程度如何，看来并不是取决于

---

① （清）黄遵宪著，钱仲联笺注：《人境庐诗草笺注》（下），上海古籍出版社1981年版，第1096页。

② 周作人：《日本杂事诗》，《风雨谈》，河北教育出版社2002年版，第101页。

它们是作为某种游离于传统社会之外的抽象思想，而是取决于它们在多大程度上使异质的母体社会脱离了原有的轨道。只要一种社会没有被另一种社会彻底摧毁，外来的思想就只能够作为某种新词汇为原有的环境所利用；而一旦外来的冲击及其对于原有社会的颠覆达到相当的程度，外来思想就开始排除，那么发生改变的就不只是'词汇'，而是'语言'本身。""如果说历史上佛教的传入最终也只是丰富了中国文化传统的'词汇'，那么西方'冲击'下的近代中国则表现为一个由接受新词汇到改变旧文法（语言）的过程。"① 诚然，从新词语的出现到现代白话文运动的展开，中国近现代的文学变革经历的正是这样一个由接受新词语到改变语言的过程。

---

① 郑家栋：《列文森与〈儒教中国及其现代命运〉》代译序，[美] 列文森（Levenson）《儒教中国及其现代命运》，郑大华等译，中国社会科学出版社2000年版，第8页。

附录二

近现代域外游记书目[①]

表一　晚清主要域外游记（不完全统计）

作者	游记书名	所去国家	出国或成书时间
林针	西海纪游草	美国	1847
容闳	西学东渐记	美国	1847（写于1909年，英文）
罗森	日本日记	日本	1854
斌椿	乘槎笔记	欧洲十一国	1866
祁兆熙	游美洲日记	美国	1874.10
张德彝	航海述奇	欧洲十一国	1866
张德彝	随使日记	欧美各国	1868
张德彝	使英杂记	英国	1876
张德彝	使法日记	法国	1870
张德彝	使还日记	自英、法归途	1877
张德彝	使俄日记	俄国	1878
张德彝	随使德国记（未刊）	德国	1887—1890

---

① 表一根据贾鸿雁《中国游记文献研究》书后附录一"《小方壶斋舆地丛钞》游记篇目一览"、钟叔河主编的"走向世界丛书"目录，并参考李岚博士论文中的制表编写而成。表二、表三根据《中国游记文献研究》书后附录二"民国游记书目"编写而成。此外，笔者根据自己收集的域外游记作品的情况，对其遗漏的部分有所补充。

续　表

作者	游记书名	所去国家	出国或成书时间
张德彝	参使英国记（未刊）	英国	1896—1900
	使英日记	英国	1902—1906
王韬	漫游随录	英、法	1867
	扶桑游记	日本	1879
志刚	初使泰西记	美、英、法、普、俄及其他欧洲国家	1868
孙家谷	使西述略	英、法、德等国	1868
李圭	环游地球新录	美国	1876
郭嵩焘	使西纪程	英国	1876
刘锡鸿	英轺日记	英国	1877
何如璋	使东述略	日本	1877
	使东杂记	日本	1877
李筱圃	日本纪游	日本	1880
傅云龙	游历日本图经余纪	日本	1887
黄庆澄	东游日记	日本	1893
黄遵宪	日本杂事诗广注	日本	1877
李凤苞	使德日记	德国	1878
曾纪泽	出使英法日记	英、法	1878
	使西日记（含上）	英、法、俄等国	1878
钱德培	欧游随笔	德国	1877
徐建寅	欧游杂录	德、英、法	1879
陈兰彬	使美纪略	美国等	1878
蔡钧	出洋琐记	美国等	1881
马建忠	南行记	南洋	1881
	东行初录、续录、三录	朝鲜	1882

续　表

作者	游记书名	所去国家	出国或成书时间
黎庶昌	西洋杂志	英、德、法、西、瑞、意、荷、比	1877
洪勋	游历意大利闻见录	意大利	1887
	游历瑞典挪威闻见录	瑞典、挪威	1887
	游历西班牙闻见录	西班牙	1887
	游历葡萄牙闻见录	葡萄牙	1887
	游历闻见总略	欧洲各国	1887
	游历闻见拾遗	欧洲各国	1887
缪佑孙	使俄日记	俄国	1887
潘飞声	西海纪行	德国	1887
	天外归槎录	德国	1887
薛福成	出使英法义比四国日记	英、法、意、比四国	1890
黄庆澄	东游日记	日本	1893
林乐知、桃溪渔隐编	李鸿章历聘欧美记	俄、德、荷、比、法、英、美等国	1896
戴鸿慈	出使九国日记	美、德、奥、俄、意等国	1905
载泽	考察政治日记	日、英、法、比	1905
康有为	欧洲十一国游记（意、法）	意、法	写于1904年
梁启超	夏威夷游记	夏威夷	1899
	新大陆游记	北美	1903
钱单士厘	癸卯旅行记	日、俄	1903
	归潜记	意大利	1910

表二　1912—1927年出版的域外游记集

作者、编著形式	书名	出版社	出版日期	游历时间、国家及相关信息
张庆桐	俄游述感		1912	俄国
张焕斗	逸庐笔记	捷成印刷公司	1914	日本
宁协万	西征纪事	商务印书馆	1914	文言体，日、俄、德、比、法、英等国
郭希仁	欧洲游记		1915	日记体，1912年，俄、德、法、比、荷、英、瑞等国
伍廷芳	美国视察记	中华书局	1915	美国
王国辅	旅美调查记	商务印书馆	1915	美国
屠坤华	万国博览会游记	商务印书馆	1916	1915年，巴拿马万国游览大会
梁启超	新大陆游记	商务印书馆	1916	1903年游历加拿大、美国
景悫	环球周游记	中华书局	1917	1909—1910年，日、亚美利加、英、南欧罗巴、北欧罗巴、亚细亚等6国
乡下人	欧战中世界旅行记	著者刊		1918年起程，日、加、美、丹、德、荷、南洋等地
王博谦	东行日记		1918	文言体，1918年，日本
陈嘉言	东游考察日记	编者刊	1918	1910年，日本
张援	日鲜旅行记	著者刊	1919	1919年在日本、朝鲜
梁鸿耀	日鲜游记	民立中学校	1919	日记体，1919年在日本、朝鲜
王拱璧	东游挥汗录	著者刊	1919	日本
唐庆诒	南游日记	著者刊	1919	纪游日记，1917年，美国南部
王一之	旅美观察谈	申报馆	1919	美国
钱文选	环球日记	著者刊	1920	日记体，1910—1913年，英、美、日

续　表

作者、编著形式	书名	出版社	出版日期	游历时间、国家及相关信息
李煜堂口述	欧战后十一国游历记		1920	第一次世界大战后游历日、英、美、法、瑞、德、荷、比、埃及、印度、暹罗等国
孙绍康	欧亚环游记	商业印书局	1921	1913年赴法，经欧、亚、非各地，1919年从法回国
李翰章	日本三S视察记	著者刊	1921	概述日本和中国的社会情况
冯延铸	东游鸿爪录	大冈县署	1921	1905—1906年赴日留学
庄启编	战后欧游见闻记	商务印书馆	1922	1919—1921年，法、西、葡、德、比、瑞等国
王桐龄	东游杂感	北京高等师范学校图书馆	1922	1921年，赴日本、朝鲜
王桐龄	日本视察记	文化学社	1922	原"东游杂感"
李法端	欧行杂录	怀幼学校董事会	1922	留学德国
瞿秋白	新俄国游记（饿乡纪程）	商务印书馆	1922	1921—1922年，苏俄
邵挺	纽丝纶归程			1922年4—5月从新西兰归国时的旅途见闻
胡贻谷	欧游经验谈	青年协会书局	1923	胡贻谷、梅贻琦等6人游英、法、比、荷、德、瑞、意7国
石毓赋	欧行日记		1923	留学德国
晨报社编	游记第一集	晨报社	1923	俄、德、法、英，李霁初、鲍胥、孙福熙、徐彦之各一篇
傅绍曾	南洋见闻录	求知学社	1923	1917年，槟榔屿、南洋
姚祝萱编	国外游记汇刊（第1—8册）	中华书局	1924.10	

续表

作者、编著形式	书名	出版社	出版日期	游历时间、国家及相关信息
江亢虎	江亢虎南游回想记	中华书局	1924	南洋
梁绍文	南洋旅行漫记	中华书局	1924	1923年在南洋观光
陈以益	爪哇鸿爪	外交部印刷局	1924	1922年，爪哇，商务
李友兰	新俄罗斯游记	著者刊	1924	1923年，俄国
瞿秋白	赤都心史	商务印书馆	1924	1921—1922年，苏俄，莫斯科
俞颂华	游记第二集	晨报社	1924	1921年与瞿秋白等去苏俄
侯鸿鉴	环球旅行记	竞志女学校	1925	1923年3—8月，日、美、英、法、德、南洋等地
江亢虎	新俄回想录	军学编辑局	1925	1921年，游历苏联
庄启编	德国一周	商务印书馆	1925	第一次世界大战后，游历德国
俞凤宾	游东感想		1925	1925年，赴日开会
孙福熙	大西洋之滨	北新书局	1925	海外见闻
孙福熙	山野掇拾	新潮社	1925	法国
孙福熙	归航	开明书店	1926	从法国回上海途中
陈柏年编	铁骑下之新加坡	中国经济研究会	1926	游历新加坡
抱朴	赤俄游记	北新书局	1926	1921—1923年，游历苏联
徐正铿	留美采风录	商务印书馆	1926	1919年留学美国
由云龙	游美笔谈	崇文印书馆	1926	美洲
徐志摩	巴黎的鳞爪	新月书店	1927	1925年，游苏、德、意、法等国
陈以益	墨游漫墨	著者刊	1927	民国驻墨领事，游历美国、墨西哥

表三　1927—1949 年出版的域外游记集

作者、编著形式	书名	出版社	出版日期	游历时间、国家及相关信息
徐志摩	自剖文集	新月书店	1928.1	其中《游俄辑》收《欧游漫录》
戴东原	日游紫思录	元益公司（上海）	1928	1927 年游历日本的见闻
黄强	马来鸿雪录（上册）	商务印书馆	1928.6	1926 年夏环游马来半岛，下册未见书
罗运炎	环球游记		1928.10	1926 年，游历意、瑞、法、美的见闻，附录 1924 年旅日游记
卓宏谋	南洋群岛游记	著者刊	1928.12	日记体，记述 1901 年 2—4 月游历南洋 17 岛的经过
徐霞村	巴黎生活（上下卷）	远东图书公司（上海）	1928.12—1929.4	旅居巴黎
章仲和	仁呕斋东游漫录		1929	记述 1916 年 6 月至 1919 年 4 月在日本的游历见闻，写于 1929 年
邹鲁	环游二十九国记（上下）	世界书局	1929.1	日记体，在日、美、墨西哥、巴拿马、法、瑞、德、英等 29 国的旅行见闻
杨钟健	去国的悲哀	平社出版部（北平）	1929.2	留德时的旅行记
严露清	日本印象记	群众图书公司（上海）	1929.3	旅日游记兼风物记
邹翰芳	菲律宾考察记	商务印书馆	1929.4	1929 年 7 月在菲一年的旅游见闻
沈美镇	南居印象记	开明书店	1929.5	记述南洋风土人情
张子徐、味冰	库游杂存	著者刊	1929.7	游历库仑时所写诗文、杂记集，写于 1929 年 7 月
王朝佑	游日日记	著者刊	1929.9	记述同日本各界人士的谈话
刘薰宇	南洋游记	开明书店	1930.1	记述 1926 年 12 月至 1927 年 4 月在南洋各地旅行观感

续 表

作者、编著形式	书名	出版社	出版日期	游历时间、国家及相关信息
邱怀瑾	欧洲环游纪事	春泥书屋（上海）	1930.4	英、法、意、德、俄
征夫和吟	关于印度	新人合作社（上海）	1930.7	游历印度杂感
钱用和	欧风美雨	新纪元书店（上海）	1930.9	美国、欧洲
卢锡荣	欧美十五国游记	大夏大学（上海）	1930	日记体，分导言、新大陆游记、欧土游记三编
卢广绵述	丹麦游记	东北商工日报馆（沈阳）	1931	日记体，记录丹麦的乡村教育情况
王勤堉	世界一周	商务印书馆	1931.4	游记体，南洋、澳洲、新西兰、朝鲜、日本、南北美洲、西伯利亚、欧洲、非洲
王志成	南洋风土见闻录	商务印书馆	1931.6	从上海到新加坡通信
王朝佑	东游随感录	著者刊	1931.9	1929年游历日本；1930年视察日本后写的随感录
潘仰尧	从辽宁到日本	新声通讯社出版部（上海）	1931.9	1930年春赴日考察教育、新闻、社会事业和农村情况
曾仲鸣等3人	三湖游记	开明书店	1931.9	法国，收录孙伏园《丽茫湖》、孙福熙《安那西湖》、曾仲鸣《蒲尔志湖》
徐霞村	巴黎游记	光华书局	1931.10	上卷：阿多斯号，下卷：在巴黎
黄炎培	黄海环游记	生活书店	1932.1	1931年3月19日至4月24日从青岛出发，游历朝鲜、日本
吉鸿昌、孟宪章编	环球视察记	东方学社（北平）	1932.5	编者考察美、日、古巴、法、德、意等国农工交通事业，政治经济军事教育状况的记录
孟宪章	三万里海程见闻录	东方学社	1932	"环球视察记"的节本
褚民谊	欧游追忆录	中国旅行社（上海）	1932	法国巴黎、马赛、里昂

续　表

作者、编著形式	书名	出版社	出版日期	游历时间、国家及相关信息
林克多	苏联闻见录	大光书局（上海）	1932	1931年1月在苏联的亲身经历与见闻，359页，1936年9月三版时373页
罗井花	南洋旅行记	中华书局	1932.11	南洋
解人	归心	大学出版社（北平）	1932.12	从巴黎至广东的印象与感想
巴金	海行	新中国书局（上海）	1932.12	1927年赴法途中的见闻散记
柴亲礼编	希腊土耳其游记		1933.1	1927年游历土耳其、希腊的见闻
胡铭	从莫斯科归来	群众图书公司（上海）	1933.1	苏联游记
宋春舫	蒙德卡罗	中国旅行社（上海）	1933.4	十余年前的旧作，法、意、匈、奥、瑞及国内各地的旅行见闻
许公武	游日纪要	考试院（南京）	1933.4	赴日考察行政、考试、教育、地方自治等制度
谭云山	印度周游记	新亚细亚学会（南京）	1933.4	印度的名胜古迹、社会风俗情况
朱契	行云流水	中山书局（南京）	1933.5	留德时所作
蔡运辰	旅俄日记 俄京旅话	大公报馆（天津）	1933.6	旅俄日记（1930年5月1日至1931年4月26日），1931年8月再度赴俄
甘纯权编	东游一得录	编者刊	1933.7	1932年6—7月赴日考察职业教育
黄贤俊	德国印象记	民智书局（上海）	1933.8	20世纪30年代初游德见闻，介绍教育的篇幅较多
赵振武	西行日记	成达师范出版部（北平）	1933.8	1932年11月至1933年5月途经开罗赴麦加、麦地那朝觐的经过及见闻
胡愈之	莫斯科印象记	新生命书局（上海）	1933.8	苏联

续 表

作者、编著形式	书名	出版社	出版日期	游历时间、国家及相关信息
胡石青	三十八国游记	著者刊	1933.10	作者是清代秀才，逐日记载 1921 年 10 月至 1924 年 6 月游历亚、美、欧等 38 国的见闻
黄士谦	世界一周之实地观察	著者刊	1933.12	1932 年 5 月 21 日至 1933 年 3 月 28 日旅行日记，法、英、荷、丹、匈、美、加等国
庄泽宣	游欧通讯	生活书店（上海）	1934.1	生活书店出版的《海外的感受》一书中的《游欧通讯》的单行本
邹韬奋	萍踪寄语初集	生活书店	1934.6	
孙季叔辑注	世界游记选	亚细亚书局（上海）	1934.7	8 卷，亚、欧各 3 卷，南北美洲、非洲各 1 卷
邹韬奋	萍踪寄语二集	生活书店	1934.9	
朱自清	欧游杂记	开明书店	1934.9	1932 年五六月间欧游行踪，附录写给叶圣陶的"西行通讯"两封信
郑振铎	欧行日记	良友图书印刷公司	1934.10	1927 年 5—8 月去欧途中及在欧洲时的部分日记
王辑唐	东游纪略	著者刊	1934.12	1934 年 4—6 月游历日本的见闻
陈炳煌	海外见闻录	著者刊	1935.1	以纪游形式叙述海外各地风光
方同源	东游回忆录		1935.2	随华东基督教教育会组织的日本教育团赴日参观访问记
王嘉桢	欧美环游印象记		1935.2	1933 年 8 月起，两年半游历苏联、波兰、瑞、法、荷、英、德、美的见闻
刘海粟	欧游随笔	中华书局	1935.3	1929—1931 年旅欧三载，着重介绍欧洲艺术
艾芜	漂泊杂记	生活书店（上海）	1935.4	1927—1930 年在西南地区及缅甸等地的漂泊生活

续表

作者、编著形式	书名	出版社	出版日期	游历时间、国家及相关信息
小默	欧游漫忆	生活书店	1935.4	1932年春始游欧18个月
戈公振	从东北到庶联	生活书店	1935.4	记录作者1933年3月至1935年10月期间在苏联参观访问的见闻
李清悚	东游散记	大东书局	1935.5	游日散记50篇
邹韬奋	萍踪寄语三集	生活书店	1935.6	
邹韬奋	萍踪忆语			
黄九如编	外国十大名城游记	中华书局	1935.6	介绍东京、旧金山、芝加哥、纽约、伦敦、巴黎、罗马、维也纳、柏林、莫斯科十大名城，游记体
谭云山	印度丛谈	申报月刊社（上海）	1935.7	印度地理、种族、社会、政治、宗教、语言等，原载于《申报月刊》
唐庆诒	漫游记	人文印书馆（常州）	1935.7	文言体游记4篇，《南游日记》《瑞士山水游记》《游雁荡山记》《欧游日记》
王礼锡	海外杂笔	中华书局	1935.8	有书信、游记、随笔，记述巴黎、英伦、开罗、罗马等海外见闻
胡蝶	欧游杂忆	良友图书出版公司	1935.8	1935年，胡蝶应苏俄邀请，赴俄参加国际影片展览会。而后又赴德国、法国、英国、瑞士、意大利等国访问。附有大量照片
郑健庐	南洋三月记	中华书局	1935.9	1933年5—8月赴南洋考察时的游记
黄公柱	欧美考察记	商务印书馆	1935.9	欧美
叶夏声	西行逐日记	著者刊	1935.11	1934年4月24日至1935年1月1日在美、英、法、德、意、埃及、菲等国的游历见闻

续表

作者、编著形式	书名	出版社	出版日期	游历时间、国家及相关信息
巴金	海行杂记	开明书店	1935.11	与1932年版的《海行》内容相同
蔡廷锴	海外印象记	著者刊	1935.12	1934年4月至1935年4月在锡兰、埃及、意、瑞、奥、德、比、法、美等国游历印象
邱兆琛	南太平洋游记	良友图书印刷公司（广州）	1935	游历澳大利亚、新西兰等地的见闻
王独清	我在欧洲的生活		1936	1920年春赴法留学，法国、意大利、西班牙
庐隐	东京小品	北新书局	1936	日本
叶谷虚	越游回想录	闽南职业中学	1936	越南
龚学遂	欧美十六国访问记		1936	与李弼侯赴欧洲考察半年，意、德、法、英、波、苏、美等16国
吴仲伯编	外国游记选	中华书局	1936.2	收巴金、孙福熙、戈公振等写的游记，亦有翻译作品
仓圣	欧行杂记	上海时代图书公司	1936.3	欧游通讯30篇
梁启超	欧游心影录节录	中华书局	1936.3	旅欧杂论观感集
李健吾	意大利游简	开明书店	1936.4	意大利，收5篇游记
曹贯一	东游杂感录	改造社（北平）	1936.4	留学日本数年的观感
王礼锡	海外二笔	中华书局	1936.6	伦敦、巴黎、苏联
曾昭抡	东行日记	大公报出版部（天津）	1936.10	1936年赴日考察，主要介绍日本的化学工业情况

续表

作者、编著形式	书名	出版社	出版日期	游历时间、国家及相关信息
凌抚元	日本游记	新北平报社	1936.10	1935年8月赴日考察农林业时的见闻
应懿凝	欧游日记	中华书局	1936.11	1934年6月至1935年1月欧游见闻
张若谷	游欧猎奇印象	中华书局	1936.12	1933—1934年欧洲见闻
邓以蛰	西班牙游记	良友图书印刷公司	1936.12	1933—1934年游欧的部分笔记
董渭川、孙文振	欧游印象记		1936.12	1934年2—10月在意、瑞、法、英、德、苏等10个欧洲国家游历的见闻感想
韦永成	欧游日记		1936	考察丹麦、英国、苏联
黄孝先	旅日见闻录	基督教青年会（南京）	1936.12	1936年随南京基督教青年会日本旅行团赴日旅行记
王桐龄	日本东北视察记	国立北平师范大学	1937.1	1936年7月在日本东北部的旅行见闻
杨文瑛	暹罗杂记	商务印书馆	1937.1	旅暹5年的游记
盘斗寅	游俄纪要		1937.1	写于1937年1月，作为农林专家由广西省派往苏联考察实业，附录"游苏竹枝词"
李丽	世界之旅	改造社（上海）	1937.2	漫游欧洲诸国、美、日等地的游记93篇
沙鸥	欧行观感录	中华书局	1937.3	多为游欧期间的通讯报道
萧冠英	欧洲考察记初编	国立中山大学出版部（广州）	1937.3	1936年春赴欧美考察工业，书末附《欧游观感》《欧洲各国青年训练及其国民性之检讨》

续　表

作者、编著形式	书名	出版社	出版日期	游历时间、国家及相关信息
新绿文学社编	名家游记	中华书局	1937.3	上编为本国风光，下编为异国情调
林兴智	到埃及去	中国回教书局（上海）	1937.6	日记体，记述从上海到埃及求学的旅途经历
吴琢之	欧美旅途随笔	江南汽车股份有限公司	1937.7	1936年赴美考察工业历时5个月，周游7国，该书为旅途中的散记
盛成	意国留踪记	中华书局	1937.7	借用《神曲》《十日谈》的体裁撰写的游记，兼有随笔和诗歌，重点介绍欧洲文艺复兴
陶亢德编	苏联见闻	宇宙风社	1937.7	内收于炳然、桓行、戈宝权等人的16篇文章
朱华	东游杂感	著者刊	1938	1938年7月赴日游历写下的杂感，原供《新民报》补白用
詹文浒	欧美透视	世界书局	1938.6	作者在哈佛读书后游历欧美，1937年11月归国，记述各地观感
陶亢德编	欧风美雨	宇宙风社	1938.7	收林语堂、戴望舒等的欧美游记14篇
王统照	游痕	文化生活出版社（上海）	1939.2	前4篇为游欧散记
陈三多	马来亚观感记		1939.3	记录了1938年10月召开华侨筹赈祖国难民会代表大会情况和当地风俗
梧桷	采风随笔	新报社（南京）	1939	日记体，1939年4月随汪伪政权访日时写的日记

续　表

作者、编著形式	书名	出版社	出版日期	游历时间、国家及相关信息
武德报社编	日本游记	编者刊	1939.4	天津市教育代表访日团游记10篇
俞正燮	东渡鳞爪			1939年5月维新政府初周纪念赴日视察团随记，46页
王统照	欧游散记	开明书店	1939.5	欧洲，书末附新诗7首、旧诗12首并有后记
仲跻翰	东西洋考察记	世界书局	1939.7	随杨虎城将军考察英、美、德、法、意
余克荣	扶桑纪游			1939年赴日观光记（只有26页）
华中青年协会访日团编	东行散记	大楚报社出版部（汉口）	1939.11	敌伪出版物，收东行散记、东行漫记、日本纪行、东游印象记4篇文章
陈祖东	欧游纪行	正中书局（重庆）	1939.11	1938年考察英、法、瑞、德等国水利电力情况
沙国珍	缅甸视察录		1940	1939—1940年奉命赴缅甸考察
胡愈之	南行杂记	生活书店（重庆）	1940.1	越南
隋岐周	我的游记	文化学社（南京）	1940.9	记述去日本参观军队和军事设施的情况
阮蔚村	纪元二千六百年日本游记	著者刊	1940.12	1940年5—6月访日经过，次题日本游记
蒋彝	战时伦敦	世界文化出版社（上海）	1940.12	原为英国读者而写，记述第二次世界大战爆发最初一两个月伦敦的片断情况，62页
蒋彝	战时不列颠			旅居英国时对战时英国社会的记述，32页

续 表

作者、编著形式	书名	出版社	出版日期	游历时间、国家及相关信息
中国回教南洋访问团编	北婆罗访问记	编者刊	1941.3	1940年10月至1941年1月回教团访问北婆罗洲的经过
沈有乾	西游回忆录	西风社（上海）	1941.6	1922—1929年留美8年的见闻感想，最初连载于1938—1940年的《西风》月刊
西风社编选	欧美印象	西风社	1941.11	收林语堂、老舍、李金发、冯至、林疑今、林如斯等12人的27篇文章
莫东寅	留东游记	著者刊	1942.3	1933年春游日时写下的游记汇编，文言体
谢仁钊	缅甸纪行	独立出版社（重庆）	1942.4	著者参加由蒋梦麟、曾养甫率领的访缅代表团，该书记述了出访情况
邹鲁	旧游新感	国民图书出版社	1942.5	对旧作"环游二十九国记"的按语的编集，文言体
沈太闲	南洋牙拉巅游记	华侨协会（北京）	1943.1	1915年在牙拉巅游历三个月，介绍马来人的民间风俗
罗念生	希腊漫话	中国文化服务社（重庆）	1943.2	旅居希腊一年写下的印象记
邹鲁	二十九国游记	商务印书馆（重庆）	1943.4	"环游二十九国记"和"旧游新感"的合刊本
朱自清	伦敦杂记	开明书店（重庆）	1943.4	1931—1932年游欧期间在伦敦生活7个月，9篇文章
端木露西	海外小笺	袖珍书店（湖南兰田）	1943.6	有《船上生活》等6篇旅途书信，《伦敦的太阳》等5篇海外散记

续　表

作者、编著形式	书名	出版社	出版日期	游历时间、国家及相关信息
邵力子	苏联归来	中国文化服务社（重庆）	1943.6	苏联
周寒梅	马来亚印象记	南洋问题研究社（重庆）	1943.7	在日寇铁蹄下华侨的悲惨生活境遇
唐易尘编著	麦加巡礼记	震宗报出版部	1943.9	1938年12月率4人去麦加朝觐经过与见闻
冯至	山水	国民图书出版社（重庆）	1943.9	其中有作者留德时的见闻感想，收录9篇文章
臧健飞	南洋的风光	新京书店出版部（长春）	1943.10	南洋，敌伪出版物
沁明	欧美采风记（1—3册）	中国旅行社（桂林）	1943.10	1936年赴美转欧留学。日记体，即在1936年1月6日至1937年4月2日在欧美各地的旅行见闻
陈彬和	东行观感	申报馆（上海）	1943	1943年11月赴日参加大东亚新闻大会的情况
孔令伟编述	蒋夫人美加行纪	中农印刷所	1944	1942年11月至1943年7月宋美龄由重庆赴美国和加拿大经过的日记
中日文化协会上海分会出版股编	日本一瞥	中日文化协会上海分会	1944.2	收周越然《东行日记》、鲁风《我们的自省与自勉》、陶亢德《东行一瞥》等6篇游记
南美农夫	回溯南游		1944.2	1939年秋由福建省派赴南洋考察商务，历时3年多
黄药眠	美丽的黑海	文化供应社（桂林）	1944.5	旅苏游记，介绍苏联的风土人情
王云五	战时英国	商务印书馆（重庆）	1944.7	访英观感，战时英国的情况

续 表

作者、编著形式	书名	出版社	出版日期	游历时间、国家及相关信息
王云五	访英日记	商务印书馆（重庆）	1944.7	1943年11月至1944年3月访英，归途中兼访土耳其、伊朗、伊拉克三国，日记体
杭立武	访英简笔	中华书局（重庆）	1944.7	1943年12月至1944年1月随中国访英团访问英国20多个城市，随笔
黄觉寺	欧游之什	著者刊	1944.8	意大利、英、法
赵敏恒	伦敦去来	新民报总社（南京）	1944.9	1943年11月至1944年4月访英往返途中及在英逗留期间以书信方式写的30篇新闻通讯报道
何凤山编	欧美风光	政治生活出版社（重庆）	1945.3	内分"想当年在德国""欧美忆忆"两篇
郭沫若	苏联纪行	上海中外出版社	1946	
余新恩	留欧印象	著者刊	1946.12	在欧游历的观感
徐玉文等著，孙季叔编注	世界游记选	文友书店（上海）	1947	收录亚、欧、南北美洲、非洲及澳洲各地游记43篇
冯至	山水	文化生活出版社（上海）	1947.5	较1943年重庆版增收了4篇
费孝通	重访英伦	大公报馆（上海）	1947.5	第二次世界大战后的访英通讯
王芸生	日本半月	大公报馆（上海）	1947.6	写于1947年6月，第二次世界大战后访日的通讯报道集
严仁颖	旅美鳞爪	编者刊	1947.9	作者为《大公报》驻美记者，收录通讯报道22篇
杨钟健	新眼界	商务印书馆	1947.10	1944年赴美洲、欧洲，1946年3月回国记述在美国、加拿大、英国的见闻印象

续 表

作者、编著形式	书名	出版社	出版日期	游历时间、国家及相关信息
南洋	到美国去做"米斯特"	香港公教真理学会	1947.11	赴美旅行游记
王长宝	欧氛随侍记	鸿业印刷公司（南京）	1948.1	日记体，1939年9月1日至1946年7月1日在战火纷飞的欧洲随侍父母辗转流离的经过与见闻，其父王石孙为驻外使官
徐钟珮	英伦归来	中央日报社（南京）	1948.1	《中央日报》驻伦敦特派员，本书是她回国后写的见闻随感
李树青	天竺游踪琐记	商务印书馆	1948.4	1945年6—9月在印度游历情况
刘宁一	欧游漫记	东北书店（佳木斯）	1948.6	欧洲，着重介绍欧洲一些国家的共产党和工人运动
徐钟珮	伦敦和我	中央日报社（南京）	1948.6	在伦敦的旅居生活、介绍伦敦的风土人物
潘朝英	韩国观感	益世报馆（南京）	1948.9	1948年访问朝鲜的观感，曾刊载于1948年9月6—13日南京《益世报》
陈烈甫	菲游观感记	南侨通讯社（厦门）	1948	菲律宾游记
胡叔异	战后西游记	正中书局（上海）	1948.6	记述1946年初夏至1947年游历英、美的观感
徐同邺	海外游踪	美华出版社	1948.9	记述在美国、非洲好望角的游历见闻
杨钟健	国外印象记	文通书局（上海）	1948.10	作者是地质科学工作者，美洲、欧洲
刘宁一	欧游漫忆	华东新华书店	1948.11	与1948年6月东北书店版同名，但内容有所不同

续　表

作者、编著形式	书名	出版社	出版日期	游历时间、国家及相关信息
刘尊棋	美国侧面象	士林书店（上海）	1949.2	获卡内基国际和平基金会资助，应邀赴美考察新闻出版事业
李汉魂	欧游散记	力行出版社（广州）	1949.5	1947年游历英、挪威、瑞典、丹麦、法、德、瑞士等13国的见闻
许君远	美游心影	建中出版社（上海）	1949.5	大部分文章刊登于《大公报》
汤达	东南欧巡礼	新中国书局（北平）	1949.7	书信体游记，捷克、波兰、匈牙利、罗马尼亚、南斯拉夫等9封信
金问泗	旅欧三年之感想			记述第二次世界大战前夕欧洲国际形势
	游欧日记 i	大东书局（上海）		参观访问意、法、英等国，主要介绍各国的海军设施
天生	坐火车到英国			22页，欧游特约通信第一函，节录自《国闻周报》第四卷第六期，系上海银行给从业人员的学习材料

　　＊董康：《董康东游日记》，河北教育出版社2000年版，又名《书舶庸谭》。董曾四次赴日，分别是1926年至1927年5月、1933年11月、1935年4月、1936年8月。书中详细记载了其在日本访书的过程。

主要参考文献

作品集[①]

《阿英全集》，安徽教育出版社2003年版。
《艾青全集》，花山文艺出版社1991年版。
《郭沫若全集》，人民文学出版社1985年版。
《蒋光慈文集》，上海文艺出版社1988年版。
《胡适全集》，安徽教育出版社2003年版。
《老舍全集》，人民文学出版社1999年版。
《梁启超全集》，北京出版社1999年版。
《鲁迅全集》，人民文学出版社2005年版。
《茅盾全集》，人民文学出版社1984年版。
《瞿秋白文集》，人民文学出版社1985年版。
《苏雪林文集》，安徽文艺出版社1996年版。
苏雪林：《灯前诗草》，台北正中书局1982年版。
《王礼锡诗文集》，上海文艺出版社1993年版。
《吴宓诗集》，商务印书馆2004年版。
《西滢闲话》，新月书店1928年版。
《徐志摩全集》，天津人民出版社2005年版。
《郁达夫文集》，花城出版社、生活·读书·新知三联书店香港分店
　　1985年版。
《朱自清全集》，江苏教育出版社1988年版。

---

① 文中涉及的域外游记作品可参见附录二"近现代域外游记书目"，参考文献中不再另列。

研究论著

［美］爱德华·W. 萨义德：《东方学》，王宇根译，生活·读书·新知三联书店 1999 年版。

［美］爱德华·W. 萨义德：《知识分子论》，单德兴译，生活·读书·新知三联书店 2002 年版。

［美］爱德华·W. 萨义德：《文化与帝国主义》，李琨译，生活·读书·新知三联书店 2003 年版。

［英］安东尼·吉登斯：《现代性与自我认同：现代晚期的自我与社会》，赵旭东、方文译，生活·读书·新知三联书店 1998 年版。

［美］本尼迪克特·安德森：《想象的共同体：民族主义的起源与散布》，吴叡人译，上海世纪出版集团 2005 年版。

［加拿大］查尔斯·泰勒：《自我的根源：现代认同的形成》，译林出版社 2001 年版。

蔡江珍：《中国现代散文理论的现代性想象》，中国社会科学出版社 2006 年版。

陈平原：《中国现代学术之建立——以章太炎、胡适之为中心》，北京大学出版社 1998 年版。

陈平原：《中国散文小说史》，上海人民出版社 2004 年版。

陈平原、王德威编：《北京：都市想象与文化记忆》，北京大学出版社 2005 年版。

［美］阿里夫·德里克：《后革命氛围》，王宁等译，中国社会科学出版社 1999 年版。

董炳月：《"国民作家"的立场——中日现代文学关系研究》，生活·读书·新知三联书店 2006 年版。

董士伟：《康有为评传》，百花洲文学出版社 1994 年版。

范培松：《中国现代散文史》，江苏教育出版社 1993 年版。

范培松：《中国散文批评史》，江苏教育出版社 2000 年版。

［澳］费约翰：《唤醒中国》，李恭忠、李雪风等译，生活·读书·新知三联书店 2004 年版。

［美］费正清编:《剑桥中国晚清史（1800—1911）》（上、下），中国社会科学出版社1985年版。

［美］费正清编:《剑桥中华民国史（1912—1949）》（上、下），中国社会科学出版社1994年版。

冯乃康:《中国旅游文学论稿》，旅游教育出版社1995年版。

冯友兰:《中国哲学简史》，赵复三译，天津社会科学院出版社2005年版。

高鸿:《跨文化的中国叙事——以赛珍珠、林语堂、汤亭亭为中心的讨论》，上海三联书店2005年版。

［德］顾彬:《关于"异"的研究》，北京大学出版社1997年版。

龚鹏程:《游的精神文化史论》，河北教育出版社2001年版。

郭少棠:《旅行:跨文化想象》，北京大学出版社2005年版。

郭双林:《西潮激荡下的晚清地理学》，北京大学出版社2000年版。

郭延礼:《近代西学与中国文学》，百花洲文艺出版社2000年版。

贾鸿雁:《中国游记文献研究》，东南大学出版社2005年版。

姜智芹:《文学想象与文化利用——英国文学中的中国形象》，中国社会科学出版社2005年版。

［德］卡尔·曼海姆:《意识形态与乌托邦》，黎鸣译，商务印书馆2007年版。

［美］柯文:《在传统与现代之间——王韬与晚清改革》，雷颐等译，江苏人民出版社2002年版。

李保民:《吕碧城词笺注》，上海古籍出版社2001年版。

李保民:《吕碧城诗文笺注》，上海古籍出版社2007年版。

李伯齐:《中国古代纪游文学史》，山东友谊书社1989年版。

李欧梵:《中国现代文学与现代性十讲·晚清文化、文学与现代性》，复旦大学出版社2002年版。

李喜所:《中国留学史论稿》，中华书局2007年版。

李希同编:《冰心论》，北新书局1932年版。

李扬帆:《走出晚清:涉外人物及中国的世界观念之研究》，北京大学出版社2005年版。

梁漱溟：《中国文化要义》，学林出版社 1987 年版。

[美] 列文森：《儒教中国及其现代命运》，郑大华等译，中国社会科学出版社 2000 年版。

林非：《中国现代散文史稿》，中国社会科学出版社 1982 年版。

刘德谦：《中国旅游文学新论》，中国旅游出版社 1997 年版。

刘禾：《语际书写——现代思想史写作批判纲要》，上海三联书店 1999 年版。

刘禾：《跨语际实践：文学，民族文化与翻译的现代性（中国，1900—1937）》（修订译本），生活·读书·新知三联书店 2008 年版。

刘纳：《嬗变——辛亥革命时期至五四时期的中国文学》，中国社会科学出版社 1998 年版。

罗钢、刘象愚主编：《文化研究读本》，中国社会科学出版社 2000 年版。

罗志田：《再造文明之梦——胡适传》，四川人民出版社 1995 年版。

[法] 马·法·基亚：《比较文学》，颜保译，北京大学出版社 1983 年版。

马洪林：《康有为评传》，南京大学出版社 1998 年版。

马永强：《文化传播与现代中国文学》，安徽大学出版社 2003 年版。

孟华等：《中国文学中的西方人形象》，安徽教育出版社 2006 年版。

孟华主编：《比较文学形象学》，北京大学出版社 2001 年版。

梅新林、俞樟华：《中国游记文学史》，学林出版社 2004 年版。

[美] 莫里斯·迈斯纳：《马克思主义、毛泽东主义与乌托邦主义》，张宁、陈铭康译，中国人民大学出版社 2005 年版。

[英] 诺曼·费尔克拉夫：《话语与社会变迁》，殷晓蓉译，华夏出版社 2003 年版。

钱理群：《返观与重构——文学史的研究与写作》，上海教育出版社 2000 年版。

钱仲联：《人境庐诗草笺注》，上海古籍出版社 1981 年版。

钱锺书：《七缀集》（修订本），上海古籍出版社1994年版。

钱锺书：《谈艺录》（补订本），中华书局1984年版。

[美]乔纳森·弗里德曼：《文化认同与全球性过程》，郭建如译，商务印书馆2003年版。

任剑涛：《从自在到自觉——中国国民性探讨》，陕西人民出版社1992年版。

[美]史景迁：《文化类同与文化利用》，北京大学出版社1990年版。

[日]实藤惠秀：《中国人留学日本史》，谭汝谦、林启彦译，生活·读书·新知三联书店1983年版。

王瑾：《互文性》，广西师范大学出版社2005年版。

王德威、季进主编：《文学行旅与世界想象》，江苏教育出版社2007年版。

王立群：《中国古代山水游记研究》，河南大学出版社1996年版。

汪荣祖：《走向世界的挫折——郭嵩焘与道咸同光时代》，中华书局2006年版。

王淑良：《中国现代旅游文学史》，东南大学出版社2005年版。

王宁：《全球化与文化：西方与中国》，北京大学出版社2002年版。

王晓秋：《近代中日文化交流史》，中华书局2000年版。

王兴国：《郭嵩焘评传》，南京大学出版社2000年版。

王一川：《中国形象诗学——1985至1995年文学新潮阐释》，上海三联书店1998年版。

王一川：《中国现代性体验的发生》，北京师范大学出版社2001年版。

吴宝晓：《初出国门：中国早期外交官在英国和美国的经历》，武汉大学出版社2000年版。

吴宓：《吴宓诗话》，商务印书馆2005年版。

[日]西原大辅：《谷崎润一郎与东方主义——大正日本的中国幻想》，赵怡译，中华书局2005年版。

夏晓虹：《返回现场——晚清人物寻踪》，江西教育出版社2002年版。

夏晓虹：《晚晴社会与文化》，湖北教育出版社2000年版。

夏晓虹：《觉世与传世——梁启超的文学道路》，上海人民出版社1991年版。

谢彦君：《基础旅游学》，中国旅游出版社1999年版。

熊月之：《西学东渐与晚清社会》，上海人民出版社1994年版。

杨联芬：《晚清至五四：中国现代文学性的发生》，北京大学出版社2003年版。

喻学才：《中国旅游文化传统》，东南大学出版社1995年版。

俞元桂：《中国现代散文史》（修订本），山东文艺出版社1997年版。

俞元桂、姚春树、王耀辉、汪文顶选编：《中国现代散文理论》，广西人民出版社1984年版。

袁进：《中国文学观念的近代变革》，上海社会科学院出版社1996年版。

乐黛云、勒·比松主编：《独角兽与龙——在寻找中西文化普遍性中的误读》，北京大学出版社1995年版。

乐黛云、张辉主编：《文化传递与文学想象》，北京大学出版社1999年版。

章必功：《中国旅游史》，云南人民出版社1992年版。

张炯、邓绍基、樊骏主编：《中华文学通史》，华艺出版社1997年版。

张海林：《王韬评传》，南京大学出版社1993年版。

张灏：《梁启超与中国思想的过渡（1890—1907）》，江苏人民出版社1993年版。

张隆溪：《走出文化的封闭圈》，生活·读书·新知三联书店2004年版。

章尚正：《中国山水文学研究》，学林出版社1997年版。

章尚正：《中国旅游文学》，福建人民出版社2002年版。

张志扬：《创伤记忆——中国现代哲学的门槛》，上海三联书店1999年版。

郑观应：《盛世危言》，辽宁人民出版社1994年版。

郑名桢：《留法勤工俭学运动》，山西高校联合出版社1994年版。

中国社会科学研究会编:《中国与日本的他者认识》,社会科学文献出版社2004年版。

钟叔河:《从东方到西方:走向世界丛书叙论集》,岳麓书社2002年版。

钟叔河:《走向世界:近代知识分子考察西方的历史》,中华书局1985年版。

[美]周策纵:《五四运动:现代中国的思想革命》,周子平等译,江苏人民出版社1999年版。

周宁:《鸦片帝国》,学苑出版社2004年版。

周宁:《天朝遥远》,北京大学出版社2006年版。

周宁主编:《世界之中国:域外中国形象研究》,南京大学出版社2007年版。

周宪、包兆会编:《中国文学与文化的认同》,北京大学出版社2008年版。

周振甫、冀勤编著:《钱锺书〈谈艺录〉读本》,上海教育出版社1992年版。

朱德发:《中国现代纪游文学史》,山东友谊出版社1990年版。

朱维铮:《求索真文明——晚清学术史论》,上海古籍出版社1996年版。

邹振环:《西方传教士与晚清西史东渐》,上海古籍出版社2007年版。

邹振环:《晚清西方地理学在中国——以1815至1911年西方地理学译著的传播与影响为中心》,上海古籍出版社2000年版。

[日]佐藤慎一:《近代中国的知识分子与文明》,刘岳兵译,江苏人民出版社2006年版。

研究论文

[美]阿里夫·德里克:《反历史的文化?寻找东亚认同的"西方"》,王宁译,《文艺研究》2000年第2期。

包晓玲:《中国现代旅外游记的文化心态》,《西南民族大学学报》2004年第5期。

陈橹、杨勇：《近代中国自由主义的思想偏差及其原因分析》，《南京社会科学》2003年第8期。

陈平原：《从科普读物到科学小说——以"飞车"为中心的考察》，《中国文化》1996年第13期。

陈晓兰：《当代中国旅外游记中的西方表述》，《当代作家评论》2008年第2期。

陈晓兰：《徘徊于理论与现实之间——20世纪20年代中国旅苏游记中的苏联形象》，《兰州大学学报》2008年第5期。

陈友康：《二十世纪中国旧体诗词的合法性和现代性》，《中国社会科学》2005年第6期。

代顺丽：《近代域外游记的特征及价值》，《福建师范大学学报》2006年第4期。

冯骥才：《鲁迅的功与"过"》，《收获》2002年第2期。

高辛萍：《单士厘与〈癸卯旅行记〉》，《辽宁师范大学学报》1991年第5期。

胡景华：《单士厘：近代走向世界的女性先驱》，《辽宁师专学报》（社会科学版）1999年第4期。

李斌：《废约与十月革命道路的选择——兼论苏俄对华宣言的影响》，《湖南社会科学》2007年第6期。

李开军：《诗界革命创作中的新名词及其对古典诗歌创作的影响》，《甘肃社会科学》2001年第1期。

李怡：《日本体验与中国散文的近现代嬗变》，《文学评论》2004年第6期。

雷锐：《现代作家的异国旅游文学》，《广东民族学院学报》1991年第2期。

林岗：《海外经验与新诗的兴起》，《文学评论》2004年第4期。

刘冰冰：《试论黄遵宪诗歌中新名词的运用》，《齐鲁学刊》2006年第5期。

刘纳：《旧形式的诱惑——郭沫若抗战时期的旧体诗》，《中国现代文学研究丛刊》1991年第3期。

刘纳：《风华与遗憾——吕碧城的词》，《中国文学研究》1998 年第 2 期。

刘少虎：《近代中国海外游记研究综述》，《湖南商学院学报》2007 年第 10 期。

马惠玲：《现代游记语篇叙述者参与类型析论》，《江淮论坛》2003 年第 4 期。

马惠玲：《现代游记语篇的描写功能及其实现》，《沈阳师范大学学报》2005 年第 5 期。

马勇：《论现代旧体诗词不可不入史》，《文艺争鸣》2008 年第 1 期。

梅新林、崔小敬：《由"游"而"记"的审美熔铸——中国游记文学发生论》，《学术月刊》2000 年第 10 期。

梅新林、崔小敬：《游记文体之辨》，《文学评论》2005 年第 6 期。

［英］乔治·格兰：《乌托邦创作》，熊元义译，《文艺研究》1990 年第 6 期。

邵建：《一次奇异的思想合辙——胡适鲁迅对苏俄的态度》，《社会科学论坛·学术评论卷》2006 年第 8 期。

沈义贞：《论当代游记散文的流变与转换》，《文学评论》2002 年第 6 期。

石晓奇：《略论历代西域游记的整理与出版》，《新疆大学学报》1992 年第 2 期。

万书元：《论审美体验》，《江苏社会科学》2006 年第 4 期。

王斌、戴吾三：《从〈点石斋画报〉看西方科技在中国的传播》，《科普研究》2006 年第 3 期。

王立群：《游记的文体要素与游记文体的形成》，《文学评论》2005 年第 3 期。

沈义贞：《论现代散文的类型》，《南京师范大学学报》2001 年第 5 期。

王宇：《现代性民族国家想象与性别的文化象征——阅读中国现代性与文学关系的另一种路径》，《南京大学学报》2006 年第 1 期。

王晓秋：《晚清中国人走向世界的一次盛举——1887 年海外游历使初探》，《北京大学学报》2001 年第 3 期。

王晓伦：《试论游记创作与近代西方全球地理观》，《华东师范大学学报》2000年第1期。

王一川：《全球化东扩的本土诗学投影——"诗界革命"论的渐进发生》，《北京师范大学学报》2008年第2期。

王兆胜：《论20世纪中国纪游散文》，《海南师范学院学报》2001年第3、4期。

王泽龙：《关于旧体诗词的入史问题》，《文学评论》2007年第5期。

熊小菊：《南国风光家国情——解读郁达夫的〈槟城三宿记〉和〈马六甲游记〉》，《集美大学学报》2007年第3期。

严绍璗：《"文化语境"与"变异体"以及文学的发生学》，《中国比较文学》2000年第3期。

尹德翔：《跨文化旅行研究对游记文学研究的启迪》，《中国图书评论》2000年第11期。

尹德翔：《关于形象学实践的几个问题》，《文艺评论》2005年第6期。

尹德翔：《美文还从形象说——黎庶昌〈卜来敦记〉的形象学解读》，《名作欣赏》2006年第3期。

张历君：《镜影乌托邦的短暂航程》，《当代作家评论》2006年第1期。

张月：《观看与想象——关于形象学和异国形象》，《郑州大学学报》2002年第3期。

张文武：《试析游记的史料价值》，《首都师范大学学报》2003年第4期。

张治：《康有为海外游记研究》，《南京师范大学学报》2007年第1期。

周宁：《鸦片帝国：浪漫主义时代的一种东方想象》，《外国文学研究》2003年第5期。

周宁：《中国异托邦：二十世纪西方文化的他者》，《书屋》2004年第2期。

周宁：《海客谈瀛洲：帝制时代中国的西方形象》，《书屋》2004年第4期。

周宁：《天下辨夷狄：晚清中国的西方形象》，《书屋》2004年第6期。

周宪：《旅行者的眼光与现代性体验》，《社会科学战线》2000年第6期。

朱德发：《试论中国游记散文的文体特征》，《菏泽师专学报》2001年第2期。

祝光明：《论郭沫若留学时期的旧体诗词》，《郭沫若学刊》2006年第2期。

朱家明：《五四时期中国对十月革命和苏俄的介绍及研究》，《俄罗斯中亚东欧研究》1987年第5期。

朱维铮：《晚清的六种使西记》，《复旦学报》（社会科学版）1996年第1期。

学位论文

董玮：《近代女子海外游研究》，硕士学位论文，上海师范大学，2005年。

黄芳：《中国第一本旅行类刊物——〈旅行杂志〉研究》，博士学位论文，湖南师范大学，2005年。

黄飞：《论中国现代抒情散文的诗意追求》，博士学位论文，福建师范大学，2004年。

李岚：《行旅体验与文化想象——中国现代文学发生的游记视角》，博士学位论文，华中师范大学，2007年。

李怡：《日本体验与中国现代文学的发生》，博士学位论文，北京师范大学，2003年。

刘冰冰：《在古典与现代性之间——黄遵宪诗歌研究》，博士学位论文，山东大学，2003年。

孙志军：《现代旧体诗的文化认同与写作空间》，博士学位论文，华中师范大学，2004年。

胥明义：《晚清欧美游记研究》，硕士学位论文，苏州大学，2004年。

尹德翔：《东海西海之间》，博士学位论文，南京大学，2006年。

徐慧琴：《20世纪中国游记散文研究》，博士学位论文，兰州大学，2006年。

赵亮：《海外体验与现代中国文学的发生》，博士学位论文，山东师范大学，2006年。

周黎燕：《中国近现代小说的乌托邦书写》，博士学位论文，华中师范大学，2007年。

后　记

> 爱在右，同情在左，走在生命路的两旁，随时撒种，随时开花，将这一径长途，点缀得香花弥漫，使穿枝拂叶的行人，踏着荆棘，不觉得痛苦，有泪可落，也不是悲凉。
>
> ——冰心《寄小读者》

一路走来，磕磕绊绊，但是有"爱"和"同情"相伴而行，撰写书稿的过程虽然既苦也累，但我依然感到幸福和快乐。

这本小书是在博士论文的基础上增删而成。非常感谢我的导师马俊山教授，是他建议我选取域外游记作为研究对象，这一选题不仅与我的个性比较契合，而且也使整个研究过程充满了旅行的乐趣。

光阴荏苒，转眼间做马老师的学生已经 21 年了，但对老师的敬意却与日俱增。马老师在我心目中既是严师也是慈父。2006 年，我"抛夫别雏"，选择到南京大学读博，其中的酸甜苦辣，至今仍然记忆犹新。当我苦于找不到研究路径焦虑不安时，老师发来短信鼓励我说"不用着急，悠着点儿，只要目标明确，就一定能实现。思想积累和资料积累需要一定的时间"。当论文需要大规模修改，我急得直哭的时候，老师又发来短信说："别急，越急越乱，沉住气，稳扎稳打。"生活中的马老师是如此和蔼可亲，但是对待学术研究，他却决不含糊。每次给我反馈回来的论文，从论文的观点到行文格式甚至标点符号，他都一一做了详细的修改说明。记得自己发表在《学术月刊》上的那篇论文，在马老师的指导下，前前后后一共修改了七八遍，才获得了老师的首肯。在这种可谓是"魔鬼式"的学术训练过程中，记不清自己掉了多少眼泪。然而，苦尽甘来，正是这种严格的学术训练，使我受益匪浅，让我少走了许多弯路。因为有了这样一位严谨治学的导师，才使得自己一直兢兢业业，不敢偷懒，不敢松懈，坚持到了现在。有如此良师，是我的幸运，亦是我的荣耀。

感谢我的师母樊文秀女士。师母是我的南京记忆中最温暖的部分。心地善良、善解人意的师母，不仅在生活上对我嘘寒问暖，还教我如何待人处事。在南京大学读书期间，师母无时无刻不牵挂着我的学习和生活。师母的温柔呵护，使我在南京的求学生活少了几分独在异乡的寂寞与无助，多了几分回家的幸福与温馨。

感谢我的师弟李跃力君。没有他的无私帮助，就不会有这本小书的完成。从资料的收集到观点的形成直至书稿的修改，师弟全程参与了本书的写作过程。我所取得的每一点进步，都凝聚着师弟的智慧与辛劳。查资料的时候，他会帮我留意是否有我需要的；去书店遇到跟我的研究课题有关的书籍，他会顺便给我买回来；帮我修改书稿的时候，他的严谨程度一点也不亚于马老师。语言的锤炼，句与句、段落与段落之间的逻辑关系，引用文献的版本，等等，他都是一丝不苟，精益求精。我是幸运的，因为有这样一位优秀、善良的师弟与我一路同行。对于我来说，师弟不仅是学习上的好伙伴，更是我的家人。没有他的真诚鼓励、关心和帮助，我不会如此顺利地完成自己的学业，关于南大的记忆也不会这么快乐。

本书的部分章节在某些学术刊物上发表过。《南京大学学报》的主编朱剑先生、《学术月刊》的编辑张曦女士、《外语与外语教学》编辑部的吴秀明女士、《大连民族大学学报》编辑部的王莉老师、《天中学刊》编辑部的刘小兵先生等都曾热心刊发过我的论文。南京大学中文系的董健教授还热情慷慨地为我发表在《学术月刊》上的论文撰写了点评。感谢他们的提携与厚爱，让我有勇气在学术研究之路上继续前行。

感谢南京大学中文系的丁帆教授、王彬彬教授、沈卫威教授、张光芒教授、黄发有教授的指导与帮助。他们在博士论文开题时，就论文的选题、研究思路、研究方法以及资料收集等方面提出了许多富有启发性和建设性的意见和建议。同时也感谢参加我博士论文答辩的江苏省社科院吴功正研究员、南京师范大学朱晓进教授、苏州大学范培松教授、福建师范大学汪文顶教授，他们敏锐地指出我论文中的不足，给我提出了十分宝贵的指导意见。他们对后学的呵护与宽容让我深为敬佩。

在南京求学的日子里，我最大的收获之一是友谊。感谢我的师姐安凌女士、好友王军学妹和刘小兵老师。他们在我最困难的时候，给予我最大的支持与鼓励，他们的友谊是值得我一生珍藏的宝贵财富。感谢我的同学肖画在百忙之中抽时间为我翻译了英文摘要。感谢肖宝凤学妹和我的学生吉泽直明。他们从千里之外的台湾和日本帮我查找资料。此外，大连民族大学国际文化交流学院和人文社科处的领导及同事，我在南大的师弟、师妹和同学也都给予我很多的关心与帮助，在此一并致谢。

感谢中国社会科学出版社的郭晓鸿女士愿意接受这本小书，由她做责任编辑，我深感荣幸。

最后，我要把这本小书献给我所深爱的家人。为了让我能够自由飞翔，追寻自己的梦想，他们默默承担了本属于我的责任与义务。这本小书的出版是我能送给他们的最好的礼物。

苏 明
2015 年 8 月 31 日草成
2015 年 12 月 20 日修改